베로니카, 죽기로 결심하다

VERONIKA DECIDE MORRER
by Paulo Coelho

Veronika Decide Morrer

PAULO COELHO

베로니카, 죽기로 결심하다

파울로 코엘료 장편소설 | 이상해 옮김

문학동네

일러두기

주석은 모두 옮긴이주이다.

오, 원죄 없이 잉태되신 마리아여,

당신께 의지하는 우리를 위해 빌어주소서.

아멘.

내가 알지 못하던 때부터 이미

나를 도와온 S. T. de L.에게

이제, 내가 너희에게 발로 뱀을 밟을 권능을 주었노니
(……) 그 무엇도 너희를 해할 수 없으리라.

「누가복음」 10장 19절

1997년 11월 11일, 베로니카는 드디어 목숨을 끊을 순간이 왔다고 생각했다. 그녀는 세들어 살고 있는 수녀원의 방을 구석구석 청소하고, 난방을 끈 다음, 이를 닦았다. 그리고 침대에 누웠다.

베로니카는 침대 탁자 위에 놓인 수면제 네 통을 집어들었다. 알약을 으깨어 물에 타서 삼키는 대신 한 알씩 그냥 넘기기로 했다. 의도와 실행 사이에는 큰 거리가 있으므로, 마음이 바뀌면 언제라도 그만두려 했던 것이다. 하지만 한 알 한 알 삼킬 때마다, 결심은 점점 더 확고해졌다. 오 분 만에 수면제 네 통이 모두 비었다.

의식을 잃을 때까지 얼마나 걸릴지 몰라, 그녀는 자신이 일하는 도서관에서 가져온 프랑스 잡지 『옴므』 최신호를 펼쳐 들었다. 잡지를 뒤적이던 그녀는 파울로 코엘료가 대본을 쓴 컴퓨터게임에 관한 르포 기사에 눈길을 멈췄다. 컴퓨터게임에 관심이 많아서가 아니었다. 호텔 그랑 위니옹에서 열린 한 강연회에서 그 브라질 작가를 만난 적이 있었기 때문이다. 그와 잠깐 대화를 나눈 인연으로, 그녀는 그의 책 발행인이 베푸는 만찬에 초대받았다. 하지만 초대손님들이 너무 많아서, 깊이 있는 대화를 나눌 기회는 갖지 못했다.

하지만 만난 적이 있다는 것만으로도, 그녀는 그 작가가 자신의 세계 안으로 들어왔다고 생각했다. 어쨌거나 자신과 관련된 사람에 관한 기사를 읽으며 이승의 마지막 시간을 보내는 것도 괜찮을 것 같아서, 평소 아무 관심도 없던 컴퓨터게임에 관한 기사를 읽기 시작했다. 살아오는 동안 줄곧 그녀는 그렇게 행동했다. 항상 손닿는 곳에 있는 것에 만족했다. 지금 손에 든 이 잡지처럼.

그런데, 놀랍게도 기사의 첫 문장이 그녀의 천성적인 수동성을 흔들어놓았다(그녀 뱃속의 수면제들은 아직 녹지 않은 상태였다. 베로니카는 천성적으로 수동적이었다). 그녀의 친구들 사이에 유행처럼 번졌던, "이 세상에 우연히 일어나는 일이란 아무것도 없다"는 말이 근거가 있는 것처럼 여겨졌다. 그녀로서는 처음 갖는 느낌이었다.

죽음을 기다리던 순간, 느닷없이 그 문장과 마주친 까닭은 무엇이었을까? 우연의 일치가 아니라 어떤 비밀스런 메시지 같은 것이 존재한다면, 그 문장이 담고 있는 비밀스런 메시지는 과연 어떤 것이었을까?

컴퓨터게임에 관한 삽화에 이어, 기자는 하나의 질문으로 기사를 시작하고 있었다. "슬로베니아는 어디에 있는가?"

'슬로베니아가 어디에 있는지는 아무도 몰라. 아무도.' 베로니카는 생각했다.

하지만 슬로베니아는 존재했다. 여기, 이 방안에, 저 밖에, 그녀를 둘러싼 산들 속에, 그리고 그녀의 눈 아래 펼쳐져 있는 광장에. 슬로베니아는 그녀의 조국이었다.

베로니카는 잡지를 곁에 내려놓았다. 이제는 슬로베니아 사람들의 존재를 모르고 있는 세상에 대해 분개할 필요가 없었다. 조국의 명예도 이젠 그녀와 아무런 상관이 없었다. 지금은 스스로를 자랑스러워해야 할 순간이었다. 마침내 용기를 내어 삶을 마감하고 있으므로. 그것도 그녀가 항상 꿈꾸어온 방식으로, 아무 흔적도 남기지 않는 알약으로.

거의 육 개월 동안 베로니카는 그 알약들을 찾아 헤맸다. 한때는 그것들을 손에 넣을 수 없을 거라 여기고, 손목을 그을까 생각한 적도 있었다. 그러면 방에 피가 흥건히 고일 거라는 걸, 수녀들에게 혼란과 불안을 심어줄 거라는 걸 그녀는 알고 있었다. 자살을 꾀하는 사람은 다른 사람들보다 자기 자신을 먼저 생각하는 법이지만, 그녀는 자신의 죽음이 다른 사람들에게 큰 누가 되지 않도록 가능한 한 모든 것을 처리하고 싶었다. 하지만 동맥을 끊는 것 외에 다른 방법이 없다면, 그때는 할 수 없는 일이었다. 수녀들은 서둘러 사건을 잊고 방을 말끔히 청소해야 할 것이다. 그러지 않으면 방을 다시 세놓는 데 어려움이 많을 테니 말이다. 20세기 말인데도 여전히 사람들은 유령의 존재를 믿고 있다.

물론, 류블랴나*의 몇 안 되는 고층 건물들 중 하나를 골라, 그 꼭대기에서 몸을 던질 수도 있었다. 하지만 그런 식의 자살은 부모에게 더 큰 고통을 안겨주게 되지 않을까? 딸이 죽었다는 소식을 접하고 받는 충격만 해도 이만저만이 아닐 텐데, 만신창이가 된 딸의 시신을 확인까지 해야 한다면. 그 방법은 손목을 긋는 것보다도 못했다. 그녀가 잘되기만을 바라는 두 분에게 지울 수 없는 흔적을 남길 테니까.

* 슬로베니아의 수도.

'그분들은 결국 딸의 죽음에 익숙해지겠지만, 딸의 으깨진 두개골은 도저히 못 잊으실 거야.'

권총 자살, 투신자살, 목을 매는 방법, 이 모두가 그녀의 여성스런 본성에 어울리지 않았다. 여자들은 스스로 목숨을 끊을 때도 보다 낭만적인 방식을 선택한다. 동맥을 긋거나 수면제를 과다복용한다. 버림받은 공주들이나 할리우드의 배우들이 그 다양한 예들을 보여주었듯이.

베로니카는 알고 있었다. 마음먹은 것을 행동에 옮기기 위해서는 항상 적절한 순간을 기다려야 한다는 걸. 그녀의 불평에 민감한 두 남자친구가, 도무지 잠을 이룰 수가 없다는 그녀의 거듭된 호소에 그 도시의 한 카바레 연주자들이 사용하는 강력한 수면제를 각자 두 통씩 슬쩍해왔다. 베로니카는 수면제 네 통을 일주일 동안 침대 탁자 위에 놓아둔 채, 다가오는 죽음을 끌어안고 사람들이 삶이라 부르는 것에 초연히 작별을 고했다.

이제, 결심을 끝까지 밀고 갈 수 있게 되어 그녀는 행복했다. 하지만 자신에게 남아 있는 얼마 되지 않는 시간 동안 무엇을 해야 할지 몰라 무료했다.

그녀는 금방 읽은, 말도 안 되는 이야기를 다시 생각했다. 컴퓨터게임에 대한 기사가 도대체 어떻게 "슬로베니아는 어디에 있는가?"라는 바보 같은 문장으로 시작될 수 있는 거지?

보다 흥미로운 소일거리를 찾지 못한 그녀는 그 기사를 끝까지 읽기로 했다. 그러고는 곧 그 게임이 단지 인건비가 가장 싸다는 이유로 슬로베니아—그곳에 사는 주민들을 제외하고는 어디에 있는지 아무도 모르는 것처럼 취급된 이 이상한 나라—에서 제작되었다는 사실을 알게 되었다. 몇 달 전, 그 게임의 출시를 기념해 제작자인 프랑스 여자가 전 세계 기자들을 초청해 블레드의 한 성에서 리셉션을 열었다.

그러고 보니, 베로니카는 그 행사를 놓고 그 지역 언론이 벌인 논란 때문에 사람들이 대사건이라도 벌어진 양 이러쿵저러쿵 떠들어대는 것을 들은 적이 있는 것 같기도 했다. 행사를 위해 게임의 중세적 분위기를 한껏 살린답시고 성을 완전히 재치장한 것도 화젯거리였지만, 주최측이 독일, 프랑스, 영국, 이탈리아, 스페인 기자들은 초청해놓고 정작 슬로베니아 기자는 단 한 사람도 부르지 않은 게 화근이었던 것이다.

그러니까 그 기사를 쓴 사람은—모든 경비를 주최측이 부담하는 덕분에 처음으로 슬로베니아에 와서는, 다른 기자들과 친분을 쌓기로 마음먹고, 아마도 흥미로운 말들을 주고받으며 돈주머니도 끄르지 않은 채 먹고 마셨을 그는—자기 나라의 그 잘난 지식인들을 즐겁게 해주기 위한 농담으로 기사를 시작했으리

라. 모르긴 해도 그는 아마 편집부의 동료기자들에게 슬로베니아의 전통적인 관습과 슬로베니아 여자들의 촌스러운 옷맵시에 대해 자신이 지어낸 이야기들을 지껄여댔으리라.

어쨌거나 그건 그의 문제였다. 죽어가고 있는 베로니카의 관심사는 다른 것이었다. 예를 들면, 사후에 또다른 삶이 존재하는가, 혹은 몇시쯤 그녀의 시신이 발견될 것인가 하는. 그래도, 아마도 그녀가 내린 중대한 결정 때문에, 그녀는 자꾸만 그 기사에 신경이 쓰였다.

'슬로베니아가 어디에 있는지도 모르는 그들에게 류블랴나는 신화나 다름없겠네.'

베로니카는 류블랴나의 조그만 광장이 바라다보이는 수녀원의 창문 밖을 내다보며 생각했다. 인간의 상상 속을 맴도는 아틀란티스나 레무리아*, 즉 잃어버린 대륙들처럼 말야. 에베레스트에 가본 적은 없어도, 이 세상 누구도 그 산이 어디에 있느냐고 물으면서 기사를 시작하지는 않을 것이다. 그런데 유럽 한복판에서, 제법 알려진 잡지의 기자가 그따위 질문을 던져놓고도 창

* 예전 인도양에 있었다는 상상 속의 대륙. 에덴동산 또는 인류 기원의 요람의 원형이라고 전해진다.

피한 줄 모른다. 대부분의 독자들이 슬로베니아가 어디에 있는지 모른다는 걸 그는 알고 있는 것이다. 수도 류블랴나는 더더욱.

바로 그때, 베로니카에게 남은 시간을 보낼 한 가지 방법이 떠올랐다. 십 분이 흘렀는데도 자신의 몸에서 아직 아무런 변화도 감지하지 못한 터였다. 그녀는 그 잡지사에 슬로베니아가 옛 유고슬라비아의 분열에서 생겨난 다섯 개의 공화국 중 하나임을 설명하는 편지를 쓰기로, 그것을 자기 삶의 마지막 행위로 삼기로 마음먹었다. 그 편지는 그녀가 세상에 고하는 작별인사가 될 것이다. 그녀는 그 편지에 자신이 자살하는 진짜 이유는 전혀 밝히지 않을 생각이었다.

그녀의 시신을 발견한 사람들은 단정하리라. 조국 슬로베니아가 어디 있는지도 모르는 한 잡지 때문에 그녀가 목숨을 끊은 것이라고. 신문들이 벌일 논란을 상상하며 그녀는 웃었다. 국가적 대의를 위한 그녀의 자살을 한편에서는 옹호할 것이고, 다른 편에서는 비판할 것이다. 순간, 그녀는 자신이 그토록 빨리 생각을 바꿨다는 사실에 충격을 받았다. 조금 전만 해도 세상과 지리적 문제들은 이제 더이상 자신과 아무런 상관이 없다고 생각하지 않았던가.

그녀는 편지를 썼다. 편지를 쓰는 기분좋은 한때, 꼭 죽어야만 할까 하는 생각이 문득 그녀의 머리를 스쳤다. 하지만 알약을 모조리 삼켜버렸으니, 이젠 돌이킬 수도 없는 노릇이었다.

하긴 살아오면서 이런 행복한 순간을 맛본 게 한두 번도 아니지 않은가. 슬프거나 처참해서, 또는 늘상 우울해서 죽음을 결심한 건 아니었다. 오후 산책길, 류블랴나의 거리를 돌아다니는 것도 행복했고, 자기 방 창문으로, 시인의 동상이 서 있는 자그마한 광장 위에 내려쌓이는 눈을 바라다보던 한낮도 아름다웠다. 한번은 바로 그 광장 한복판에서 모르는 이가 그녀에게 꽃을 선사했다는 이유만으로, 거의 한 달 동안 구름 속을 떠다니듯 행복에 겨워 지낸 적도 있었다.

그녀는 자신이 지극히 정상이라고 확신하고 있었다. 죽겠다는 그녀의 결정은 아주 단순한 두 가지 이유에 근거를 두고 있었다. 만약 그녀가 자신의 행동을 설명하는 쪽지를 남긴다면, 많은 사람들이 동감할 거라고 그녀는 확신했다. 이유가 명확했으므로.

첫번째 이유, 그녀의 삶은 이제 모든 것이 너무 뻔했다. 젊음이 가고 나면 그다음엔 내리막길이다. 어김없이 찾아와서는 돌이킬 수 없는 흔적을 남기는 노쇠와 질병들, 그리고 사라져가는 친구들. 이 이상 산다고 해서 얻을 건 아무것도 없었다. 오히려 고통의 위험만 커질 뿐이었다.

두번째 이유는 보다 철학적인 것이었다. 신문과 텔레비전을 통해 그녀는 세상에서 어떤 일들이 벌어지고 있는지 알고 있었다. 모든 것이 점점 나빠지고 있었다. 하지만 그녀로서는 그러한 상황을 막을 도리가 없었다. 자신이 세상에 아무런 쓸모가 없는 존재처럼 느껴졌다.

하지만 이제 조금만 있으면 최후의 경험—죽음, 아주 다를 게 확실한 경험을 하게 될 것이다. 편지를 다 쓰고 난 그녀는 자신이 현재 살고 있는—아니, 그보다는 죽어가고 있는—순간에 보다 알맞은, 보다 중요한 문제들에 집중했다.

그녀는 자신의 죽음이 어떨지 상상해보려 애썼지만 아무 소용이 없었다. 아무튼 조바심낼 필요는 없었다. 잠시 후면 알게 될 터였다.

몇 분이나 걸릴까? 알 수 없는 노릇이었다. 신은 과연 존재할까? 베로니카는 모든 사람들이 던져보는 이 질문에 대한 답을 곧 알 수 있으리라는 사실이 기뻤다.

하지만 다른 사람들과는 달리, 그녀는 신이니 자신의 존재니 하는 그런 문제에 그리 깊이 빠져들진 않았다. 공산주의 구체제의 공식 교육은 그녀에게 삶은 죽음과 함께 끝나는 거라고 가르쳤고, 그녀는 그 생각에 익숙해져 있었다. 부모와 부모의 부모 세대들은 여전히 교회를 찾았고, 기도와 순례를 했으며, 그들이 간구하는 말에 신이 귀기울이고 있다고 철석같이 믿고 있었지만.

스물네 살의 나이에, 자신에게 허락된 모든 것을 경험해본 후에—그녀의 경험이 아주 하찮은 것만은 아니라는 사실을 염두에 두시길!—베로니카는 모든 것이 죽음과 함께 끝난다고 거의 확신하고 있었다. 그녀가 자살을 선택한 건 바로 그 때문이었다. 마침내, 자유. 영원히, 망각.

하지만 그녀의 마음 깊은 곳에는 여전히 의심이 남아 있었다. 만약 신이 존재한다면? 수천 년 문명은 자살을 금기로, 혹은 모든 종교적 규범에 대한 모욕으로 여겼다. 인간은 포기하기 위해서가 아니라, 살아남기 위해 투쟁한다. 인류는 자손을 번식시켜야만 한다. 사회는 인력을 필요로 한다. 남자와 여자에게는 사랑이 식어도 함께 지내야 할 이유가 필요하다. 그리고 한 국가는 병사와 정치인 그리고 예술가 들을 필요로 한다.

'솔직히 난 믿지 않지만, 신이 존재한다면, 신은 인간의 이해력에 한계가 있다는 걸 이해해야만 해. 불의, 탐욕, 비참함, 고독일 뿐인 이러한 혼돈을 창조한 건 바로 신 자신이잖아. 신의 의도는 훌륭한 것이었겠지만 결과는 형편없어. 신이 존재한다면, 그는 보다 일찍 이 세상을 떠나기를 갈망한 피조물들에게 관대함을 보여야 해. 아니, 오히려 우리가 이 땅을 거쳐가게 한 것에 대해 사과해야 할지도 몰라.'

금기와 미신은 지옥에나 가라지! 아주 독실한 신자였던 엄마는 그녀에게 말하곤 했다. 하느님은 과거 현재 미래를 모두 알고 계신다고. 그렇다면 신은, 어느 날 그녀가 자살할 거라는 사실을 분명히 알면서도 그녀를 세상에 태어나게 한 것이다. 그러니 그녀의 행동에 그리 큰 충격을 받지는 않을 것이다.

베로니카는 곧 가벼운 메스꺼움을 느꼈다. 메스꺼움은 빠른 속도로 점점 더 심해졌다.

몇 분 후, 그녀는 창밖으로 바라다보이는 광장에 더이상 정신을 집중할 수 없었다. 오후 네시쯤 됐을까. 겨울 해가 벌써 저물고 있었다. 그녀는 알고 있었다. 사람들의 삶은 계속되리라는 걸. 바로 그때, 그녀의 창 앞을 지나가던 한 청년이 그녀를 쳐다보았다. 청년은 지금 그녀가 죽어가고 있으리라고는 상상조차 못하리라. 한 무리의 볼리비아 악사들이(볼리비아는 어디에 있지? 왜 신문기사들은 이런 질문은 하지 않는 거지?) 민족의 영혼에 깊은 흔적을 남긴 슬로베니아의 위대한 시인 프란체 프레셰렌*의 동상 앞에서 연주를 하고 있었다.

저 음악을 끝까지 들을 수 있을까? 저물어가는 하루, 세상 저

* 19세기 슬로베니아의 민족시인으로, 슬로베니아 낭만주의 시운동의 대표적 인물.

반대편의 꿈들을 일깨워주는 멜로디, 따뜻하고 편한 방, 멈춰 서서 지금 그녀를 뚫어져라 쳐다보고 있는, 생명으로 충만한 잘생긴 청년, 이 마지막 장면은 이 생의 훌륭한 추억이 되리라. 약기운이 퍼지기 시작한다는 걸 느낄 수 있는 지금, 청년은 그녀가 보는 마지막 사람일 터였다. 그가 웃었다. 그녀도 웃어주었다. 그녀로서는 잃을 게 아무것도 없었다. 그녀의 미소에 그가 손짓으로 답했다. 그가 원하는 건 그녀에게는 너무 멀리 있는 것이리라. 그녀는 다른 곳을 쳐다보는 척했다. 당황한 청년은 서둘러 광장을 떠났다. 그는 창문의 얼굴을 까맣게 잊을 것이다.

베로니카는 한번 더 욕망의 대상이 되었다는 사실이 기뻤다. 하지만 사랑에 굶주려 자살하려는 건 아니었다. 가족의 애정이 부족해서도, 금전적인 문제가 있어서도, 불치병에 걸려서도 아니었다.

이 아름다운 오후, 류블랴나광장 위로 볼리비아 악사들의 토속 음악이 흐르고, 한 청년이 그녀의 창 앞을 지나가는 사이, 죽음을 기다리는 그녀는 자신의 눈이 보고 있는 것, 자신의 귀가 듣고 있는 것에 행복했다. 하지만 그보다는 똑같은 광경을 삼사십 년이나 오십 년 동안 보고 듣지 않아도 된다는 사실에 더욱더 행복했다. 몇십 년을 두고 봐야 한다면, 이 아름다운 광경도 머잖아 독창성을 모조리 상실하고 모든 것이 반복되는, 전날이나 다음날이나 다를 게 없는 존재의 비극이 되어버릴 테니까.

이제 위장이 부풀어오르기 시작했다. 몹시 고통스러웠다.

'이상도 하지, 수면제를 많이 먹으면 곧장 잠들어버릴 거라고 생각했는데.'

귓속이 윙윙거리고 구역질이 치밀어올랐다. 그뿐이었다.

'토해버리면, 죽지 않을 거야.'

그녀는 복통을 잊기 위해, 삽시간에 지상에 내려앉는 어둠에, 볼리비아 악사들에게, 집에 돌아가기 위해 가게문을 닫고 있는 상인들에게 집중하려 안간힘을 썼다. 귓속의 윙윙거림은 점점 더 날카로워졌다. 알약들을 삼킨 이래 처음으로, 베로니카는 두려움을, 미지에 대한 끔찍한 공포를 느꼈다.

하지만 그 느낌은 잠시였다. 그녀는 곧 의식을 잃었다.

다시 눈을 떴을 때, 베로니카는 '이제 하늘나라에 온 거야'라고 생각하지 않았다. 하늘에는, 결코, 이런 형광 조명이 있을 리 없었다. 곧바로 느껴진 통증은 지상의 특징이었다. 아! 이 지상의 고통! 그것은 유니크한 것이다, 혼동이 불가능할 정도로.

그녀는 움직여보려 했다. 그러자 고통이 배로 심해졌다. 눈앞에 무수한 점들이 명멸했다. 베로니카는 알아차렸다. 그 점들은 천국의 별들이 아니라 격렬한 고통의 결과라는 걸.

"정신을 차렸네요. 이제 지옥에 두 발을 디뎠으니, 잘해보세요."

여자 목소리가 들려왔다.

아니었다. 그럴 리가 없었다. 그 목소리는 그녀를 속이고 있었다. 그곳은 지옥이 아니었다. 몹시 추웠고, 그녀의 입과 코에는 플라스틱 튜브들이 연결되어 있었으니까.

목구멍 깊숙이 박힌 튜브 때문에 그녀는 질식할 것만 같았다. 그걸 빼내기 위해 몸을 움직이려 했지만 양팔이 묶여 있었다.

"농담이에요, 지옥이 아니라구요. 지옥보다 더 못한 곳이죠. 지옥에 가본 적은 없지만 말예요. 여긴 빌레트예요."

또다시 그 목소리였다.

고통스럽고 질식할 것 같았지만, 베로니카는 일이 어떻게 된 것인지 한순간 알아차렸다. 그녀가 사경을 헤매는 사이, 누군가 그녀를 발견하고 구한 것이다. 수녀나 그녀를 놀래주려고 갑자기 찾아온 친구, 혹은 그녀가 주문해놓고 잊어버린 물건을 배달하러 온 사람이었을 것이다. 분명한 건, 그녀가 살아남았고 지금 빌레트에 있다는 사실이었다.

빌레트, 슬로베니아가 독립한 해인 1991년에 설립된 유명한 정신병자 수용소. 당시, 옛 유고슬라비아의 분열이 평화적인 방법으로 이루어질 거라고 생각한(사실, 슬로베니아가 전쟁을 경험한 건 고작 십일 일 동안이었다) 한 무리의 유럽 기업가들이 비싼 유지비 때문에 방치되어 있던 옛 병사兵舍 하나를 고쳐 정신병원으로 사용해도 좋다는 허가를 당국으로부터 얻어냈다. 하지만 전쟁이 연이어 발발하자—처음에는 크로아티아에서, 나중에는 보스니아에서—그 기업가들은 조금씩 불안해지기 시작했다. 병원 투자자들은 전 세계에 흩어져 있었고 이름조차 알 수 없어서, 일일이 찾아다니며 사정을 설명하고 조금만 더 기다려 달라고 부탁할 수가 없었다. 그래서 그들은 정신병원에 별로 어울리지 않는 환자들을 받아들이는 것으로 문제를 해결하려 했다. 너그러운 공산주의에서 막 빠져나온 이 젊은 국가에서, 빌레트는 자본주의의 가장 추악한 모습을 상징하게 되었다. 말하자면, 돈만 내면 어떤 사람이든 마다하지 않았던 것이다. 유산을 놓고 분쟁이 벌어졌다든지, 부끄러운 행동을 하는 부모를 떼어놓고 싶을 때, 사람들은 병원에 상당한 금액을 내놓고 성가신 자식이나 부모의 입원을 허락하는 진단서를 얻어갔다. 또는 빚쟁이들에게 시달린다든지, 장기간의 징역에 처해질 만한 죄를 저지른 사람도 얼마 동안 이 병원에 틀어박혀 지내고 나면, 빚이나 법의 추적에 대한 걱정 없이 병원문을 나설 수 있었다.

빌레트는 단 한 사람도 탈출에 성공하지 못한 수용소였다. 그곳에는 법에 의해 입원을 선고받았거나 다른 병원에서 보내온 정말 미친 사람들과, 미친 사람으로 몰리거나 미친 척하는 사람들이 뒤섞여 있었다. 사정이 그러하니, 그곳에서는 모든 게 뒤죽박죽일 수밖에 없었다. 그곳에서 벌어지는 일들을 직접 보기 위해 병원 안으로 들어가려 했으나 단 한 번도 성공하지 못한 언론은 주기적으로 병원 내부의 학대나 직권남용을 고발하는 글을 실었다. 여러 차례 고발을 접수한 정부도 마지못해 수사에 착수했으나 아무런 증거도 찾아내지 못한 채, 슬로베니아가 외국인 투자에 안전한 곳이 못 된다고 떠벌리겠다는 병원 주주들의 위협에 못 이겨 수사를 중단하고 말았다. 병원은 그렇게 난관을 버텨냈고 점점 더 견고해져갔다.

"우리 숙모도 몇 달 전에 자살했어요. 방에 틀어박혀 거의 팔 년을 지냈죠. 먹고, 살찌고, 담배 피우고, 진정제 먹고, 늘 잠만 자면서 말이에요. 숙모에겐 두 딸과 애처가 남편이 있었어요."

여자 목소리가 다시 이어졌다.

베로니카는 목소리를 향해 고개를 돌려보려 했지만 잘되지 않았다.

"그래도 숙모가 무언가에 저항하는 모습을 딱 한 번 본 적이 있어요. 남편에게 여자가 생긴 걸 안 바로 그날이었죠. 난리가 났었어요. 살이 몇 킬로나 빠지고, 유리를 닥치는 대로 박살내고. 몇 주 내내 어찌나 소리를 질러댔던지 이웃들이 잠을 다 못 잘 지경이었어요. 이상하게 들릴지는 몰라도, 난 그래도 그 시기가 숙모에게는 일생 중 가장 행복한 때였다고 믿어요. 그때 숙모는 무언가를 위해 치열하게 싸우고 있었거든요. 숙모는 당신이 살아 있다는 걸, 당신도 앞에 놓인 도전에 격렬하게 반응할 수 있다는 걸 느꼈던 거죠."

'그 이야기가 나랑 무슨 상관이지? 난 자기 숙모가 아냐, 나에겐 남편도 없다구!'

말을 할 수 없어서, 베로니카는 이렇게 생각만 했다.

"숙부는 결국 그 여자를 정리했어요. 그러자 숙모는 조금씩 평소의 수동적인 상태로 되돌아갔어요. 어느 날, 숙모가 내게 전화를 걸어 이제 자신의 인생을 바꾸고 싶다고 말하더군요. 담배를 끊고, 금단증세 때문에 진정제의 양을 늘려갔어요. 그러면서 숙모는 자신이 머잖아 자살할 거라고 모두에게 알렸어요. 아무도 숙모의 말을 믿지 않았죠. 어느 날 아침, 숙모가 내 자동응답기에 이별의 메시지를 남겼어요. 그러곤 가스를 틀어놓고 목숨을 끊었죠. 난 그 메시지를 여러 번 자세히 들어보았어요. 모든 걸 체념한 듯한, 그토록 평온한 숙모의 목소리를 들어본 적이 없었어요. 행복하지도 불행하지도 않다고, 그래서 더이상 견딜 수가 없다고 하더군요."

베로니카는 숙모의 죽음을 이해하려고 애쓰는 듯한 그 여자에게 연민을 느꼈다. 모두가 무슨 짓을 해서건 살아남으려고 발버둥치는 세상에서, 죽기로 결심하는 사람들을 어떻게 판단할 수 있겠는가? 그 누구도 판단할 수 없다. 각자가 자기 몫의 고통을 안고 살아가며, 자기 삶에 의미가 없다는 걸 알고 있을 뿐이다.
베로니카는 그걸 설명하고 싶어 입을 움직이려 했지만, 도리어 입속의 튜브 때문에 질식할 것만 같았다. 그러자 여자가 도와주러 그녀에게 다가왔다.

여자는 몸을 숙여 베로니카를 살펴보았다. 베로니카의 몸은 그녀의 자기파괴 의지로부터 그녀를 보호하기 위해 결박당해 있었고, 튜브가 몸 여기저기 연결되어 있었다. 그녀는 고개를 세차게 흔들며 간절한 애원의 눈길을 보냈다. '이 튜브들을 빼줘. 조용히 죽어갈 수 있게 좀 내버려두란 말이야.'

"진정해요. 당신이 후회를 하든 여전히 죽기를 원하든, 그건 내 알 바 아니에요. 내게 중요한 건, 내가 해야 할 일을 하는 것뿐이에요. 환자가 발작적인 반응을 보이면, 규정상 난 진정제를 주사해야만 해요."

베로니카는 몸부림을 멈추었다. 간호원은 어느새 그녀의 팔에 주사를 놓고 있었다. 잠시 후, 그녀는 이상한 세계 속으로 빠져들어갔다. 방금 본 여자의 얼굴, 푸른 눈, 밤색 머리카락, 그리고 규정에 대해서는 한 치의 의문도 품지 않은 채, 기계적으로 일을 해치우는 차가운 표정만이 잠깐 스쳐갔을 뿐, 아무 기억도 없고, 꿈도 없는 세계 속으로.

파울로 코엘료는 석 달 후, 베로니카의 이야기를 알게 되었다. 슬로베니아인 여자친구와 함께 파리에 있는 알제리 식당에서 저녁식사를 하던 중이었는데, 그녀는 빌레트의 원장 딸이었고 공교롭게도 그녀의 이름 역시 베로니카였다.

훗날 그 이야기를 소설로 쓰기로 마음먹었을 때, 그는 독자들에게 혼동을 주지 않기 위해 여자친구 베로니카의 이름을 블라스카, 혹은 에드위나, 혹은 마리아에차, 혹은 다른 슬로베니아 이름으로 바꿀까 생각해보았다. 하지만 결국 그는 실제 이름을 그대로 쓰기로 결정했다. 여자친구 베로니카를 가리킬 경우에는, '여자친구 베로니카'라고 쓰면 될 것이고, 다른 베로니카는 책의 중심인물일 테니 수식어를 붙일 필요가 전혀 없었다. 계속 '미친 여자, 베로니카' 또는 '자살을 꾀한 여자, 베로니카'라고 읽어야 한다면, 독자들로서는 짜증나는 일일 것이다. 게다가 그와 여자친구 베로니카가 갑자기 이야기 속에 끼어드는 경우는 지금 여기 말고는 없을 터였다.

여자친구 베로니카는 자기 아버지가 한 일에 대해 질색을 했다. 그가 공인된 한 기관의 장長이었고, 유서 깊은 학술 단체에 제출할 논문을 쓰고 있었다는 사실 때문에 더더욱 그랬다.

"'피난소'*라는 말이 어디서 유래했는지 알아? 중세에 일반인들이 성스러운 장소, 교회로 피신해 보호를 요청할 수 있었던 권리에서 유래했어. 이 보호권은 문명인이면 누구나 다 이해할 수 있는 거라구! 그런데, 한 피난소의 책임자인 아버지가 어떻게 사람을 그런 식으로 취급할 수 있는 거지?"

여자친구 베로니카가 말했다.

파울로 코엘료는 도대체 무슨 일이 있었는지 자세히 알고 싶었다. 그에게는 베로니카의 이야기에 관심을 가질 만한 충분한 이유가 있었다.

그 역시 피난소, 아니 요즘 흔히 부르는 식으로 말하면, 정신

* 프랑스어는 asile. 일반적으로 은신처, 피난처 등을 뜻하는 이 단어는 공적인 보호시설, 특히 수용소, 양로원, 정신병원 등의 의미로도 사용된다.

병원에 입원했던 적이 있었던 것이다. 그것도 세 번씩이나—1965년, 1966년 그리고 1967년에. 그가 입원했던 곳은 리우데자네이루에 있는 에이라스 박사의 정신병원이었다.

그는 아직도, 자신이 왜 정신병원에 들어가게 되었는지 정확히 알지 못했다. 때로는 내성적이고 때로는 외향적인, 종잡을 수 없는 그의 행동거지에 그의 부모가 어찌할 바를 몰랐기 때문이었는지, 아니면 사회적 낙오자로 추락해 굶주림 속에 죽어갈 게 뻔하다고 가족 모두가 입을 모아 비아냥거리던, '예술가'가 되겠다는 그의 욕망 때문이었는지.

그 일을 생각할 때면—지나가는 말인데, 그가 그 일을 생각하는 경우는 아주 드물었다—아무런 구체적인 이유 없이 그를 정신병원에 받아들인 그 의사야말로 정말 미친 사람이라고 여겨졌다. (가족 간에는, 잘못을 가족 이외의 타인에게 전가하는, 부모가 그게 어떤 일인지 뻔히 알면서 그런 엄청난 결정을 내렸을 리 없다고 단정하는 경향이 항상 있게 마련이다.)

베로니카가 이름깨나 알려진 프랑스 잡지사에다 슬로베니아가 어디 있는지조차 모르냐고 따지는 이상한 편지를 보냈다는 사실을 알고 파울로는 웃었다.

"그런 이유로 자살하는 사람은 없어."

"반응들이 그러니까 그 편지가 아무런 반향도 불러일으키지 못하는 거야. 어제만 해도, 호텔 숙박계에 인적 사항을 적는데, 슬로베니아가 독일의 한 도시인 줄 알더라구."

여자친구 베로니카가 흥분해서 말했다.

그에게는 이 이야기가 아주 친숙하게 느껴졌다. 많은 외국인들이 아르헨티나의 부에노스아이레스를 브라질의 수도로 착각하기 때문이었다. 친절하게 다가와서는, 당신네 나라(사실은 이웃나라인) 수도가 참으로 아름답더라는 칭찬을 늘어놓는 외국인에 대한 황당한 경험 말고도, 파울로 코엘료와 베로니카 사이에는 공통점이 있었다. 어느 날 그의 첫번째 아내가 내뱉은 말에 따르면 "그가 절대 나오지 말아야 했던" 정신병원에 입원한 적이 있다는 공통점이.

하지만 그는 그곳에서 나왔다. 두 번 다시 돌아오지 않겠다는 결심과 함께 마침내 에이라스 박사의 병원을 떠나면서, 그는 두 가지 다짐을 했다. 정신병원 문제를 글로 쓰겠노라고, 하지만 부모가 죽기 전에는 공개적으로 그 주제에 접근하지 않겠노라고. 그는 부모에게 상처를 주고 싶지 않았다. 그러잖아도 그들이 저지른 일로 오랜 세월 죄책감에 시달리며 살아온 터였다.

그의 어머니는 1993년에 죽었다. 1997년, 팔십사 세인 아버지는 담배를 피운 적이 없는데도 폐기종을 앓고 있긴 했지만, 온

전한 정신과 건강을 유지하며 여전히 살아 있었다.

그래서 베로니카의 이야기를 접했을 때, 파울로 코엘료는 자신의 두번째 다짐을 어기지 않고도 첫번째 다짐을 실행에 옮길 수 있는 방법을 찾아냈다. 자살을 생각해본 적은 한 번도 없었지만, 정신병원이라는 세계에 대해서라면—치료 방법, 의사와 환자 사이의 관계, 그곳이 주는 안락함과 불안 등—어느 누구보다도 잘 알고 있었다.

자, 이제 파울로 코엘료와 여자친구 베로니카의 이야기는 이쯤에서 접고, 하던 이야기를 계속하자.

베로니카는 얼마나 잤는지 알 수 없었다. 잠깐 깬 적이 있는 것 같은데, 입과 코에는 여전히 생존 기구들이 연결되어 있었고, "마스터베이션 해줄까?"라고 말하는 목소리를 들은 듯한 기억이 났다.

두 눈을 크게 뜨고 주위를 둘러보았지만, 그녀는 그 기억이 실제였는지 환각이었는지 확신할 수가 없었다. 그것 말고는 아무것도 기억이 나지 않았다. 정말 아무것도.

튜브들은 제거되어 있었다. 하지만 그녀의 몸 여기저기 주삿바늘들이 꽂혀 있고, 심장과 머리에는 전극들이 연결되어 있었다. 양팔은 여전히 묶여 있었다. 그녀는 벌거벗은 채 시트 한 장만 달랑 덮고 있어서 추웠지만 덮을 것을 더 달라고 말할 마음은 없었다. 그녀가 누워 있는 공간은 녹색 커튼으로 둘러싸여 있었는데, 집중적인 치료에 필요한 기계들, 침대 하나, 하얀 의자 하나가 대부분의 공간을 차지하고 있었다. 간호사가 그 하얀 의자에 앉아 독서에 열중하고 있었다.

이번에는 갈색 눈과 밤색 머리카락을 가진 여자였다. 하지만 베로니카는 그녀가 몇 시간 전에—혹은 며칠 전에—자신에게 숙모 이야기를 했던 바로 그 여자인지 아닌지 확신할 수가 없었다.

"내 팔 좀 풀어주시겠어요?"

간호사가 고개를 들었다.

"안 돼요."

그녀는 차갑게 잘라 말하고는 다시 책으로 눈길을 돌렸다.

'난 살아 있어. 이제 모든 게 다시 시작되는 거야. 내가 완전히 정상이라는 걸 그들이 확인할 때까지, 난 당분간 이곳에서 지내야 할 거야. 때가 되면 퇴원허가서를 발부해줄 테고, 그럼 난 류블랴나의 거리들, 원형 광장, 다리들, 일터를 오가는 행인들을 다시 보게 되겠지…… 사람들은 언제나—오로지 우월감을 맛보기 위해—다른 사람들을 도와주려는 성향이 있으니까, 도서관의 일자리도 내게 되돌려주겠지. 시간이 지나면, 나는 다시 똑같은 바, 똑같은 나이트클럽에 드나들 거야. 친구들과 세상의 불의와 문제점들에 대해 토론도 벌이고, 호수 주변을 산책하기도 하겠지.

알약을 선택한 덕분에, 내게 자살의 흔적은 남지 않았어. 난 여전히 젊고, 예쁘고, 총명해. 지금까지 그래왔던 것처럼, 난 쉽게 남자들을 사귈 수 있을 거야. 남자의 집이나 숲속에서 사랑을 나누겠지. 어느 정도 쾌락을 맛볼 순 있을 거야. 하지만 오르가슴이 지나가고 나면 공허감이 밀려오겠지. 우리는 더이상 할 말이 없어질 거고, 그나 나나 핑곗거리를—"늦었군" 혹은 "내일 일찍 일어나야 해" 같은—내세울 시간이 되었다는 걸 알게 되겠지. 우리는 서로의 눈길을 피하면서 될 수 있는 대로 서둘러 헤어질 거야.

수녀원의 내 방으로 돌아가게 되겠지. 나는 책을 읽으려고 애쓰거나, 텔레비전을 켜고 매번 똑같은 프로그램들을 볼 거야. 전날과 똑같은 시간에 일어나기 위해 자명종을 맞추겠지. 도서관에서는 내게 맡겨진 일들을 기계적으로 반복할 거야. 난 극장 맞은편 공원에서 샌드위치를 먹을 거야. 언제나 똑같은 벤치에 앉아서. 역시 점심을 먹으려고 똑같은 벤치를 택해 앉는 여자들, 시선은 언제나처럼 텅 비어 있지만 뭔가 엄청나게 중요한 일에 몰두하는 척하는 다른 여자들 곁에서.

난 다시 일터로 돌아가겠지. 난 누가 누구와 데이트를 했고, 누가 무슨 일로 괴로워하고 있고, 아무개씨가 남편 때문에 울어

눈이 퉁퉁 부었다는 등의 험담에 귀를 기울이겠지. 나는 내가 특권을 누리는 여자라는 자부심을 갖게 될 거야. 예쁘고, 안정된 직업이 있고, 원하면 언제든 남자를 유혹할 수 있으니까. 퇴근 후면 다시 술집들을 전전할 거야. 그러고는 모든 게 다시 시작되겠지.

내 자살 시도 때문에 불안해 미칠 지경이었을 엄마는 조금씩 공포에서 벗어나, 내가 앞으로 어떻게 살아갈 건지, 결국 따지고 보면 산다는 게 내가 생각하는 만큼 그렇게 복잡한 것도 아닌데 왜 다른 사람들처럼 평범하게 살아가지 못하느냐고 계속해서 물어대겠지. "날 좀 봐라. 네 아빠와 오래전에 결혼해서, 가능한 한 최고의 본보기가 되려고, 너한테 최고의 교육을 시키려고 애썼잖니."

엄마가 매번 늘어놓는 똑같은 잔소리에 지쳐서, 그리고 엄마를 기쁘게 해주려는 마음에, 어느 날 난 사랑하는 한 남자와 마지못해 결혼을 하게 되겠지. 우리의 미래, 우리의 시골별장, 우리의 아이들 그리고 아이들의 미래를 함께 꿈꾸면서 말이야. 결혼 첫해에는 자주 사랑을 나누겠지. 두번째 해에는 조금 시들해질 테고, 그렇게 이 년이 지나면 아마 보름에 한 번씩 섹스를 생각하고 한 달에 한 번 실행에 옮기게 될 거야. 상황이 더 나빠지면 우린 서로 거의 아무 말도 하지 않을 거야. 난 그 상황을 받아들이려고 노력하면서 내게 무슨 문제가 있는 건 아닐까 생각하게 될 거야—난 더이상 그의 관심을 끌지 못할 테니까. 나는 아랑곳 않고 끊임없이 그는 자기 친구들에 대해, 마치 그들이 그의 진정한 세계라도 되는 양 떠들어댈 테니까.

우리의 결혼생활이 아슬아슬한 지경에 이를 때쯤, 난 임신을 하게 될 거야. 우리에게 아이가 생기면 한동안은 서로 더 가깝게 지내겠지. 하지만 상황은 곧 예전 상태로 되돌아가고 말 거야.

그때쯤이면, 난 어제—또는 그저께, 분명히 알 수가 없다—얘기를 들었던 그 간호사의 숙모처럼 몸이 불기 시작할 거야. 다이어트를 시도하겠지만 매일, 매주, 모든 노력에도 불구하고 끈질기게 불어나는 체중에 난 두 손을 들고 말 거야. 그러고는 우울증에 빠지지 않게 해주는 그 마법의 약에 손을 대기 시작하겠지. 마지못해 서둘러 치른 관계를 통해 애도 한둘쯤은 더 생길 거야. 난 모두에게 말하겠지, 아이들 때문에 산다고. 실제로도 아이들 때문에 살 수밖에 없을 테고.

사람들은 우리를 여전히 행복한 부부로 여기겠지. 하지만 그 행복의 겉껍질 안에 숨겨진 고독, 회한, 체념은 아무도 모를 거야.

어느 날, 나는 남편에게 여자가 생긴 걸 눈치채고 간호사의 숙모처럼 한바탕 소란을 피우거나 또다시 자살을 생각하겠지. 하지만 그때쯤이면 난 늙고 비겁해져 있을 거고, 날 필요로 하는 두세 아이의 엄마가 되어 있을 거야. 아이들을 키워 자리잡게 하기 전에는 난 모든 것을 내동댕이치지 못하겠지. 그래, 난 자살하지 못할 거야. 기껏해야 소란을 피우며 아이들을 데리고 떠나겠다고 위협하겠지. 그러면 그는, 모든 다른 남자들처럼 한발 물러설 거야. 나를 사랑한다고, 다시는 그런 일 없을 거라고 다짐하겠지. 그는 추호도 생각지 못할 거야. 내가 진짜 떠나기로 결심하더라도, 행복해질 수 있는 유일한 기회를 놓쳤다며, 자잘한 결점은 있어도 그만한 남편이 어디 있고 또 애들의 상처는 얼마나 크겠느냐며, 엄마가 하루종일 늘어놓는 한탄조의 잔소리를 들으며 부모 집에서 여생을 보내는 것 외에 내겐 달리 선택할 길이 없다는 것을.

이삼년이 지나면, 남편에게 또다른 여자가 나타날 거야. 나는 또다시 그 사실을 알게 되겠지만—내가 직접 목격하거나 누군가의 고자질을 통해—이번엔 모르는 척하게 될 거야. 첫 여자가 나타났을 때 온 힘을 다해 싸웠는데도 아무것도 건진 게 없다면 차라리 현실을 있는 그대로 받아들이는 게 더 나을지도 모른다고 생각하게 될 거야. 엄마가 옳았다고 말이지.

그는 여전히 자상한 남편일 거야. 나도 계속 도서관에 나가 일을 하겠지. 극장 앞 광장에서 샌드위치를 먹고, 끝까지 읽지 못할 책들을 붙들고 씨름하며, 십 년, 이십 년, 오십 년이 지나도 똑같은 텔레비전 프로그램을 보겠지. 단, 샌드위치를 삼킬 때마다 죄책감에 시달릴 거야. 계속 몸이 불 테니까. 남편은 내가 아이들을 돌봐주기를 바랄 테니 술집에도 더이상 갈 수 없을 거야.

그때쯤이면, 난 행동에 옮길 용기는 내지 못한 채 하루종일 자살을 생각하며 아이들이 다 클 때까지 기다려야만 할 거야. 어느 날 나는 산다는 게 다 그런 거라는, 삶은 아무것에도 이르지 못한다는, 아무런 변화도 없을 거라는 결론에 도달하게 될 거야. 그러고는 그 삶에 적응해가겠지.'

베로니카는 마음속 독백을 끝내고 한 가지 다짐을 했다. 살아서 빌레트를 나서지 않으리라. 아직 죽을 용기와 힘이 있는 동안, 빨리 끝내는 편이 나았다.

그러는 사이, 그녀를 둘러싸고 있던 기구들의 수가 점점 줄어들고, 체온이 점점 올라가고, 간호사들의 얼굴이 매번 바뀌고—그녀 곁에는 항상 누군가 있었다—있었다. 그러한 변화를 그녀 역시 감지하며 그녀는 잠들었다 깨기를 여러 차례 반복했다. 녹색 커튼 너머로 울음소리, 고통에 찬 신음소리, 혹은 차분하고 직업적인 어조로 수군대는 목소리들이 들려왔다. 때때로, 옆방에서 기구가 웅웅거리면, 복도를 황급히 오가는 발소리를 들을 수 있었다. 그럴 때면, 그 목소리들은 차분한 어조를 잃고 잔뜩 긴장한 채 간결하고 신속한 명령을 내렸다.

그녀가 완전히 정신을 차렸을 때, 한 간호사가 베로니카에게 물었다.

"당신 상태가 어떤지 궁금하지 않아요?"

"이미 알고 있어요. 당신이 보는 내 몸 말고, 내 영혼 속에서 일어나고 있는 일의 상태 말이에요."

그녀가 대답했다. 간호사는 대화를 계속하고 싶어했지만 베로니카는 다시 잠든 척했다.

다시 눈을 떴을 때, 베로니카는 자신이 다른 장소로 옮겨졌다는 걸 곧 알아차렸다. 병실과 흡사한 넓은 방이었다. 팔에는 여전히 링거 주삿바늘이 꽂혀 있었지만, 나머지 튜브들, 다른 주삿바늘들은 모두 제거되어 있었다.

검게 염색한 머리카락과 콧수염이 전통적인 하얀 가운 때문에 더욱더 두드러져 보이는, 키가 무척 큰 의사 하나가 그녀의 침대 앞에 서 있고, 한 젊은 레지던트가 그 옆에 서서 메모판을 꽉 움켜쥔 채 열심히 메모를 하고 있었다.

"제가 이곳에 온 지 얼마나 됐죠?"

그녀가 물었다. 말하는 게 힘이 들고, 발음을 정확히 할 수가 없었다.

"응급실에서 닷새, 그리고 이 방에서 두 주일. 아직 살아 있는 걸 하느님께 감사해요."

나이든 의사가 대답했다.

젊은 의사가 흠칫 놀라는 것 같았다. 마치 사실과 전혀 다른 말을 들었다는 듯이. 베로니카는 즉각 그의 반응을 눈치채고 본능적으로 긴장했다. 내가 이곳에 더 오래 있었던 걸까? 내 상태가 아직 위험한 걸까? 그녀는 두 남자의 몸짓 하나하나에, 움직임 하나하나에 주의를 기울이기 시작했다. 그들에게 질문을 해도 소용이 없다는 걸 그녀는 알고 있었다. 결코 진실을 말해주지 않을 테니까. 하지만 영리하게 행동하면, 무슨 일이 벌어지고 있는지 짐작은 할 수 있을 터였다.

"이름, 주소, 결혼 여부 그리고 생년월일을 말해보세요."

나이든 의사가 말했다.

베로니카는 자신의 이름, 결혼 여부, 생년월일을 밝혔다. 그런데 기억에 공백이 있었다. 주소는 정확하게 기억해낼 수가 없었던 것이다.

의사가 그녀의 눈에 조그만 전등을 비추면서 아무 말 없이, 오랫동안 살폈다.

젊은 의사도 나이든 의사를 따라서 똑같이 했다. 그들은 의미를 알 수 없는 시선을 주고받았다.

"야근하던 간호사에게 우리가 당신의 영혼을 들여다볼 수 없다고 했다죠?"

젊은 의사가 물었다.

베로니카는 기억이 나지 않았다. 이곳에서 있었던 일은 도무지 기억해낼 수가 없었다.

"당신이 줄곧 잠만 잔 건 수면제 때문이에요. 그게 기억에 영향을 줄 수도 있죠. 자, 힘들겠지만 이제 우리가 하는 질문에 하나하나 대답하려고 해보세요."

의사들은 터무니없는 심문을 시도했다. 류블랴나의 주요 일간지는 어떤 것들이죠? 중앙광장에 세워져 있는 동상은 어떤 시인의 동상이죠?(아! 그 사람, 무슨 일이 있어도 그녀는 절대 그 시인만은 잊지 못할 것이다. 슬로베니아인이라면 누구나 프레셰렌의 이미지를 가슴 깊이 간직하고 있다.) 모친의 머리 색깔은? 직장 동료들의 이름은? 도서관에서 사람들이 가장 많이 찾는 작품은?

처음에, 베로니카는 대답할 수 없을 거라고 생각했다. 그만큼 그녀의 기억은 희미했다. 하지만 질문이 이어짐에 따라, 잊혀졌던 기억들이 조금씩 되살아나기 시작했다. 한순간, 그녀는 자신이 지금 정신병원에 있고, 정신병자들은 전혀 논리적일 필요가 없다는 사실을 기억해냈다. 하지만 그녀는 질문에 대답하려 애켰다. 자기 자신을 위해, 의사들을 자기 곁에 더 오래 붙들어두어 그들로부터 자신의 상태에 대한 더 많은 정보를 얻어내기 위해. 이름들과 사실들을 하나씩 떠올려 대답하다보니, 그녀는 자신의 기억뿐만 아니라 자신의 개성, 욕망, 삶을 대하는 방식까지 되찾게 되었다. 아침까지만 해도 여러 겹의 진정제 층 아래로 가라앉아버린 것만 같았던 자살에 대한 생각이 서서히 수면 위로 부상하기 시작했다.

"좋아요."

질문을 끝내며 나이든 의사가 말했다.

"저는 이곳에 얼마나 더 있게 되나요?"

젊은 의사가 눈을 내리깔았다. 순간, 베로니카는 모든 것이 정지된 것처럼 느껴졌다. 마치 그에게서 대답이 나오는 순간, 이제는 그 누구도 바꿀 수 없을 그녀 삶의 새로운 장이 펼쳐지기라도 할 것처럼.

"말해줘도 좋아. 환자들 사이에 이미 소문이 돌고 있어. 그러니 결국 어떻게든 알게 될 거야. 이곳에서 비밀을 간직하기란 불가능하니까."

나이든 의사가 말했다.

"좋아요, 당신의 운명을 결정한 건 바로 당신이니까. 그러니까, 당신이 저지른 행동의 결과는 이래요. 수면제의 작용으로 혼수상태에 빠져 있는 동안, 당신의 심장은 돌이킬 수 없는 손상을 입었어요. 심실에 괴저가 있었고……"

단어 하나하나를 힘주어 말하며 젊은 의사는 한숨을 내쉬었다.

"간단하게, 요점만 단도직입적으로 말하지."

나이든 의사가 말을 잘랐다.

"당신의 심장은 돌이킬 수 없는 손상을 입었어요. 그래서 머지않아 박동을 멈추게 될 겁니다."

"그게 무슨 말이에요?"

베로니카가 겁에 질려 물었다.

"심장이 박동을 멈춘다는 건 단 한 가지, 육체적인 죽음을 의미하죠. 어떤 종교를 가지고 있는지는 모르지만……"

"언제쯤이요?"

그녀가 소리쳤다.

"닷새, 아니면 길어야 일주일."

베로니카는 그 청년이 직업상 어쩔 수 없이 근심어린 표정과 태도를 취하고는 있지만 자신이 내린 선고에 엄청난 쾌감을 느끼고 있다는 걸 알아차렸다. 마치 그녀가 그러한 벌을 받아 마땅하고, 다른 모든 환자들에게 본보기가 되기라도 하는 것처럼.

다른 사람에게 일어난 끔찍한 일을 이야기할 때, 사람들은 마치 당장이라도 달려가 그를 돕고 싶다는 듯 아주 근심스런 표정을 짓지만, 실제로는 타인의 고통을 보면서 그들 자신은 그나마 행복하다고, 삶이 그래도 그들에게는 관대했다고 믿으며 즐거워 한다. 그녀는 일찍부터 그것을 알고 있었다. 그녀는 그런 부류의 사람들을 혐오했다. 베로니카는 청년에게 그녀의 상태를 그 자신의 욕구불만 해소 거리로 내줄 생각이 조금도 없었다.

그녀는 청년의 눈을 똑바로 쳐다보았다. 그러고는 웃었다.

"그럼 내가 실패한 게 아니네요."

"그렇군요."

그가 대답했다.

하지만 그 목소리에는 비극적인 소식을 전하면서 그가 누렸을 쾌감의 흔적은 이미 사라지고 없었다.

밤이 되자, 그녀는 겁이 나기 시작했다. 약을 먹고 자기도 모르는 사이에 숨이 끊어지는 것과, 할 수 있는 모든 일을 해본 뒤 죽음을 기다리며 닷새나 한 주를 보내야 하는 것은 완전히 별개의 문제였다.

베로니카는 자신의 삶을 기다리면서 보냈다. 직장에 나간 아빠의 귀가, 도착하지 않는 남자친구의 편지, 학기말시험, 기차, 버스, 전화 한 통, 방학과 개학. 이제 그녀는 죽음을 기다려야만 한다. 그것도 날짜가 정해진 죽음을.

"이건 내게만 일어날 수 있는 일이야. 사람들은 대개, 죽는다는 건 상상도 못한, 바로 그런 날에 죽어."

그녀는 그곳에서 나가 또다시 알약들을 구해야만 했다. 그럴 수 없다면, 류블랴나의 한 건물 꼭대기에서 몸을 던지는 것 외에 다른 해결책이 없다면, 좋아, 그렇게라도 할 테야. 그녀는 부모에게 필요 이상의 고통은 주고 싶지 않았다. 하지만 이제는 선택의 여지가 없었다.

그녀는 주위를 살펴보았다. 비어 있는 침대는 단 하나도 없었고, 환자들은 다들 자고 있었다. 시끄럽게 코를 고는 사람들도 있었다. 창문에는 창살이 쳐져 있었다. 공동 침실 끝에 켜져 있는 자그마한 등이 방을 이상한 그림자들로 가득 채우고 있었다. 환자들이 지속적으로 감시당하고 있다는 뜻이리라. 한 여자가 그 불빛에 가까이 앉아 책을 읽고 있었다.

'여기 간호사들은 교양이 아주 풍부할 거야. 늘상 저렇게 책만 읽으니.'

베로니카의 침대가 문에서 가장 멀리 있었고, 베로니카와 그 여자 사이에는 스무 개가량의 침대들이 놓여 있었다.

베로니카는 힘들게 몸을 일으켰다. 의사의 말을 곧이곧대로 믿는다면, 그녀는 거의 삼 주 동안 누워 지낸 셈이었다. 간호사가 고개를 들어, 링거병을 들고 다가오는 그녀를 쳐다보았다.

"화장실에 가고 싶어요."

다른 미친 여자들을 깨울까봐 겁이 나 그녀가 소곤거렸다.

무심한 몸짓으로 여자는 문 쪽을 가리켰다. 탈출구를, 틈을, 그 장소를 벗어날 방법을 찾아 베로니카는 재빨리 머리를 굴렸다.

'내가 아직 너무 허약해서 아무 짓도 못할 거라고 믿고 있을 때 빨리 해치워야 해.'

그녀는 주위를 자세히 살폈다. 화장실은 침실 옆에 바로 붙어 있는 작은 칸막이 공간이었다. 문도 따로 달려 있지 않았다. 그곳에서 나가는 방법은 간호사를 덮쳐 열쇠를 빼앗는 길뿐이었다. 하지만 그러기에는 그녀의 몸이 너무 약했다.

"여긴 감옥인가요?"

책을 읽다 말고 자신의 움직임 하나하나를 시선으로 좇고 있던 간호사에게 베로니카가 물었다.

"아뇨. 정신병원이에요."

"난 미치지 않았어요."

간호사가 웃었다.

"여기선 다들 그렇게 말해요."

"좋아요. 그럼 난 미쳤어요. 그런데 미쳤다는 게 도대체 뭐죠?"

간호사는 베로니카에게 너무 오래 서 있으면 안 된다고 타이르고는 침대로 돌아가라고 명령했다.

"미쳤다는 게 도대체 뭐죠?"

베로니카가 다시 물었다.

"내일 의사 선생님께 물어보세요. 자, 이제 그만 자러 가요. 안 그러면, 나도 그러고 싶진 않지만, 당신에게 진정제를 주사할 수밖에 없어요."

베로니카는 그녀의 말에 따랐다. 침대로 돌아오는데, 한 침대에서 누군가 소곤거렸다.

"미쳤다는 게 뭔지 몰라?"

순간, 그녀는 대답하지 않는 편이 낫겠다고 생각했다. 그녀는 이곳에서 친구를 사귀거나 관계를 맺고 싶지 않았고, 소요를 일으키기 위해 동지들을 모을 생각도 없었다. 그녀에겐 오직 한 가지, 죽을 생각밖에 없었다. 탈출하는 게 불가능하다면, 여기서라도 자살할 방법을 찾아낼 것이다. 그것도 가능한 한 빨리.

그런데 여자가 다시 물었다.

"미쳤다는 게 뭔지 몰라?"

"누구세요?"

"내 이름은 제드카야. 네 침대로 돌아가. 저 여자가 네가 잠이 들었다고 믿을 때까지 기다렸다가, 바닥을 살살 기어서 다시 나한테 와."

베로니카는 자기 침대로 되돌아가서 간호사가 다시 책에 빠져들기를 기다렸다. 미쳤다는 게 뭐지? 사람들이 그 단어에 각자 다른 의미를 부여했기 때문에, 그녀로서는 전혀 감을 잡을 수가 없었다. 예를 들어, 기록을 깨고 싶어 안달하는 운동선수들을 미쳤다고도 하고, '정상적인' 사람들과는 반대로 불안정한 생활을 하는 예술가들을 두고도 미쳤다고 했다. 게다가, 베로니카는 한겨울에 거의 벌거벗은 채로 류블랴나의 거리를 활보하거나, 가방과 넝마로 가득한 슈퍼마켓용 수레를 밀고 다니면서 세상의 종말을 예언하는 사람들도 본 적이 있었다.

그녀는 잠이 오지 않았다. 의사의 말대로라면, 그녀는 거의 한 주 내내 잔 셈이었다. 격한 감정적 동요가 없는 생활에 습관이 붙은, 일과 휴식의 리듬을 엄격히 지키는 사람에게는 너무나 긴 잠이었다. 미쳤다는 게 뭐지? 아마 미친 사람에게 직접 물어보는 편이 나을지도 몰라.

베로니카는 팔에서 주삿바늘을 뺀 다음, 치밀어오르는 구역질을 애써 참으며 몸을 웅크린 채 제드카에게로 기어갔다. 그녀는 이 지독한 구역질이 약해진 심장 탓인지 아니면 모처럼 힘든 동작을 취해서인지 알 수 없었다.

"난 미쳤다는 게 뭔지 몰라요. 하지만 난 미치지 않았어요. 그저 낙심해 자살을 기도했을 뿐이에요."

베로니카가 속삭였다.

"미친 사람이란 자기 세계 속에서 사는 사람이야. 정신분열증 환자, 성격이상자, 편집광처럼 말이야. 다시 말해 뭇사람들과는 다른 사람들이지."

"당신처럼요?"

"하지만, 시간도 공간도 없고 그 둘의 결합만 있다고 믿었던 아인슈타인, 또는 대양 저 너머에 절벽이 아니라 다른 대륙이 있다고 확신했던 콜럼버스, 또는 인간이 에베레스트 정상에 오를 수 있다고 장담했던 에드먼드 힐러리, 또는 독창적인 음악을 창조해냈고 다른 시대 사람들처럼 옷을 입고 다녔던 비틀스, 아마 너도 이미 그들에 대한 이야기는 들은 적이 있을 거야. 이 모든 사람들, 그리고 다른 수많은 사람들 역시 그들 자신의 세계 속에서 살았어."

베로니카의 질문을 못 들은 척하면서 제드카가 계속 말했다.

'이 미친 여자가 제법 분별 있는 말을 하네.'

베로니카는 예수나 성모마리아와 대화를 나누었다고 주장했던 성인聖人들에 대해 엄마가 해준 이야기들을 떠올렸다. 그들 역시 자신의 세계 속에서 살았던 것일까?

"영하 오 도가 넘는 날씨에, 등이 깊게 팬 붉은 야회복을 입고 초점 잃은 흐릿한 눈을 한 채 류블랴나의 거리를 헤매는 한 여자를 본 적이 있지. 술에 취했구나 싶어서 도와주려 했지만, 그 여자는 내 외투를 거절했어.

아마도 그녀의 세계가 여름이었거나, 그녀의 몸이 그녀를 기다리는 누군가에 대한 욕망으로 뜨거워져 있었을 거야. 그 누군가 그녀의 망상 속에서만 존재한다 하더라도, 그녀는 자신이 느끼는 대로 살고 죽을 권리가 있는 거야, 안 그래?"

베로니카는 무슨 말을 해야 할지 몰랐다. 하지만 그 미친 여자의 말에는 나름대로 의미가 있었다. 혹시 알아, 이 여자가 반쯤 벌거벗은 채로 류블랴나의 거리를 헤매던 바로 그 여자일지?

제드카가 다시 말을 이었다.

"내가 이야기를 하나 해주지. 한 왕국을 무너뜨리려고 마음먹은 마법사가 있었어. 그는 그 왕국의 백성 모두가 물을 길어 먹는 우물에 묘약을 풀었어. 그 물을 마시는 사람은 누구나 미쳐버리는 묘약을 말이야.

이튿날 아침, 물을 마신 백성들이 모두 미쳐버렸어. 왕만 빼놓고 말이지. 왕과 그 가족을 위한 우물은 따로 있어서, 마법사도 접근할 수가 없었거든. 불안해진 왕은 백성들을 통제하기 위해 안전과 공중위생에 관한 일련의 조치들을 내렸어. 그런데 관리들과 경찰들도 이미 독이 든 물을 마신 상태였어. 왕의 조치가 말도 안 되는 소리라고 생각한 그들은 따르지 않기로 결정했지.

왕의 칙령을 접한 백성들은 왕이 완전히 미쳐버렸다고 확신했어. 그래서 모두들 궁궐로 몰려가 함성을 지르며 왕에게 물러날 것을 요구했지.

절망에 빠진 왕은 왕위를 떠날 준비를 했어. 그런데 왕비가 말렸지. '우리도 우물로 가서 그 물을 마셔요. 그러면, 우리도 그들과 똑같아질 거예요.' 왕비가 이렇게 제안했어.

그래서 왕과 왕비는 독이 든 물을 마셨고, 이내 정신나간 말들을 하기 시작했지. 그러자 백성들은 마음을 돌렸어. 그처럼 크나큰 지혜를 보여준 왕을 무엇 때문에 쫓아내겠어?

그 왕국엔 다시 평화가 찾아왔어. 백성들이 이웃나라 백성들과는 전혀 딴판으로 행동하기는 했지만 말이야. 그리고 왕은 죽는 날까지 왕좌를 지킬 수 있었지."

베로니카가 웃으며 말했다.

"당신은 미친 것 같지 않아요."

"아냐, 난 미쳤어. 이제 낫기는 했지만. 내 경우는 아주 간단하거든. 내 몸에 어떤 화학물질을 주사하기만 하면 돼. 하지만 난 그 물질이 단지 내 만성적인 우울증만 해결해주면 좋겠어. 난 미친 여자로 남고 싶거든. 다른 사람들이 강요하는 방식이 아니라, 내가 꿈꾸는 대로 내 삶을 살고 싶어. 바깥에, 빌레트의 담 너머에 뭐가 있는지 알아?"

"같은 우물물을 마신 사람들이요."

"그래, 바로 그거야. 그들은 다른 사람들과 똑같은 짓거리를 하는 자신을 정상이라고 믿지. 나도 이제 그 우물물을 마신 척할 거야."

제드카가 대답했다.

"그래요, 나도 그걸 마셨어요. 그게 바로 내가 안고 있는 문제예요. 나는 절망스럽지 않았어요. 커다란 기쁨이나 슬픔에 오랫동안 휩쓸린 적도 없었어요. 다른 사람들이 안고 살아가는 문제와 조금도 다를 게 없어요."

제드카는 얼마 동안 말이 없었다.

"넌 곧 죽을 거야, 그들이 그랬어."

베로니카는 잠시 망설였다. 이 생면부지의 여자를 믿어도 될까? 하지만 그녀는 위험을 감수할 수밖에 없었다.

"기껏해야 닷새나 엿새. 하지만 그전에 죽을 방법이 없을까 궁리하고 있어요. 당신이, 아니면 이곳에 있는 다른 누군가 다시 알약들을 구해줄 수 있다면, 이번에야말로 내 심장이 견뎌내지 못할 거라고 난 확신해요. 죽음을 기다려야만 한다는 게 얼마나 괴로운 일인지 헤아려보세요. 도와주세요."

제드카가 미처 대답하기도 전에, 간호사가 주사기를 들고 나타났다.

"나 혼자서도 당신한테 주사를 놓을 수 있어요. 하지만 당신이 굳이 원한다면, 밖에 있는 경비들한테 도와달라고 할 수도 있어요."

"쓸데없이 힘을 낭비하지 마. 나한테 부탁한 걸 얻으려거든 힘을 아껴."

제드카가 베로니카에게 충고했다.

베로니카는 일어나서 침대로 돌아갔다. 그러고는 순순히 간호사의 손에 자신을 맡겼다.

정신병원에서의 정상적인 첫날이 시작되었다. 그녀는 병실에서 나와 남녀가 함께 식사를 하는 넓은 공동 식당에서 아침을 먹었다. 영화에서 본 것—소란, 아우성, 발작적인 몸짓을 하는 환자들—과는 반대로, 모든 것이 억압적인 침묵 속에 잠겨 있는 것처럼 보였다. 아무도 자신의 내적 세계를 낯선 이들과 함께 나누길 원치 않는 것 같았다.

아침식사가 끝나자(식사는 먹을 만했다. 빌레트의 나쁜 평판을 음식 탓으로 돌릴 수는 없었다), 그들은 모두 '일광욕'을 즐기러 밖으로 나갔다. 사실, 햇볕은 없었다. 기온은 영하였고, 정원은 눈으로 하얗게 덮여 있었다.

"내가 이곳에 있는 이유는 살아남기 위해서가 아니라 죽기 위해서예요."

베로니카가 한 간호사에게 말했다.

"그래도 '일광욕'은 하러 나가야 해요."

"미친 건 당신들이에요. 햇볕도 없잖아요!"

"하지만 빛이 있죠, 환자들을 안정시키는 데 도움이 돼요. 불행히도 이곳 겨울은 너무 길어요. 안 그랬으면 우리 일도 좀 줄었을 텐데."

따져봤자 소용이 없었다. 그녀는 밖으로 나갔다. 천천히 걸음을 옮기며 주위를 살폈다. 몰래 달아날 방법을 찾으면서. 예전의 병사 건축 규정에서 정한 바대로, 담은 높았다. 하지만 보초용 망루는 모두 텅 비어 있었다. 정원은 군대식 건물들에 둘러싸여 있었다. 현재 남자 병실과 여자 병실, 관리사무실 그리고 직원용 부속실 등으로 쓰이는 건물들이었다. 실제 감시가 이루어지는 곳은 경비 두 명이 방문객들의 신분을 검사하는 정문밖에 없다는 사실을 베로니카는 곁눈질로 한번 쓰윽 훑어보고 이내 알아차렸다.

그녀의 머릿속에서는 모든 것이 다시 제자리를 잡아가는 것 같았다. 기억을 되살리기 위해, 그녀는 아주 세세한 내용들, 예를 들면 방 열쇠를 감춰두었던 장소, 가장 최근에 산 음반, 도서관에서 마지막으로 대출 신청을 받은 책 제목 등을 기억해내려 애썼다.

"내가 제드카야."

한 여자가 그녀에게 다가오면서 말했다.

전날 밤, 대화를 나누는 내내 침대 곁에 웅크리고 앉아 있었기 때문에, 베로니카는 그녀의 얼굴을 제대로 볼 수 없었다. 여자는 대략 서른다섯 살 정도로 완전히 정상인처럼 보였다.

"주사 때문에 고생하지 않았으면 좋았을걸. 시간이 지나면, 몸에도 습관이 붙어서 진정제가 아무런 작용도 못하게 되지."

"기분은 좋아요."

"지난밤에 우리가 나눈 대화…… 네가 내게 부탁했던 것, 기억해?"

"그럼요."

제드카가 그녀의 팔짱을 꼈다. 그들은 보조를 맞춰 마당의 헐벗은 나무들 사이를 거닐었다. 담 너머로 구름에 묻힌 산 정상이 보였다.

"날은 차지만 좋은 아침이야. 이상하게도 난 이렇게 흐리고 추운 날엔 우울증에 빠져본 적이 없어. 날씨가 이럴 땐, 자연이 나와, 내 영혼과 일치되는 것처럼 느껴졌지. 반대로 볕이 나면, 그래서 아이들이 거리로 나와 뛰놀기 시작하면, 좋은 날씨 때문에 사람들이 행복해하면, 난 기분이 아주 더러워졌어. 나로서는 끼어들 여지 없이 넘쳐흐르는 그 충만함이 마치 부당한 것이라도 되는 것처럼 말이야."

제드카가 말했다.

베로니카는 여자의 품에서 슬그머니 팔을 빼냈다. 그녀는 신체 접촉을 좋아하지 않았다.

"말을 하다 말았잖아요. 내 부탁에 대해 말했어요."

"병원 내부에 모임이 하나 있어. 언제든 퇴원허가서를 받아 집으로 돌아갈 수 있지만 그걸 거부하는 사람들이야. 그들이 내세우는 이유는 다양해. 별 다섯 개짜리 호텔과는 거리가 멀지만, 빌레트도 소문처럼 그렇게 끔찍한 곳은 아니라는 거지. 여기서는 비판을 염두에 두지 않은 채, 누구나 자신이 생각하는 걸 말하고 자신이 원하는 걸 할 수 있어. 어쨌든 여긴 정신병원이니까. 하지만 정부에서 감독관들이 나오면, 그들은 마치 심각한 정신이상자들인 양 행동해. 그들 중 몇몇은 이곳에 묵는 경비를 국가에서 대거든. 의사들도 그걸 알고 있어. 하지만, 병원 주주들이 아무런 조치도 취하지 말라는 명령을 내렸나봐. 환자들보다는 빈 병실이 더 많으니까."

"그들이 나한테 약을 구해줄 수 있을까요?"

"그들과 접촉을 시도해봐. 그들 그룹을 여기서는 '형제 클럽'

이라고 불러."

제드카는 백발의 여자를 턱짓으로 가리켰다. 그녀는 자기보다 나이가 어린 젊은 여자들과 열띤 대화를 나누고 있었다.

"마리아야, '형제 클럽'의 일원이지. 저 여자에게 부탁해봐."

베로니카가 마리아한테 가려 하자 제드카가 말렸다.

"지금 말고. 저 여잔 지금 즐기고 있어. 모르는 여자에게 호의를 베풀기 위해 즐거운 한때를 포기하진 않을 거야. 그녀의 기분을 잡치기라도 하면, 두 번 다시 그녀에게 접근할 수 없을지도 몰라. 미친 사람들은 언제나 첫인상을 믿거든."

베로니카는 제드카가 '미친 사람'이라는 낱말을 발음하는 억양에 웃음 지었다. 하지만 그녀는 갑자기 불안해졌다. 모든 게 너무나 정상적이고, 너무나 쉬워 보였던 것이다. 직장에서 바bar로, 바에서 남자친구의 침대로, 침대에서 자신의 방으로, 자신의 방에서 엄마의 집으로, 이렇게 다람쥐 쳇바퀴 돌듯 틀에 박힌 생활을 해온 그녀가 지금 정신병원이라는, 꿈조차 꾸지 못했던 공간을 경험하고 있었던 것이다. 아무런 부끄러움 없이 스스로 자신이 미친 사람이라고 고백할 수 있는 곳. 남에게 호의를 베풀어야 한다는 이유만으로는 자신들이 하던 재미있는 활동을 중단하지 않는 곳.

그녀는 제드카가 사실대로 이야기한 것인지, 아니면 미친 사람들인 자신들이 더 나은 세계에 살고 있다는 걸 보여주기 위해 택한 태도인지 잠시 생각해보았다. 하지만 아무러면 어떤가? 상황은 흥미로웠고 전혀 예기치 못한 것이었다. 사람들이 보다 자유롭게 자신의 욕망들을 실현하기 위해 미친 척하는 장소를 상상이나 할 수 있겠는가?

바로 그 순간, 베로니카의 심장이 세차게 뛰기 시작했다. 의사와 나눈 대화가 불현듯 떠올라 겁이 났던 것이다.

"잠시 혼자 걷고 싶어요."

그녀가 제드카에게 말했다.

결국, 그녀 역시 미친 여자였고, 남에게 호의를 베풀 필요가 없었다.

제드카가 가버리자, 베로니카는 빌레트의 담 너머로 산들을 바라보았다. 살고 싶다는 욕망이 슬그머니 고개를 드는 것 같았다. 하지만 그녀는 그것을 단호히 떨쳐버렸다.

"하루라도 빨리 알약들을 손에 넣어야 해."

그녀는 자신이 처한 상황에 대해 곰곰이 생각해보았다. 전혀 예상치 못한 상황이었다. 설사 하고 싶은 미친 짓들을 모두 다 해보라고 한대도, 그녀는 어찌할 바를 몰랐을 것이다.

그녀는 전혀 미쳐본 적이 없었다.

정원 산책이 끝나자, 남녀 환자들은 점심식사를 위해 모두 식당으로 갔다. 식사가 모두 끝난 후, 간호사들이 그들을 탁자, 의자, 소파 들이 놓여 있고 피아노 한 대, 텔레비전 한 대가 갖추어져 있는 넓은 살롱으로 데리고 갔다. 커다란 발코니 창들을 통해 흐린 하늘과 낮게 깔린 구름들이 내다보였다. 발코니 창이 어차피 정원을 향해 나 있어서 창살 같은 건 쳐져 있지 않았다. 추위 때문에 모두 굳게 닫혀 있었지만 손잡이만 돌리면 누구든 다시 정원으로 나가 나무들 사이를 거닐 수 있었다.

대부분의 환자들은 텔레비전 앞에 자리를 잡았다. 멍하니 허공을 바라보는 사람도 있고, 낮은 목소리로 혼자 중얼거리는 사람도 있었다—혼잣말 안 해본 사람이 누가 있겠는가?

베로니카는 가장 나이 많은 마리아가 살롱 한구석에 우르르 몰려선 사람들을 향해 다가가는 것을 보았다. 몇몇 환자들이 그 근처를 오락가락하고 있었다. 베로니카는 그들 쪽으로 접근을 시도했다. 그들이 나누는 대화를 들어보기 위해서였다. 그녀는 자신의 의도를 들킬까 조심스러웠다. 그런데 그녀가 가까이 다가가자, 그들은 모두 입을 다물고 일제히 그녀를 뚫어져라 쳐다보았다.

"원하는 게 뭐야?"

'형제 클럽'(실제로 그런 모임이 존재한다면, 그리고 제드카가 멀쩡한 겉모습만큼 그렇게 미친 게 아니라면)의 우두머리로 보이는 나이든 남자가 그녀에게 물었다.

"아무것도 아니에요. 그냥 지나가는 거예요."

그들은 모두 서로를 쳐다보며 미친 사람들이 흔히 그러듯 고개를 설레설레 흔들었다. "그냥 지나가는 거래!" 그들 중 하나가 옆사람에게 말했다. 그러자 또 한 사람이 더 큰 목소리로 그 말을 반복했다. 잠깐 사이 모두가 그 말을 시끄럽게 외쳐댔다.

베로니카는 어찌해야 할지 몰랐다. 두려움으로 꼼짝도 할 수가 없었다. 험악하게 생긴 남자 간호사가 쫓아와 무슨 일이냐고 물었다.

"아무것도 아냐, 저 여자가 그냥 지나가기만 하는 거래. 잠깐 멈춰 서 있지만 이제 곧 지나갈 거래!"

그룹의 일원이 대답했다.

그러자 모두가 일제히 웃음을 터뜨렸다. 베로니카는 냉랭한 미소를 지으며 홱 돌아서서는 그 자리를 떠났다. 그녀의 눈에 고인 눈물을 아무도 눈치채지 못하도록. 그녀는 외투도 걸치지 않은 채 정원으로 나갔다. 한 간호사가 다시 안으로 들어가라고 말했다. 그러다 다른 간호사가 다가와 뭐라고 귓속말로 수군거리자, 입을 다물었다. 그녀는 추위 속에 내버려졌다. 죽음을 선고받은 이의 건강은 보살펴 무엇하겠는가.

그녀는 혼란스럽고, 신경이 날카로웠다. 자기 자신에게 화가 나 있었다. 그녀는 결코 냉정을 잃고 허둥댄 적이 없었다. 어떠한 상황에서도 침착하고 차가운 표정을 잃지 말아야 한다는 걸 그녀는 일찌감치 터득한 터였다. 그런데 그 미친 사람들이 부끄러움, 두려움, 분노, 살의를 일깨웠다. 그녀가 감히 입 밖에 내뱉은 적이 없는 말들로 그들에게 상처를 입히고 싶은 욕망을 그녀의 내부에 일깨워놓았던 것이다.

아마 그녀가 삼킨 알약들이—아니면 그녀를 혼수상태에서 깨어나게 하기 위해 했던 치료가—그녀를 외부의 도전에 대응할 줄 모르는 연약한 여자로 만들어놓았는지도 모른다. 사춘기 시절, 그녀는 이보다 더한 상황에도 여러 차례 맞선 적이 있었다. 하지만 눈물을 삼키지 못한 것은 이번이 처음이었다! 그녀는 옛 모습을 되찾아야 했다. 빈정거리는 태도로, 그들은 별 볼 일 없는 인간들이므로, 그들이 무슨 짓을 해도 아무렇지도 않다는 듯이 행동해야 했다. 그들 중에 스스로 목숨을 끊을 용기를 가진 자가 누가 있겠는가? 빌레트의 담 뒤에 숨어사는 그 사람들 중에 누가 감히 그녀에게 삶을 가르칠 수 있겠는가? 결코 그들의 도움에 의존하지 않으리라, 어떠한 일이 있어도. 설사 죽기 위해 오륙일을 기다려야 한다 하더라도.

"하루가 흘렀으니, 이제 남은 건 고작해야 나흘이나 닷새야."

그녀는 잠시 걸었다. 살을 에는 추위가 몸속을 파고들어, 너무 빨리 흐르는 피와 너무 세차게 뛰는 심장을 진정시킬 수 있도록.

"웃기는 일이야. 살날이 며칠이나 남았다고 여태껏 본 적도 없고 얼마 안 있으면 두 번 다시 보지 못할 사람들이 이러쿵저러쿵하는 소리에 매달리고 있는 거지? 그런데도 속이 상하고 화가 나. 싸움이라도 한바탕하고 싶어. 아냐, 뭐하러 그딴 일에 시간을 낭비해?"

하지만 사실 그녀는 얼마 남지 않은 시간을 낭비하고 있었다. 다른 사람들에 의해 강요된 법칙을 따르고 싶지 않다면 격렬하게 저항해야만 하는 이 이상한 공동체 안에서 알량한 자존심 싸움을 하느라고.

"이건 말도 안 돼. 난 이런 적 없어. 절대 그딴 바보짓 때문에 싸운 적이 없었다구."

그녀는 꽁꽁 언 정원 한가운데 멈추어 섰다. 그랬다. 그녀가 삶이 자연스레 강요한 것을 결국 받아들이고 만 것은 그녀 자신이 모든 것을 '그딴 바보짓'이라 생각했기 때문이다. 사춘기 시절, 그녀는 뭔가를 선택하기에는 아직 때가 너무 이르다고 생각했다. 어른이 되었을 때는, 뭔가를 바꾸기에는 이제 너무 늦었다고 체념했다. 지금까지 무엇하느라 내 모든 에너지를 소비한 거지? 그것도 내 삶에 아무런 변화도 일어나지 않게 하느라고. 진정한 사랑이란 시간에 따라 변모하고, 성장하고, 계속 새로운 표현 방식들을 찾아낸다는 걸 그녀도 알고는 있었지만, 부모가 어린아이였던 그녀를 사랑한 것처럼 계속 사랑할 수 있도록 그녀는 자신의 욕망 대부분을 희생시켰다. 엄마가 눈물을 흘리며 결혼생활은 이제 끝장이라고 털어놓은 날, 베로니카는 아빠를 찾아가 눈물로 호소하고 협박한 끝에 결국 집을 떠나지 않겠다는 약속을 받아냈다. 둘 다 그 대가를 톡톡히 치러야 하리라는 건 짐작도 못한 채.

일자리를 찾아야 했을 때, 그녀는 막 독립한 슬로베니아에 자리를 잡은 신생 회사가 내놓은, 누구나 솔깃할 제안은 거절하고, 보잘것없지만 안정된 수입이 보장되는 공공도서관의 일자리를 택했다. 그녀는 매일 같은 시간에 출근했고, 상사들이 그녀를 어떤 위협으로 여기지 않도록 행동했다. 그녀는 자신의 일에 만족했고, 승진을 위해 다툴 의사는 조금도 없었다. 그녀가 바라는 것은 월말이 되면 꼬박꼬박 나오는 봉급뿐이었다.

그녀가 수도원에 방을 얻어 산 것은 세입자는 모두 정해진 시간 내에 귀가해야 한다는 규정 때문이었다. 정해진 시간 이후로는 문을 잠가버렸기 때문에 그때까지 귀가하지 못한 세입자는 길에서 잠을 자야 했다. 이렇게 해서, 그녀는 호텔이나 낯선 침대에서 억지로 밤을 보내지 않아도 되는 진짜 핑곗거리를 남자 친구들에게 내세울 수 있었다.

결혼을 꿈꾸기 시작했을 때, 그녀는 아빠와 전혀 다른 사람, 그러니까 가족을 부양하기에 충분한 돈을 벌고, 그녀와 난롯가에 앉아 눈 덮인 산을 바라보며 사는 것으로 만족할 사람을 그려 보았다. 그렇게 류블랴나 인근의 조그만 별장에서 오순도순 살아가면 그만이었다.

그녀는 남자들에게 정확한 양의 쾌락만—많지도 적지도 않게, 꼭 필요한 만큼만—주는 법을 터득했다. 그녀는 어느 누구에게도 앙심을 품지 않았다. 그것은 반응한다는 걸 의미했고, 적과의 싸움을 초래했으며, 이어 예측할 수 없는, 예를 들면 복수 따위를 감수하게 만들었기 때문이다.

삶에서 기대했던 거의 모든 것을 마침내 얻게 되었을 때, 베로니카는 자신의 삶이 아무런 의미도 없다는 결론에 이르렀다. 매일매일이 뻔했던 것이다. 그래서 그녀는 죽기로 결심했다.

베로니카는 안으로 들어가, 살롱 한구석에 모여 있는 사람들을 향해 나아갔다. 그들은 활기차게 수다를 떨고 있었다. 하지만 그녀가 다가가자, 모두들 입을 다물었다.

그녀는 곧장 우두머리로 보이는 가장 나이 많은 노인에게 다가갔다. 그리고 누가 말릴 새도 없이, 그의 뺨을 있는 힘껏 후려쳤다. 그 소리가 온 방안에 울려퍼졌다.

"어떡하시겠어요? 응수하시겠어요?"

모든 사람들에게 들릴 만큼 큰 소리로 그녀가 물었다.

"아니. 얼마 안 있으면 우리를 방해할 수 없을 테니까."

노인은 손으로 뺨을 어루만졌다. 코에서 가느다란 핏줄기가 흘러내렸다.

그녀는 그곳을 빠져나와 병실로 갔다. 한껏 의기양양한 표정을 지으며. 전 같으면 엄두도 못 낼 행동을 해치웠던 것이다.

제드카가 '형제 클럽'이라고 부른 모임과 마찰이 있은 지 삼 일이 지났다.

베로니카는 노인의 뺨을 때린 걸 후회했다. 그가 무슨 해코지를 할까 두려워서가 아니었다. 그 사건을 겪고 나서, 삶이란 것이 고통을 감수하면서라도 살아볼 만한 게 아닐까, 하는 의심이 고개를 쳐들었기 때문이다. 어쨌든 이제 곧 세상을 떠나야 할 마당에 그런 생각을 하며 고통스러워한다는 건 무의미한 일이었다.

그래서 그녀는 모든 것, 모든 사람으로부터 멀어지는 방법을 선택했다. 가능한 한 빌레트의 생활 방식과 내부 규정에 따르려고 애썼다. 기상, 아침식사, 정원 산책, 점심식사, 살롱에서의 휴식, 오후 산책, 저녁식사, 텔레비전 시청 그리고 취침. 그녀는 병원에서 강요하는 일상에 적응해갔다.

잠자리에 들기 전에는 언제나 여자 간호사가 순회를 하며 약을 나눠주었다. 다른 모든 환자들에게는 알약을 주면서, 베로니카에게는 주사를 놓았다. 그녀는 이의를 제기하지 않았다. 다만, 잠을 못 자는 것도 아닌데 왜 매번 진정제를 주사하는지 알고 싶었다. 주사 속에 든 건 수면제가 아니라 심장약이라는 것이 간호사의 설명이었다.

이렇게, 정해진 일과에 고분고분 따르면서, 병원에서의 하루하루는 비슷해져갔고, 또한 빨리 흘러갔다. 이제 이삼일만 지나면 그녀는 이를 닦을 필요도, 머리를 빗을 필요도 없을 것이다. 베로니카는 자신의 심장이 급격히 쇠약해지는 걸 느낄 수 있었다. 가끔씩 숨이 가빠오고, 가슴에 통증을 느꼈으며, 식욕이 없고, 기운을 쓸 때마다 어지러웠다.

'형제 클럽'과 충돌이 있은 후로, 그녀는 가끔씩 이렇게 중얼거렸다. "내가 다른 선택을 했더라면, 내 하루하루가 지겹도록 똑같았던 건 바로 내가 원했기 때문이라는 걸 좀더 일찍 깨달았더라면, 아마도……"

하지만 결론은 매번 똑같았다. “아마도는 없어, 이젠 선택의 여지가 없는걸.” 모든 게 결정되었다는 사실에 그녀는 평온을 되찾을 수 있었다.

이 기간에, 그녀는 제드카와 가깝게 지냈다(하지만 우정은 아니었다. 우정이란 오랜 교제를 요하는 것이었고, 그건 불가능했다). 그들은 카드놀이—그것은 시간을 더 빨리 보낼 수 있게 해주었다—를 하기도 했고 가끔은 말없이, 함께 정원을 산책하기도 했다.

아침식사를 끝내고 모두들 규정에 따라 ‘일광욕’을 하러 밖으로 나간 어느 날 아침이었다. 한 남자 간호사가 다가와 제드카에게 ‘치료’가 있는 날이니 병실로 돌아가라고 말했다.

“‘치료’라뇨?”

함께 커피를 마시던 베로니카가 물었다.

“육십년대에 사용되던 옛날 방식이야. 하지만 의사들은 그 치료가 회복을 촉진시킬 수도 있다고 생각하지. 보고 싶어?”

“우울증에 시달린댔죠. 약만으로는 당신에게 부족한 그 물질을 당신 몸에서 만들어내지 못하는 모양이죠?”

“보고 싶어?”

제드카가 재차 물었다.

'일상에서 벗어날 수 있는 기회야.' 베로니카는 생각했다. 이제 새로운 뭔가를 발견하게 될 터였다. 하지만 그녀로서는 무엇이건 새로이 배울 필요가 없었다. 그녀에게 필요한 건 인내뿐이었다. 그래도 호기심을 누를 수가 없었던 그녀는 고개를 끄덕였다.

"구경거리가 아니에요."

간호사가 말리고 나섰다.

"재는 곧 죽을 애야. 변변히 살아보지도 못하고 말이야. 같이 가게 해줘."

제드카는 침대에 묶이면서도 입가에 미소를 띠고 있었다.

"무슨 일이 벌어질지 그녀에게 설명해줘. 안 그러면, 겁에 질리고 말 거야."

제드카가 남자 간호사에게 말했다.

그는 뒤로 돌아 그녀에게 주사기 하나를 보여주었다. 그는 실습생들에게 정확한 치료 시범을 보여주는 의사라도 된 듯 몹시 고무된 표정이었다.

"이 주사기에는 일정량의 인슐린이 들어 있어요. 인슐린은 당뇨병 환자들의 혈당량을 낮추는 데 사용하죠. 하지만 인슐린 투여량을 아주 높이면, 혈당량이 급격히 떨어져 혼수상태에 빠지게 돼요."

기술적이고 심각한 어조로 그가 말했다.

그는 주사기를 가볍게 톡톡 쳐 공기를 빼내고는 제드카의 오른발 정맥에 주사했다.

"지금 하고 있는 게 바로 그거예요. 그녀는 의도적으로 혼수상태에 빠지게 되는 거죠. 눈동자가 흐려지더라도 겁내지 말아요. 당신을 알아보리라는 기대도 버려요."

"끔찍해, 비인간적인 짓이야! 혼수상태에서 벗어나기 위해 싸우는 사람은 있어도 거기에 빠져들기 위해 싸우는 사람은 없어!"

"살아남기 위해 발버둥치는 사람은 있어도 자살하기 위해 발버둥치는 사람은 없죠."

간호사가 톡 쏘았지만 베로니카는 대꾸하지 않았다.

"혼수상태는 신체가 휴식을 취할 수 있게 해줘요. 신체 기능들이 극도로 저하되면서 긴장이 사라지죠."

말을 하면서도 그는 계속 주사약을 투입했다. 제드카의 두 눈이 점점 광채를 잃어갔다.

"이러지 말아요, 당신은 극히 정상이에요. 당신이 내게 해준 그 왕 이야기……"

베로니카가 그녀에게 말했다.

"시간 낭비예요. 그녀는 이제 당신 말을 들을 수 없어요."

몇 분 전만 해도 명석하고 생명으로 충만해 있던 그 여자는 이제 침대에 묶인 채 멍한 눈으로 허공만 바라보고 있었다. 입에서는 거품 섞인 침이 흘러나왔다.

"무슨 짓을 한 거야?"

베로니카가 간호사에게 소리쳤다.

"직업상 해야 할 일이죠."

베로니카는 제드카를 불렀다. 울부짖으며 경찰에, 언론에, 인권보호협회에 알리겠다고 위협했다.

"진정해요. 정신병원에도 지켜야 할 규율들이 있어요."

간호사의 심각한 어조에 그녀는 겁이 났다. 하지만 그녀로서는 더이상 잃을 게 없었다. 그녀는 계속 소리를 질러댔다.

제드카는 자신이 있는 곳에서 병실을 내려다볼 수 있었다. 침대들은 모두 비어 있었다. 단 하나, 자신의 몸이 묶인 채 뉘어져 있는 침대를 제외하고는. 젊은 여자가 그 옆에 서서 겁에 질린 표정으로 자신의 몸을 쳐다보고 있었다. 그 여자는 누워 있는 환자의 생물학적 기능들이 완벽하게 작동하고 있다는 사실을, 그 영혼이 거의 천장에 닿을 듯 허공을 부유하며 깊디깊은 평온을 맛보고 있다는 사실을 모르고 있었다.

제드카는 천체여행을 하고 있었다—인슐린 충격요법을 처음 받았을 때부터 그녀는 이 놀라운 경험을 했다. 그러나 그 사실을 누구에게도 발설하지 않았다. 그녀는 우울증을 치료하기 위해 이 병원에 입원했고, 건강이 허락하는 즉시 이곳을 영원히 떠날 작정이었다. 만약 그녀가 자신의 몸에서 벗어나는 경험을 했다고 떠벌린다면, 사람들은 그녀가 빌레트에 들어올 때보다 훨씬 더 미쳤다고 생각할 게 분명했다. 처음으로 이 여행을 경험했을 때, 그녀는 정신을 차리자마자, 인슐린 충격요법과 허공을 떠다니는 듯한 이상한 감각, 이 두 주제에 대해 그녀가 찾을 수 있는 모든 자료를 찾아 읽기 시작했다.

충격요법에 관해서는 별것이 없었다. 1930년경에 처음으로 시행된 이 요법은 환자에게 돌이킬 수 없는 손상을 입힐 위험이 있다는 이유로 이후 정신병원에서 완전히 자취를 감추었다. 한번은 충격요법이 이루어지는 동안, 그녀의 영혼이 이고르 박사의 사무실을 방문한 적이 있었다. 박사가 병원 주주들 몇몇과 그 문제에 대해 토론을 벌이고 있는 바로 그 순간이었다. "이 요법은 범죄행위예요." 이고르 박사가 말했다. "하지만 비용이 덜 들고 효과가 빠르죠!" 주주들 중 하나가 반박했다. "게다가 미친 사람의 권리에 누가 관심이나 가지겠어요? 그걸 문제삼을 사람은 아무도 없을 겁니다!"

몇몇 의사들은 여전히 이 요법을 우울증을 치료하는 효과적인 방법으로 여기고 있었다. 제드카는 인슐린 충격요법을 다루는 모든 종류의 텍스트들을, 특히 그 치료를 받은 경험이 있는 환자들의 이야기를 찾아보았고, 다른 사람에게도 찾아봐달라고 부탁했다. 이야기는 언제나 똑같았다. 참혹함, 또 참혹함이었다. 하지만 그녀와 조금이라도 비슷한 경험을 한 사람은 그들 중 아무도 없었다.

그녀는 의식이 몸을 빠져나가는 느낌과 인슐린 사이에는 아무런 관련도 없다고 결론지었다. 그런 식의 치료는 오히려 환자의 정신 능력을 악화시키는 경향이 있었다.

그래서 그녀는 영혼의 존재에 대한 탐구를 시작했고, 신비주의에 관한 몇몇 저작을 탐독했다. 그러던 어느 날, 그녀는 자신이 한 것과 똑같은 경험을 묘사하는 많은 문학작품들을 발견하게 되었다. 사람들은 그것을 '천체여행'이라 불렀고, 한두 사람이 경험한 게 아니었다. 단순히 그 여행중에 자신이 받은 느낌만을 묘사한 사람들이 있는가 하면, 그 특이한 상태를 의도적으로 유발시킬 수 있는 테크닉들을 개발하기에 이른 사람들도 있었다. 이제 제드카는 그 테크닉들을 속속들이 꿰고 있었다. 그녀는 매일 밤 원하는 곳에 가기 위해 그것들을 이용했다.

그 경험과 환영幻影에 대한 이야기들은 조금씩 달랐다. 하지만 육체와 정신의 분리에 앞서 들려오는 신경에 거슬리는 이상한 소음, 이어지는 충격과 의식의 빠른 상실, 그리고 곧 자신의 몸을 지탱하는 은빛 줄에 매달린 채 허공을 떠다니며 맛보는 평온과 즐거움에 대한 이야기는 언제나 한결같았다. 그 은빛 줄이 끊어지면 사람 역시 죽고 만다는 전설이 (물론 책들 속에서) 떠돌긴 했지만, 그 줄은 한없이 늘어났다. 제드카는 아무리 먼 곳에 가도 그 줄은 절대 끊어지지 않는다는 걸 경험을 통해 알 수 있었다. 그 책들은 천체여행을 최대한 즐기는 데 많은 도움이 되었다. 예를 들어, 한 장소에서 다른 장소로 이동하기를 원할 경우, 가고 싶은 장소를 떠올리며 공간 속으로 뛰어들기만 하면 된다는 걸 그녀는 책을 통해 배웠다. 출발점과 도착점 사이의 일정 거리를 가로질러야 하는 비행기의 이동과는 달리, 천체여행은 신비로운 터널들을 통해 이루어졌다. 그러니까 한 장소를 상상하고 엄청난 속도로 그 터널 속으로 빨려들어가면, 원하던 장소가 나타났다.

제드카가 그 공간에서 만난 사람들을 두려워하지 않게 된 것도 역시 독서 덕분이었다. 오늘은 병실에 아무도 없었지만, 그녀가 그 여행을 처음 경험했을 때, 그곳에는 그녀의 놀란 표정을 재미있다는 듯 바라보는 존재들이 있었다.

처음에, 그녀는 그들이 죽은 사람들, 그러니까 병원을 떠도는 유령들이라고 생각했다. 물론 육체로 다시 돌아가지 못해 떠도는 영혼들도 더러 있었다. 하지만 대다수가 그녀만큼이나 생생하게 살아 있는 사람들이라는 걸 그녀는 나중에 알게 되었다. 개중에는 천체여행의 기법을 개발해낸 사람도 있었고, 자신에게 무슨 일이 있어났는지 어리둥절해하는 사람도 있었다. 저 아래 어딘가에 자신의 몸이 깊이 잠들어 있는 사이 정신이 자유로이 세상을 돌아다닌 탓이었다.

오늘, 제드카는 빌레트를 돌아다니기로 마음먹었다. 금방 이고르 박사의 진료실을 방문해서 그가 그녀에게 퇴원허가서를 발부해줄 예정이라는 걸 알았으니, 이번이 인슐린에 의한 마지막 천체여행인 셈이었다. 그녀는 병원 문을 넘어서는 순간부터 두 번 다시, 정신으로라도, 이곳에 발을 들여놓지 않을 작정이었다. 그래서 작별인사를 하고 싶었다.

작별을 고하는 것, 그게 가장 힘든 일이었다. 일단 정신병원에 발을 들여놓으면, 누구나 광기의 세계가 제공하는 자유에 익숙해졌고, 결국에는 나쁜 습관이 들고 말았다. 짊어져야 할 책임도, 먹고살기 위해 싸울 필요도, 반복적이고 권태로운 활동에 매달려야 할 필요도 없었다. 아무것도 하지 않고 그림만 바라보거나 도무지 뭐가 뭔지 모를 그림을 그리며 하루를 보낼 수도 있었다. 모든 것이 용인되었다. 어쨌거나 그들은 정신병자였으니까.

그녀의 경우도 그랬듯이, 병원에 들어오는 순간 환자들의 상태는 대부분 급격히 호전되었다. 그들은 더이상 자신의 증상을 감출 필요가 없었고, 병원의 '가족적인' 분위기 덕분에 자신의 신경증이나 정신장애를 쉽게 받아들일 수 있었다.

처음에, 빌레트에 완전히 매료된 제드카는 병이 나은 후에도 '형제 클럽'에 가입하겠다고 마음먹기까지 했다. 하지만 약간만 지혜롭게 행동하고 일상생활의 도전에 맞설 수만 있다면, 밖에서도 얼마든지 하고 싶은 모든 것을 즐기며 살아갈 수 있다는 걸 그녀는 깨달았다. 누군가 말한 것처럼, '통제된 광기'만 유지할 수 있다면 그것으로 충분했다. 저 위에서 자신의 정신이 그 모든 어려움을 비웃고 있다는 걸 잊어버리지만 않는다면, 그녀는 세상의 모든 정상적인 인간들처럼 울 수도, 근심에 빠질 수도, 화를 낼 수도 있었다.

이제 곧, 그녀는 집으로, 아이들과 남편 곁으로 돌아갈 것이다. 그들과 함께 살아가는 삶 역시 나름대로 매력이 있었다. 분명 일자리를 구하는 데에는 어려움이 따를 것이다—류블랴나 같은 조그만 도시에서는 소문이 빨랐다. 많은 사람들이 그녀가 빌레트에 입원했었다는 걸 벌써부터 알고 있을 것이다. 하지만 그녀의 남편은 가족들을 먹여살리기에 충분한 돈을 벌고 있었다. 그러니 그녀는 자유로운 시간을 이용해 위험한 인슐린의 도움을 받지 않고도 천체여행을 계속할 수 있을 터였다.

그녀가 두 번 다시 겪고 싶지 않은 것은 단 하나뿐이었다. 그녀가 빌레트에 온 이유, 우울증이었다.

어떤 의사들에 따르면, 최근에 발견된 세로토닌이라는 물질은 인간의 정신 상태에 영향을 미치는 한 요인이었다. 세로토닌이 부족하면 집중하고, 자고, 먹고, 삶의 행복한 순간들을 즐기는 능력에 이상이 생긴다는 것이었다. 그 물질이 아예 없으면, 인간은 절망, 비관주의, 자신이 아무런 쓸모가 없다는 느낌, 과도한 피로, 불안, 결단력 결여에 시달리다 결국에는 완전한 무기력 상태, 나아가 자살에 이르는 만성적인 우울에 빠져들었다.

보수적인 의사들은 삶에 극단적인 변화가—예를 들면 이민을 간다거나, 소중한 사람을 잃는다거나, 이혼을 한다거나, 직업적인 난관에 봉착하거나, 가족이 갑자기 늘었다거나 하는—일어났을 때, 우울증이 발생할 수 있다고 주장했다. 최근의 몇몇 연구에서는 겨울과 여름에 각각 우울증으로 입원한 환자들의 수를 비교하면서 볕을 많이 받지 못하는 것도 우울증의 요인이 될 수 있다고 지적했다.

하지만 제드카의 경우, 그 이유는 사람들이 생각하는 것보다 훨씬 단순했다. 바로 그녀의 과거 속에 숨겨져 있는 한 남자 때문이었다. 아니 그보다는, 아주 오래전에 알았던 한 남자를 중심으로 그녀 자신이 만들어낸 환상 때문이었다.

얼마나 멍청한 짓인가. 젊은 한때 미친듯이 사랑했지만, 지금은 어디에 살고 있는지조차 모르는 한 남자 때문에 우울증에, 광기에 시달리다니!―그 또래의 모든 여자들처럼, 그녀는 불가능한 사랑을 했던 것이다.

하지만 꿈꾸는 것으로 만족했던 친구들과는 달리, 그녀는 그 꿈을 끝까지 밀고 나갔다. 그 남자를 자신의 것으로 만들고 싶었던 것이다. 남자는 대양 저편에 살고 있었다. 그래서 그녀는 모든 것을 팔아 남자의 곁으로 갔다. 그는 유부남이었다. 하지만 그녀는 언젠가는 반드시 그와 결혼하겠다는 꿈을 키우며 그의 정부情婦가 되었다. 하지만 남자는 그녀에게 바칠 시간이 없었다. 그녀는 형편없는 호텔방에 처박혀 드문드문 걸려오는 그의 전화를 밤낮없이 기다리는 것으로 만족해야 했다. 그녀로서는 사랑의 이름으로 모든 것을 견뎌낼 준비가 되어 있었지만, 그들의 관계는 순탄치 않았다. 단 한 번도 그가 그녀에게 터놓고 말한 적은 없었지만, 어느 날 그녀는 자신이 그에게 그리 반가운 존재가 아니라는 사실을 깨달았다. 그래서 슬로베니아로 돌아왔다.

그후 몇 달 동안 그녀는 먹지도 않고, 하염없이, 그들이 함께 보낸 순간들, 함께 나눈 기쁨과 은밀한 쾌락을 회상하면서, 사랑의 미래를 가능케 할 어떤 신호를 발견하려고 애썼다. 친구들은 그녀를 걱정했다. 하지만 제드카는 일시적인 미망임을 알고 있었다. 한 인간의 성숙 과정에는 반드시 치러야 할 대가가 있었고, 그녀는 아무 불평 없이 그 대가를 치렀다. 어느 날 아침, 그녀는 삶에 대한 왕성한 욕구를 느끼며 잠에서 깨어났다. 그러고는 오랜만에 실컷 먹고 일자리를 찾아 나섰다. 그녀는 일자리를 찾았을 뿐만 아니라, 많은 여자들이 탐내던 잘생기고 머리 좋은 한 남자의 환심을 샀다. 일 년 후, 그들은 결혼했다. 그녀는 친구들의 찬탄과 질시를 한몸에 받았다.

그들은 류블랴나를 가로지르는 강이 훤히 내다보이는, 정원이 있는 아담한 집에 살림을 차렸다. 아이들을 낳았고, 여름이면 오스트리아나 이탈리아로 여행을 떠났다.

슬로베니아가 유고슬라비아로부터 독립하기로 결정했을 때, 제드카의 남편은 군대에 불려갔다. 그녀는 세르비아 출신이었다—달리 말하면, 그녀는 슬로베니아의 '적'이었다. 그래서 그녀는 끊임없이 생명의 위협을 느꼈다. 군대가 전면전을 준비하고, 독립선언이 어떤 결과를 가져올지, 독립을 위해 얼마나 많은 피를 흘려야만 할지 아무도 모르던 그 긴장된 열흘 동안, 그녀는 자신의 사랑을 깨달았다. 그녀는 그때까지 너무나 멀게만 느껴졌던, 하지만 이제는 유일한 탈출구가 되어버린 신에게 기도를 올리며 자신의 모든 시간을 보냈다. 그녀는 성인聖人과 천사들에게 남편이 살아 돌아오게만 해준다면 무엇이든 하겠노라고 거듭 약속했다.

신은 그녀의 소원을 들어주었다. 남편은 살아 돌아왔고, 아이들은 슬로베니아어를 가르치는 학교에 다닐 수 있었다. 전쟁의 위협은 이웃한 공화국, 크로아티아를 강타했다.

삼 년이 흘렀다. 크로아티아와의 전쟁은 보스니아로 옮아갔다. 사람들은 세르비아인들이 저지른 살육을 고발하기 시작했다. 제드카는 환상에 사로잡힌 몇몇 사람의 만행을 빌미로 한 민족 전체를 범죄자로 모는 것은 부당하다고 생각했다. 그때부터 그녀의 삶은 예기치 못한 방향으로 흘러갔다. 그녀는 신문에 글을 투고하고, 텔레비전 방송에 출연하고, 강연회를 개최하면서 긍지와 용기를 갖고 자기 민족을 변호했다. 그 모든 일들은 그리 큰 성과를 거두지는 못했다. 대부분의 외국인들은 모든 세르비아인들이 그 잔혹한 만행에 책임이 있다고 생각했다. 하지만 제드카는 자신이 해야 할 일을 했고, 어려운 시기에 자신의 형제들을 버리지 않았다는 사실에 긍지를 느꼈다. 슬로베니아인 남편과 아이들, 양쪽 진영의 선전 책동에 말려들지 않은 사람들의 지지가 큰 힘이 되어주었다.

어느 날 오후, 그녀는 프레셰렌의 동상 앞을 지나가다가 그 위대한 슬로베니아 시인의 삶에 생각이 미쳤다. 서른네 살 되던 해, 그는 한 성당에 들어갔다가 줄리아 프리미치라는 소녀를 보고는 미친듯이 사랑하게 되었다. 예전의 음유시인들처럼, 그는 그녀와 결혼할 희망을 키우며 그녀에게 바칠 시를 쓰기 시작했다.

줄리아는 상류 부르주아 가문 출신이었고, 프레셰렌은 성당에서의 그 우연한 만남 이후 두 번 다시 그녀에게 접근할 수 없었다. 하지만 그 만남은 그에게 영감을 불어넣어 최상의 아름다운 시들을 남길 수 있게 해주었고, 그의 이름을 둘러싼 전설을 빚었다. 류블랴나의 조그만 광장에 세워져 있는 시인의 동상은 한 방향을 뚫어져라 쳐다보고 있다. 그 시선을 따라가다보면, 광장 반대편, 어느 집—줄리아가 살았던 바로 그 집—벽에 새겨진 한 여인의 얼굴을 발견할 수 있다. 이렇게 프레셰렌은 죽어서도 자신의 불가능한 사랑을 영원히 바라보고 있다.

만약 그가 사랑을 이루기 위해 투쟁을 계속했다면?

갑자기 가슴이 뛰기 시작했다. 어떤 불행에 대한 예감인 듯싶어 더럭 겁이 났다. 아이들에게 사고가 생긴 건 아닐까? 그녀는 황급히 집으로 달려갔다. 아이들은 팝콘을 먹으며 텔레비전을 보고 있었다.

하지만 슬픔은 계속되었다. 제드카는 잠자리에 들어 거의 열두 시간을 잤다. 잠에서 깨어났지만, 일어나기가 싫었다. 프레셰렌의 이야기가 줄곧 소식도 모르고 지낸 첫사랑의 이미지를 떠오르게 한 것이었다. 그녀는 자신에게 물어보았다. '난 사랑을 위해 충분히 투쟁했던 걸까? 내가 기대했던 삶을 사는 대신 그의 정부로 남아 있어야 했던 건 아닐까? 나는 과연 내 민족만큼 내

첫사랑을 위해서도 열렬히 투쟁했던 걸까?'

제드카는 그랬다고 확신할 수 있었다. 하지만 슬픔은 여전히 남아 있었다. 강가의 집, 사랑하는 남편, 텔레비전을 보며 팝콘을 먹는 아이들, 천국처럼 보이던 모든 것들이 점점 지옥으로 변해갔다.

수차례의 천체여행을 통해 고양된 정신들을 만난 후, 제드카는 무엇이 문제였는지 깨달았다. 그녀는 불가능한 사랑을 핑계 삼아 진정으로 기대했던 것과는 거리가 먼 삶에 자신을 묶어두고 있었던 것이다. 그녀는 이제 그 끈들을 끊으려 했다.

열두 달 전만 해도, 그녀는 잃어버린 남자의 뒤를 미친듯이 추적했다. 엄청난 돈을 국제통화에 쏟아부었지만 그의 흔적은 찾을 수 없었다. 그는 더이상 예전의 그 도시에 살고 있지 않았다. 그녀는 속달 편지들을 수십 통 보냈다. 하지만 매번 수취인 불명으로 되돌아왔다. 그를 알던 친구들에게 모조리 전화를 했지만, 소식을 아는 사람은 아무도 없었다.

남편은 아무것도 모르고 있었다. 그게 그녀를 미치게 만들었다—적어도 약간의 의심을 품는다거나, 캐물으려 든다거나, 집을 나가버린다거나, 그녀를 거리로 내쫓아버리겠다고 위협한다거나 하는 게 정상적인 남편의 반응이었다. 그녀는 조금씩 남편을 의심하기 시작했다. 남편이 국제전화 교환수들, 우체부들, 친구들을 매수했다고, 알면서도 모르는 척하고 있다고 말이다. 그녀는 결혼 예물을 모조리 팔아, 대양 반대편으로 가는 비행기표를 샀다. 그리고 누군가 미국 땅은 엄청나게 넓어서 어디로 가야 할지도 모르면서 떠나는 것은 쓸데없는 일이라고 설득한 그날까지 그 표를 내내 간직하고 있었다.

어느 날 밤, 류블랴나로 돌아와 권태로운 일상을 다시 시작해야 했을 때도 느껴보지 못한 애절한 사랑의 고통을 느끼며 그녀는 잠자리에 들었다. 그녀는 침실에 처박혀 밤을, 그다음날을, 또 그다음날을 보냈다. 그렇게 사흘이 지나자 남편이 의사를 불렀다. 너무도 착한 남편은 그녀를 걱정하고 있었다! 제드카가 다른 사내를 찾아 간통을 범하려 하고 있고, 존경받는 여인의 삶을 숨어 지내는 비참한 정부의 삶과 맞바꾸려 하고 있고, 류블랴나를, 그의 집을, 그의 자식들을 영원히 떠나려 하고 있다는 걸 도대체 그는 모르고 있었단 말인가?

의사가 도착하자 그녀는 히스테리를 부리며 문을 잠가버리고는 의사가 떠난 후에야 열어주었다. 일주일 후, 그녀는 화장실에 가려는 의욕마저 상실해 침대에 용변을 보기 시작했다. 그녀는 더이상 생각하지 않았다. 그녀의 머리는 남자에 대한 추억의 조각들로 꽉 차 있었다. 그 환상 속에서는 남자 역시 그녀를 찾고 있었다.

관대하기 짝이 없는 남편은 시트를 갈고 그녀의 머리를 쓰다듬으며 모든 게 잘될 거라고 말해주었다. 아이들은 엄마의 침실로 들어오지 않았다. 그녀가 아무런 이유도 없이 큰애의 뺨을 때린 후로는. 큰애의 뺨을 때리고 나서 그녀는 절망과 후회로 자신의 옷을 갈기갈기 찢었다. 그러고는 무릎을 꿇고 큰애의 발에 입맞추며 용서를 빌었다.

다시 일주일 후—그동안 그녀는 남편이 먹여주는 음식을 모조리 뱉어냈고, 현실로 되돌아왔다 떠나기를 여러 차례 반복했으며, 밤은 뜬눈으로 보내고 낮에는 줄곧 잠만 잤다—두 남자가 노크도 없이 그녀의 침실로 들어왔다. 그중 하나가 그녀를 붙들었고, 다른 하나가 주사를 놓았다. 깨어나보니 빌레트였다.

의사가 남편에게 이렇게 말하고 있었다.

"우울증입니다. 가끔은 아주 하찮은 이유로도 발병하죠. 몸에 세로토닌이라는 화학물질이 부족해서 그래요."

병실 천장에서, 제드카는 간호사가 주사기 하나를 손에 들고 들어오는 것을 보았다. 젊은 여자는 꼼짝도 않고 여전히 그대로 있었다. 텅 빈 눈동자에 절망하여, 누워 있는 그녀의 몸에 대고 말을 시켜보려 애쓰고 있었다. 잠시, 제드카는 그녀에게 모든 것을 털어놓을까도 생각해보았다. 하지만 곧 생각을 바꾸었다. 사람들은 듣기만 해서는 모른다. 몸소 체험해보아야만 했다. 간호사가 그녀의 팔에 포도당을 주사했다. 순간, 마치 힘센 팔이 그녀의 몸을 아래로 끌어당기기라도 하듯, 그녀의 영혼은 병실 천장을 떠나 검은 터널을 전속력으로 가로질러, 그녀의 몸속으로 다시 들어갔다.

"이봐! 베로니카!"

젊은 여자는 여전히 겁에 질린 표정이었다.

"괜찮아요?"

"괜찮아. 이번에도 이 위험스럽기 짝이 없는 치료에서 무사히 빠져나올 수 있게 되어 다행이야. 하지만 이제 이 치료는 두 번 다시 반복되지 않을 거야."

"그걸 어떻게 아세요? 여기서는 아무도 환자의 의견을 존중하지 않아요."

제드카는 천체여행 때 이고르 박사의 사무실을 드나든 덕분에 그 사실을 알고 있었다.

"그냥 알아, 하지만 설명할 수는 없어. 네가 나에게 던진 첫 질문, 기억해?"

"미쳤다는 게 뭔지 알고 있냐고 했어요."

"그래, 바로 그거야. 이번엔 빙빙 돌리지 않고 바로 대답해줄게. 미쳤다는 건 자신의 생각을 다른 사람들에게 전달할 수 없는 상태를 말해. 마치 네가 낯선 나라에 와 있는 것처럼 말이지. 너는 모든 것을 보고, 네 주위에서 일어나는 모든 일을 인식하지만 너 자신을 설명할 수도 도움을 구할 수도 없어. 그 나라의 말을 이해하지 못하니까."

"그건 우리 모두가 한 번쯤은 느껴본 거예요."

"우린 모두 미친 사람들이야, 이런 식으로든 저런 식으로든."

창살 너머, 하늘에는 별들이 총총히 박혀 있고, 산 뒤편으로는 상현달이 떠오르고 있었다. 시인들은 보름달을 좋아했고, 보름달에 수없이 많은 시를 바쳤다. 하지만 베로니카는 반달을 더 좋아했다. 반달은 커지고 확장될 공간을, 자신의 전 표면을 빛으로 채울 가능성을 갖고 있었다. 어쩔 수 없이 다시 이울어야 하는 보름달과는 달랐다.

그녀는 살롱의 피아노 앞에 앉아 중학교 때 배운 소나타를 연주하며 이 밤을 찬양하고 싶었다. 창 너머로 밤하늘을 바라보면서, 그녀는 형언할 수 없는 행복감을 느꼈다. 우주의 무한함이 마치 자신의 영원성을 나타내주기라도 하는 듯이. 하지만 그녀는 철문과 지칠 줄 모르고 책을 읽어대는 여자에 의해 자신의 욕망과 단절되어 있었다. 게다가 이 시간에 피아노를 치는 사람은 아무도 없었다. 그랬다가는 이웃들을 모두 깨워놓고 말 터였다.

베로니카는 웃었다. '이웃', 그들은 수면제와 진정제에 취한 미친 사람들이었다.

하지만 행복감은 여전히 지속되었다. 그녀는 일어나 제드카의 침대맡까지 걸어갔다. 제드카는 그 끔찍한 치료에 지쳐서인지 깊은 잠에 빠져 있었다.

"가서 자, 착한 아가씨들은 천사나 연인이 나오는 꿈을 꾼대."

간호사가 그녀에게 말했다.

"날 어린아이 취급 하지 말아요. 난 모든 걸 겁내는 온순한 미친년이 아니에요. 난 걷잡을 수 없이 난폭해요. 발작적으로 히스테리를 부리기도 하고, 내 삶이건 다른 사람들의 삶이건 안중에도 없다구요. 어쨌든 오늘은 신경이 더 날카롭네요. 달을 봤더니 누군가에게 이야길 하고 싶어요."

그녀의 반응에 놀란 간호사가 그녀를 유심히 살폈다.

"내가 무서우세요? 하루나 이틀 후면, 난 죽어 있을 거예요. 내가 못할 짓이 뭐가 있겠어요?"

베로니카가 말했다.

"난 책이나 마저 읽을 테니 한 바퀴 돌고 오지그래?"

"어떻게요? 여긴 감옥이고, 간수가 지키고 있는데. 그 간수는 오로지 지적인 여자로 보이고 싶은 마음에 책을 읽는 척하고는 있지만, 실상은 병실 안에서 움직이는 모든 것에 주의를 기울이고 있죠. 문 열쇠를 마치 보물이라도 되는 양 꽉 움켜쥐고서. 아마 그것도 규정이겠죠, 그러니 따라야겠죠. 자기 일상에서는 남편과 아이들에게 행사하지 못하는 권위를 그렇게 하면 한껏 누릴 수 있으니까."

베로니카는 벌벌 떨고 있었다. 무엇 때문인지는 알 수 없었다.

"열쇠? 문은 항상 열려 있어. 내가 이 많은 정신병자들 속에 혼자 갇혀 있을 것 같아!"

간호사가 말했다.

"뭐라구요, 문이 항상 열려 있다구요? 며칠 전, 내가 이 방에서 나가려 했을 때, 그 여자는 화장실까지 날 감시하러 왔어요. 도대체 무슨 소리예요?"

"너무 심각하게 듣지 마. 사실, 환자들한테 수면제를 투여하기 때문에 우린 그렇게 철저히 통제할 필요가 없어. 그런데 왜 떨고 있어? 추워?"

간호사가 말을 이었다.

"모르겠어요. 아무래도 심장 때문인 것 같아요."

"바람 좀 쐬고 와, 그러고 싶다면."

"솔직히 말하면, 피아노를 좀 치고 싶어요."

"살롱은 떨어져 있으니까, 네가 피아노를 친다고 해서 방해받을 사람은 아무도 없어. 치고 싶으면 쳐."

베로니카의 떨림은 소심하고 억제된 미약한 흐느낌으로 바뀌었다. 울음을 주체하지 못한 채, 그녀는 스르륵 바닥에 주저앉았다. 그러고는 간호사의 무릎에 얼굴을 묻었다.

간호사는 책을 놓고, 베로니카를 휩쓸고 있는 슬픔의 물결이 스스로 잦아들기를 기다리며 그녀의 머리카락을 쓰다듬어주었다. 둘은 그렇게 반시간가량을 꼼짝도 않고 있었다. 한 여자는 이유도 밝히지 않은 채 울고 있었고, 또 한 여자는 슬픔의 이유도 모르는 채 위로하고 있었다.

마침내 오열이 잦아들었다. 간호사는 일어나 베로니카의 팔을 붙들고 문까지 데리고 갔다.

"나한테도 네 또래의 딸이 하나 있어. 네가 그 많은 주사와 튜브들을 온몸에 꽂고 이곳에 도착했을 때, 난 앞날이 창창한 젊고 예쁜 아가씨가 자살을 결심한 이유가 뭐였을까, 생각해봤지.

곧 소문이 떠돌기 시작했어. 네가 편지를 남겼고—난 그게 자살의 진짜 이유라고는 절대 믿지 않았어—심장에 치명적인 손상을 입어 며칠 살지 못한다고들 했지. 딸아이 생각이 어찌나 나던지. 만약 우리 아이가 그런 짓을 저지르겠다고 결심한다면?

살아 있는 모든 것들이 어떻게든 살아남으려고 발버둥치는데 왜 어떤 사람들은 이 자연의 질서에 역행하려는 걸까?"

"내가 운 것도 바로 그 때문이에요. 난 내가 혐오하는 누군가를 죽이고 싶었어요. 그래서 수면제를 먹었죠. 하지만 내 안에 내가 사랑할 수도 있는 다른 베로니카가 존재한다는 걸 모르고 있었어요."

베로니카가 말했다.

"도대체 뭐가 자신을 혐오하게 만들지?"

"아마 비겁함이겠죠. 아니면 잘못하는 게 아닐까, 다른 사람들의 기대에 부응하지 못하는 게 아닐까 하는 영원한 두려움이거나. 몇 분 전만 해도 난 행복했어요. 죽음을 선고받았다는 사실도 까맣게 잊고 있었죠. 그런데 내가 처해 있는 상황을 다시 깨닫게 되자, 더럭 겁이 났어요."

간호사가 문을 열어주었고, 베로니카는 밖으로 나갔다.

'그녀는 나한테 그런 질문을 하지 말았어야 했어. 뭘 알고 싶었던 거지? 내가 운 이유? 내가 여느 사람들과 똑같은 욕망과 두려움을 지닌 지극히 정상적인 사람이라는 걸, 너무 늦어버린 지금에 와서 그런 질문을 하면 내가 공포에 휩싸이리라는 걸 몰랐단 말이야?'

병실과 똑같은 조명이 창백한 빛을 뿌리는 복도를 걸으면서,

베로니카는 이제 너무 늦었다는 걸 깨달았다. 그녀는 더이상 공포를 주체할 수가 없었다.

'나 자신을 다스려야 해. 난 한번 결심하면 끝까지 밀고 나가는 사람이야.'

그랬다. 살아오는 동안, 그녀는 많은 일을 최종 결과가 나올 때까지 밀고 나갔다. 하지만 모두 그다지 중요하지 않은 것들이었다. 사과만 하면 간단히 끝날 불화를 계속 끈다거나, 관계가 밋밋하다는 이유로 사랑하는 남자에게 끝내 먼저 전화를 걸지 않는다거나 하는. 그녀는 가장 쉬운 일에서만 고집을 꺾지 않았다. 그녀는 자신이 강하며 무심하다는 걸 스스로에게 증명하고 싶었던 것이다. 하지만 실제로 그녀는 허약했고, 학업이나 운동 시합에서 결코 두드러진 성적을 거둔 적이 없으며, 가정을 화목하게 가꾸지도 못했다.

그녀는 자잘한 결점들과 싸우느라 지쳐 정작 중요한 문제에서는 쉽게 무너졌다. 독립심 강한 여자처럼 행동했지만, 내심으로는 같이 지낼 사람을 열렬히 갈구했다. 그녀가 나타나면 모든 시선이 그녀에게 집중되었지만, 그녀는 대개 홀로 밤을 보냈다. 수도원에서, 제대로 나오지도 않는 텔레비전 앞에 앉아서. 그녀는 모든 친구들에게 자신이 선망의 모델이라는 인상을 심어주었다. 그리고 스스로 만들어낸 자신의 이미지에 부합하려 애쓰느라 모든 에너지를 소비했다.

바로 이런 이유로, 그녀에게는 자기 자신—누구나 그렇듯, 행복해지기 위해 다른 사람들을 필요로 하는 사람—이 되는 데 써야 할 힘이 더이상 남아 있지 않았다. 타인들, 그들을 이해하기란 또 얼마나 어려운지! 그들은 예측할 수 없는 반응을 보였고, 그들 자신이 만든 방어막 속에 갇혀 그녀처럼 모든 것에 무관심했다. 좀더 삶에 개방적인 누군가를 만나면, 그들은 그 사람을 즉각 거부하거나, 열등하고 '순진한' 사람으로 매도하여 상처를 입혔다.

좋다, 그녀가 고집과 결단력으로 많은 사람들에게 깊은 인상을 남겼다고 치자. 그런 그녀가 지금 도달한 곳은? 공허. 완전한 고독. 빌레트. 죽음의 앙티샹브르.*

자살 기도에 대한 후회가 다시 고개를 쳐들었다. 베로니카는 이번에도 그것을 단호히 뿌리쳤다. 그녀는 지금, 이제껏 스스로에게 용납하지 않았던 감정, 즉 증오를 몸서리치게 느끼고 있었던 것이다.

증오. 그녀의 몸에서 뿜어나오는—벽, 피아노, 혹은 간호사만큼이나 구체적인—그 파괴적 에너지는 손에 잡힐 듯 생생했다.

* 프랑스어로 '대기실'이라는 뜻.

그녀는 좋고 나쁨을 염두에 두지 않은 채, 그 감정이 솟아오르도록 가만히 내버려두었다. 그녀는 이제 자기 절제, 가면, 예의바른 태도라면 지긋지긋했다. 자신에게 남은 이삼일 동안, 베로니카는 철저히 무례하게 행동하고 싶었다.

나이가 훨씬 많은 남자의 뺨을 후려치는 것으로 시작해, 간호사에게 앙탈을 부리고, 혼자 있고 싶을 때는 다른 사람에게 호의를 베풀거나 함께 수다떨기를 냉정하게 거부했다. 이제 그녀는 증오를 느낄 만큼 충분히 자유로웠다. 또한, 그럼에도 주위에 있는 모든 것을 다 때려부수려 들지는 않을 만큼 충분히 영리하기도 했다. 그랬다가는 진정제에 취한 상태로 생의 마지막 순간을 침대에 누워 보내게 될 터이므로.

그 순간, 그녀는 증오할 수 있는 모든 것을 증오했다. 그녀 자신, 그녀 앞에 놓인 의자, 복도의 망가진 라디에이터, 흠잡을 데 없는 사람들, 범죄자들. 그녀는 지금 정신병원에 갇혀 있었다. 그곳에서는 인간 존재들이 자기 자신에게 감추는 것들을 느낄 수 있었다. 교육은 우리에게 오로지 사랑하고, 받아들이고, 해결책을 모색하고, 갈등을 피하라고 가르친다. 베로니카는 모든 것을, 특히 자기 속의 수없이 많은 베로니카들, 매력적이고, 끼가 넘치고, 호기심 많고, 용기 있고, 언제든 위험을 무릅쓸 준비가 되어 있는 그 베로니카들을 발견하지 못한 채 살아온 삶의 방식을 증오했다.

한순간, 그녀는 세상에서 가장 사랑하는 사람, 엄마에 대해서도 증오심을 느꼈다. 엄마는 딸이 훌륭한 교육을 받을 수 있도록, 피아노와 바이올린을 배울 수 있도록 자신의 삶을 희생했고, 자신은 몇십 년째 입는 낡은 옷 한 벌로 만족하면서, 딸만은 공주처럼 차려입도록, 유명 상표의 옷을 입고 신발을 신을 수 있도록 밤낮으로 일한 완벽한 주부였다.

'어떻게 나는 내게 사랑만을 준 누군가를 증오할 수 있는 거지?'

베로니카는 혼란스러웠다. 들끓는 감정들을 가라앉히고 싶었다. 하지만 이젠 어쩔 수 없었다. 증오는 고삐 풀린 말처럼 날뛰었다. 그녀는 이미 자기 안에 있는 지옥의 문들을 활짝 열어젖혀 놓았던 것이다. 그녀는 자신에게 쏟아진 사랑을 증오했다. 그 사랑은 아무런 대가도 요구하지 않았으므로. 그것은 자연법칙에 반하는 부조리하고 비현실적인 것이었다.

그 사랑은 그녀를 죄책감으로 가득 채워놓았고, 그녀가 꿈꾸는 모든 것을 포기하는 한이 있어도 그 사랑의 기대만은 충족시키고픈 욕망을 그녀에게 불어넣었다. 그 사랑은, 언젠가는 그녀도 삶의 험난함과 세상의 추악함을 발견하게 될 것이고 그것들에 맞서야만 하리라는 필연적인 현실을 외면한 채, 긴 세월 동안 그것들을 그녀에게 감추려 들었다.

그럼, 아빠는? 그녀는 그 역시 증오했다. 쉬지 않고 일했던 엄마와는 반대로, 아빠는 삶을 즐길 줄 알았다. 그는 술집에도, 극장에도 그녀를 데리고 갔다. 그들은 함께 즐거운 시간을 보냈다. 아빠가 아직 젊었을 때, 그녀는 남몰래 그를 사랑했다. 아빠가 아니라 한 남자로. 아빠는 모든 사람에게 친절했고 우호적이었다. 진정 그런 대접을 받을 자격이 있는 단 한 사람, 엄마만 빼고. 그래서 그녀는 그를 증오했다.

그녀는 모든 것을 증오했다.

삶에 대한 설명으로 가득한 책들이 겹겹이 쌓여 있는 도서관, 밤을 꼬박 새워가며 대수학을 공부해야 했던 학교를 증오했다. 더 행복해지기 위해 대수학이 필요한 사람—교사들과 수학자들을 제외한다면—이 과연 누가 있을까? 대수학과 지리, 아무 쓸데없는 그 많은 과목들, 무엇 때문에 그것들을 그토록 열심히 공부하게 했을까?

베로니카는 살롱의 문을 밀었다. 피아노 앞에 서서 덮개를 열었다. 그녀는 있는 힘을 다해 아무렇게나 건반을 두드렸다. 미친 듯한, 지리멸렬한, 짜증스런 음들이 빈방 안에 울려퍼지다 벽에 부딪혀서는, 영혼의 가죽을 벗기는 듯한 날카로운 음으로 변해 그녀의 귀로 되돌아왔다. 하지만 그것이 그 순간 그녀 영혼의 가장 충실한 이미지였다.

그녀는 다시 건반을 두드리기 시작했다. 또다시 서로 어울리지 못하는 음들이 사방으로 울려퍼졌다.

"난 미쳤어. 그러니 이런 짓도 할 수 있는 거야. 난 증오할 수 있어, 피아노를 미친듯이 두드릴 수 있다구. 정신병자가 음들을 멋들어지게 정돈할 줄 안다는 얘긴 못 들어봤어!"

한 번, 두 번, 열 번, 스무 번, 그녀는 닥치는 대로 건반을 두드렸다. 그럴 때마다 그녀의 증오는 점점 줄어드는 것 같았다. 그러고는 마침내 완전히 사라져버렸다.

그러자 이번에는 형언할 수 없는 평온함이 베로니카를 적시기 시작했다. 그녀는 창을 통해 별이 총총한 밤하늘을, 방을 부드러운 빛으로 가득 채우는 반달—그녀가 가장 좋아하는—을 바라보았다. 무한과 영원이 손을 잡고 나란히 걸어가는 듯한 느낌이, 한계가 없는 우주를 바라보는 것만으로도 삶의 모든 비밀을 품고 있는 현재에 닻을 내리고 미동도 않는, 끝없는 시간의 존재를 충분히 느낄 수 있을 듯한 느낌이 또다시 그녀를 찾아들었다.

병실에서 살롱까지 오는 동안, 가슴에 쌓인 증오를 너무도 격렬히, 단 한 번에 쏟아낼 수 있었기에, 이제 그녀의 마음속에는 조금의 원한도 남아 있지 않았다. 그녀는 긴 세월 동안 억압되어 있던 부정적인 감정들이 마침내 수면으로 떠오르도록 내버려두었다. 그녀가 그것들을 하나하나 느껴본 지금에 와서는, 그것들은 더이상 필요치 않았다. 사라져버려도 좋았다.

그녀는 현재의 순간을 즐기며, 증오가 비워놓고 간 자리에 사랑이 채워지는 것을 느끼며, 말없이 한동안 앉아 있었다. 때가 되었다고 느꼈을 때, 그녀는 달을 향해 앉아 마치 달이 귀를 기울이기라도 하는 양, 달을 위해 소나타 한 곡을 연주했다. 달이 우쭐해하자, 별들이 시샘하는 것 같았다. 그래서 이번에는 별들을 위해 한 곡, 또 정원을 위해 한 곡, 그리고 어둠 속에 묻혀 보이지는 않지만 그 너머 우람하게 서 있을 산들을 위해 또 한 곡을 쳤다.

두번째 곡을 치는 도중에, 누군가 살롱으로 들어왔다. 정상으로 돌아올 가능성이 전혀 없는 정신분열증 환자, 에뒤아르였다. 베로니카는 그의 출현에 겁을 먹기는커녕, 미소를 지었다. 놀랍게도, 그 역시 그녀에게 미소를 지어 보였다.

음악이 달보다도 더 먼, 모든 것으로부터 차단된 그의 세계에까지 파고들어가 기적을 일으켰던 것이다.

"열쇠고리를 새로 하나 장만해야겠군."

빌레트 정신병원에 있는 자신의 진료실 문을 열면서 이고르 박사가 중얼거렸다. 열쇠고리가 부서지면서, 그것에 붙어 있던 자그마한 방패꼴 금속 장식이 막 땅에 떨어졌던 것이다.

이고르 박사는 허리를 굽혀 그것을 주웠다. 류블랴나의 문장紋章이 새겨진 그 장식으로 그는 도대체 뭘 하려는 걸까? 쓰레기통에 던져버리는 편이 더 나을 텐데. 물론 고쳐 쓸 수 있기는 했다. 아니면 손자 녀석에게 장난감으로 주든지. 하지만 그에게는 두 가지 가정이 모두 우스꽝스럽게 여겨졌다. 열쇠고리는 고쳐 쓸 만큼 값이 나가는 물건이 아니었고, 그의 손자는 그따위 장식물에 관심을 가질 리가 없었다—아이는 늘상 텔레비전을 보거나, 이탈리아에서 수입한 전자게임을 하며 시간을 보냈다. 그래도 박사는 열쇠고리를 버리지 않았다. 어떻게 할지는 나중에 결정하기로 하고 그는 그걸 호주머니에 집어넣었다.

그가 병자들 중 하나가 아니라 정신병원의 장長인 이유는 바로 거기에 있었다. 결정을 내리기 전에 오래 숙고할 줄 알았던 것이다.

그는 스위치를 켰다—때는 겨울이었고 해는 점점 더 늦게 떴다. 빛의 결핍은 이사나 이혼과 더불어 우울증 환자의 수를 증가시키는 주요 원인이었다. 이고르 박사는 어서 봄이 와서 그가 떠안고 있는 문제들 가운데 반은 그냥 해결해주기를 간절히 기다리고 있었다.

그는 그날의 일정표를 쳐다보았다. 에뒤아르를 굶어죽지 않게 하기 위해 취해야 할 조치들을 점검해야 했다. 정신분열증을 앓고 있는 에뒤아르는 도무지 종잡을 수가 없었다. 요 근래 그는 통 먹지를 않았다. 정맥주사를 통한 영양 공급은 이미 처방해놓은 상태였지만 그 방법을 계속해서 쓸 수는 없었다. 에뒤아르는 스물여덟 살이었고 아주 튼튼했다. 하지만 그렇게 계속 굶다가는, 아무리 주사로 영양을 공급한다 하더라도, 결국엔 뼈만 앙상하게 남을 게 틀림없었다.

그렇게 된다면 에뒤아르의 아버지가 어떻게 생각하겠는가?

그는 이제 막 탄생한 슬로베니아공화국의 저명한 외교관으로, 90년대 초 유고슬라비아와의 미묘한 협상을 이끈 중재의 달인이었다. 수년간 유고슬라비아의 이익을 위해 일했던 그는 정적들—적을 위해 일했다고 그를 비난한—을 제거하고 끝내 살아남아, 슬로베니아의 대표로 여전히 외교단에 속해 있었다. 그는 만인이 두려워하는 막강한 권력가였다.

이고르 박사는 잠시 고심했다. 조금 전, 부서진 열쇠고리 장식을 놓고 고심했던 것처럼. 하지만 그는 그 생각을 곧 뇌리에서 떨쳐버렸다. 에뒤아르의 아버지에게는 자식의 겉모습이 훌륭하든 비참하든 상관없었다. 어차피 그는 아이를 공식 행사에 데리고 다니거나 정부의 공식 대표로 외국에 갈 때 함께 가려는 것은 아니었다. 에뒤아르는 빌레트에 있었고, 영원히 그곳에 머물게 될 터였다. 그러니까, 적어도 그의 아버지가 계속 엄청난 돈을 버는 동안은.

이고르 박사는 정맥주사를 통한 영양 공급을 중단하고, 에뒤아르가 스스로 먹으려고 할 때까지 그냥 내버려두기로 결정했다. 상황이 악화되면, 보고서를 제출해서 빌레트를 관리하는 의사 이사회에 책임을 떠넘기면 그만이었다. "궁지에 몰리지 않으려면, 항상 책임을 나눠 가져라." 그 역시 의사였고, 그가 맡았던 수많은 환자들이 죽어갔지만 행정 당국과는 아무런 문제가 없었던 아버지가 그에게 가르쳐준 철칙이었다.

에뒤아르의 영양 공급 중단을 처방한 다음, 이고르 박사는 다음 환자로 넘어갔다. 보고서에는 환자 제드카 멘델의 치료 기간이 끝났으므로 퇴원허가서를 발부해도 무방하다고 되어 있었다. 박사는 그녀의 상태를 몸소 확인해봐야겠다고 생각했다. 담당 의사인 그로서는 빌레트를 거쳐간 환자들의 가족이 항의를 해오는 경우가 가장 곤혹스러웠다. 그런데 그런 경우는 아주 잦았다. 정신병원에 입원했다가 정상적인 생활에 성공적으로 재적응하는 환자가 극히 드물었기 때문이다.

그것은 병원측의 잘못이 아니었다. 세계 각지에 흩어져 있는 그 어떤 정신병원—그곳이 어딘지는 신만이 알고 있다—의 잘못도 아니었다. 그들은 모두 환자들의 사회 재적응이라는 중차대한 문제를 놓고 고심하고 있었다. 교도소가 죄수를 훈화하기는커녕 더 많은 범죄를 저지르도록 가르치는 것과 마찬가지로, 정신병원도 입원한 환자들이 모든 것이 허락되고 자신의 행위에 대해 전혀 책임을 질 필요가 없는, 전적으로 비현실적인 세계에 점점 더 익숙해지게 만들었다.

정신병의 완전한 치료법을 개발해내는 것 외에 다른 해결책은 없었다. 이고르 박사는 그 길에 매진했다. 그는 정신의학계를 발칵 뒤집어놓을 논문을 준비하고 있었다. 정신병원 안에서, 회복이 불가능한 환자들과 잦은 교제를 갖는 일시적인 병자들은 일단 시작되면 중지가 불가능한 사회적 퇴화 과정을 겪었다. 제드카 멘델 역시 결국은 병원으로 되돌아오고 말 것이다. 이번에는 자기 발로, 있지도 않은 고통을 호소하면서, 오로지 외부 세계의 사람들보다는 자신을 더 잘 이해해주는 것처럼 보이는 사람들과 함께 지내기 위해.

하지만 그가 비트리올—그에 따르면, 정신질환을 유발시키는 독성 물질인—을 물리칠 방법을 발견해낸다면, 그의 이름은 역사에 길이 남고 슬로베니아는 세계지도에 확실히 한자리를 차지하게 될 것이다. 며칠 전, 크나큰 행운이 그를 찾아들었다. 자살을 시도했고 언제든 또다시 자살을 기도할 가능성이 있는 여성의 모습으로. 그 같은 기회를 그냥 흘려보낼 수는 없었다. 세상의 모든 금을 준다 해도.

이고르 박사는 매우 흡족했다. 의학계가 경제적인 이유로 어쩔 수 없이 오래전에 금지한 치료 요법들—예를 들면, 인슐린 충격요법 같은—을 행하고 있었다면, 빌레트의 치료법 변화 역시 재정적인 동기에서 비롯되고 있었다. 이고르 박사는 비트리올의 연구에 필요한 시간과 데이터들을 마음대로 이용할 수 있었을 뿐만 아니라, 주주들의 후원 아래 병원 내에서 '형제 클럽'이라고 불리는 그룹을 계속 유지할 수 있었다. 병원의 실력자들은 필요 이상의 긴 입원을 용인토록(장려가 아닌 용인이었다) 허락했다. 인간적인 도리에서, 회복된 지 얼마 안 된 환자들에게 사회로 복귀할 최적의 순간을 선택할 수 있는 기회를 부여해야 한다는 게 그들의 논거였다. 이리하여 병에서 회복된 한 무리의 사람들이, 서로 비슷한 사람들이 호텔이나 클럽에 모이듯 빌레트에 남아 있게 되었다. 이고르 박사는 그들을 환자들과 섞어놓고, 그들이 환자들에게 긍정적인 영향을 미칠 수 있도록 유도했다. 그리고 정신병자들이 그들에게 광기를 전염시키는 역현상을 막기 위해, '형제 클럽'의 모든 회원들은 적어도 하루에 한 번씩 반드시 외출하게 만들었다.

이고르 박사는 회복된 환자들을 병원에 계속 머물 수 있도록 허락하기 위해 주주들이 내세운 이유—그들은 "인간적인 도리"라고 했다—가 핑계에 불과하다는 걸 알고 있었다. 사실 그들은 슬로베니아의 작지만 매력적인 수도 류블랴나에, 그 현대적 시설에서 발생하는 경비를 충당할 만큼 돈 많은 정신병자들이 충분치 않을까봐 걱정했다. 게다가 국가에서 운영하는 일류급 공공 정신요양원들도 있어서, 빌레트로서는 전혀 여유를 부릴 상황이 아니었다.

자본가들이 옛 병사를 병원으로 개축했을 당시, 그들의 표적은 전쟁으로 인해 심한 정신적 충격을 받을 가능성이 있는 사람들이었다. 하지만 그들이 예상하고 희망했던 것과는 반대로, 전쟁은 아주 잠시였다. 나중에 가서야 그들은 정신건강 분야의 최근 연구 보고서들을 통해, 전쟁을 통해서도 물론 정신이상자들이 생기지만 긴장, 권태, 선천질환, 고독, 소외 등의 이유로 발생하는 정신질환자들의 수에 비하면 그 수가 아주 적다는 사실을 알게 되었다. 한 집단이 전쟁이나 초인플레이션, 혹은 페스트 같은 심각한 문제에 직면하게 되면, 자살자의 증가는 아주 미미하고 우울증, 편집증, 정신이상 환자들도 확연히 감소한다고 보고서는 지적하고 있었다. 하지만 어려움이 극복됨과 동시에 그 수치는 평소대로 돌아왔다. 말하자면—이고르 박사는 이렇게 이해했다—인간은 각종 조건들이 양호할 때에만 정신이 이상해지는 사치를 부린다는 것이었다.

박사는 캐나다—최근 미국의 한 신문이 전 세계에서 삶의 질이 가장 높은 나라라고 인정한—에서 온 한 연구 논문을 집어들고 읽어내려갔다.

'캐나다 통계청에 따르면,

15세에서 34세 사이 인구의 40%,

35세에서 54세 사이 인구의 33%,

55세에서 64세 사이 인구의 20%가

이미 어떤 종류의 정신질환에 시달린 경험이 있다.

캐나다인 다섯 명 중 한 명은 현재 어떤 종류의 정신적 혼란에 시달리고 있고, 여덟 명 중 한 명은 일생 동안 적어도 한 번은 정신장애로 병원에 입원하게 된다고 평가할 수 있다.'

"훌륭한 시장일세, 여기보단 백번 나아! 인간들은 행복해질 가능성이 크면 클수록 불행해지는구먼."

그가 중얼거렸다.

그는 의사 이사회에 결정을 유보해야 할 경우와 그가 혼자 해결해도 무방한 경우를 조심스레 재어가며, 몇몇 환자들의 상태를 더 분석했다. 일을 끝마치자, 날은 훤히 밝아 있었다. 그는 전등을 껐다.

이어 그는 첫번째 방문객, 자살을 시도했던 여자 환자의 어머니를 들어오게 했다.

"제가 베로니카의 엄마예요. 딸아이는 어떤가요?"

이고르 박사는 진실을 말해줘야 할지 말지를 놓고 잠시 망설였다(그에게도 같은 이름을 가진 딸이 있었다). 하지만 그는 입을 다물기로 했다.

"우리도 아직 모릅니다. 일주일 후에 보도록 하죠."

그는 거짓말을 했다.

"우리 베로니카가 왜 그런 짓을 했는지 정말 모르겠어요. 우린 애한테 온갖 정성을 다한 부모랍니다. 큰 희생을 치러서라도 최고의 교육을 받게 하려고 애썼죠. 부부간에 문제가 좀 있긴 했지만, 우린 한 척의 배로 세상의 온갖 풍파를 끈기 있게 헤쳐나가듯 한마음 한뜻으로 가정을 지켰어요. 그 아이에겐 좋은 직장도 있었고 못생긴 편도 아니었는데. 그런데도……"

베로니카의 엄마가 울먹이며 말했다.

"……그런데도 자살을 시도했죠. 그리 놀라운 일은 아닙니다, 부인. 사람들에겐 행복을 이해하는 능력이 없으니까요. 원하신다면, 부인께 캐나다의 통계자료를 보여드리죠."

이고르 박사가 말을 받았다.

"캐나다요?"

여자가 눈을 휘둥그레 뜨고 그를 쳐다보았다.

그녀의 주의를 딴 데로 돌리는 데 성공했다는 걸 확인하고는 그가 이어 말했다.

"보십시오, 부인께서는 딸의 상태가 어떤지 궁금해서가 아니라, 딸이 자살을 시도했다는 사실에 대해 용서를 구하기 위해 여기까지 오신 겁니다. 따님이 몇 살이죠?"

"스물넷이요."

"그러니까 자신이 원하는 걸 아주 잘 알고 있고 선택을 할 능력이 있는, 성숙하고 깨어 있는 여성이네요. 그런 따님이 자살을 선택했다는 게 부인의 결혼생활이나 부인과 부군의 희생과 무슨 관계가 있습니까? 따님은 언제부터 혼자 살았죠?"

"육 년 전부터요."

"보세요! 뼛속까지 독립적인 여성이잖아요. 그런데도 한 오스트리아 의사—지크문트 프로이트 박사라고, 부인께서도 그에 관한 얘기를 들어보셨으리라고 확신합니다만—가 그의 저서들 속에 부모와 자식 간의 불건전한 관계들을 기술해놓은 까닭에, 오늘날까지도 모든 사람들이 온통 죄의식을 느끼고 있어요. 인도인들이라면 살인을 저지른 자식을 놓고 부모가 교육을 잘못시킨 탓이라고 생각이나 하겠어요? 대답해보세요."

"무슨 말인지 전혀 모르겠군요."

점점 더 이해할 수 없는 말만 늘어놓는 의사의 질문에 놀란 여자가 대답했다. 혹시 자기 환자들한테 전염된 것은 아닐까.

"좋습니다, 제가 대답을 해드리죠. 인도인들은 죄는 살인자에게 있지 사회나 부모, 또는 조상들에게 있다고는 생각지 않습니다. 자식들 중 하나가 마약에 취해 길거리에서 총을 난사했다고 해서 자살하는 일본인이 있을 것 같습니까? 대답은 역시 '아니요!'입니다. 아셔야 할 것은, 제가 아는 한, 일본인들은 별의별 이유로 자살을 하는 사람들이라는 겁니다. 전에는, 한 소년이 대학 입학시험에 실패했다는 이유로 자살했다는 기사를 신문에서 직접 읽은 적도 있어요."

이고르 박사가 말을 이었다.

"제 딸아이를 볼 수 있을까요?"

일본인들, 인도인들, 캐나다인들이야 어찌됐건 전혀 개의치 않고 여자가 물었다.

"그럼요, 즉시 만나게 해드리죠."

말이 끊어져 약간 짜증이 난 이고르 박사가 대답했다.

"하지만 그전에, 부인께서 이 점을 이해해주셨으면 합니다. 심각하게 병적인 몇몇 경우를 제외한다면, 사람들은 판에 박은 일상을 벗어나려 시도할 때 흔히들 정신이상이 돼죠. 이해하시겠습니까?"

"예, 아주 잘 이해했습니다. 제게 그 아이를 돌볼 능력이 없지 않을까 염려되시는 모양인데, 그 점은 마음놓으셔도 됩니다. 전 제 삶을 바꿔보려고 시도한 적이 결코 없으니까요."

"좋습니다."

이고르 박사는 마음이 놓인다는 듯이 말했다.

"사람들이 살아가는 동안 매일 똑같은 일을 반복하지 않아도 되는 세상을 상상해보신 적이 있습니까? 예를 들어, 우리가 배가 고플 때만 식사를 하기로 결정한다면, 가정주부들이나 식당들은 도대체 어떻게 하겠습니까?"

'배가 고플 때만 먹는 게 더 합리적일 거야.'

여자는 이렇게 생각했지만 베로니카를 못 보게 할까 겁이 나 입을 다물었다.

"모든 게 뒤죽박죽이겠죠. 가정주부인 제가 어느 누구보다도 더 잘 알죠."

그녀가 대답했다.

"그래서 우리는 아침, 점심, 저녁을 먹습니다. 매일 정해진 시간에 기상해야 하고, 일주일에 한 번씩은 쉬어야 합니다. 서로 선물을 하기 위해 크리스마스가 있고, 호숫가에서 사흘간의 휴가를 보내기 위해 부활절이 있습니다. 만약 부군께서 갑작스레 정열이 발동해 거실에서 사랑을 나누자고 덤벼든다면 부인께서는 순순히 응하시겠습니까?"

'이 남자가 지금 무슨 얘기를 하고 있는 거야? 난 내 딸아이를 보러 왔다구!'

"전 응하지 않을 거예요."

정답이길 바라면서 그녀는 조심스레 대답했다.

"아주 좋아요. 사랑은 침대에서 하는 거죠. 아무데서나 그 짓을 한다면, 세상은 난장판이 되고 말겠죠."

이고르 박사가 소리 높여 말했다.

"딸아이를 좀 볼 수 있을까요?"

토론을 끝내기 위해 여자가 호소하듯 말했다.

이고르 박사는 단념했다. 이 촌여자는 그가 무슨 얘길 하는지 결코 이해하지 못할 것이다. 딸이 자살을 기도해 혼수상태에 빠졌는데도, 그녀는 철학적 관점에서 광기에 대해 논하는 것에는 전혀 관심이 없었다.

그가 벨을 눌렀고 비서가 들어왔다.

"자살 미수로 들어온 그 아가씨를 좀 불러와요. 슬로베니아가 어디에 있는지 보여주기 위해 목숨을 끊는다고 잡지사에 편지를 썼던 그 아가씨 말이야."

'엄마를 보고 싶지 않아. 난 나를 세상에 묶어두는 모든 것과 연을 끊었어.'

베로니카는 환자들이 다 모여 있는 살롱 한가운데에서 차마 이 말을 내뱉을 수 없었다. 하지만 간호사는 베로니카의 심정을 조금도 배려해주지 않고, 다들 들으라는 듯 큰 목소리로 엄마가 그녀를 기다리고 있다고 외쳐댔다.

그녀는 엄마를 만나고 싶지 않았다. 만나봤자 두 사람 다 괴롭기만 할 뿐이었다. 엄마가 그녀를 이미 죽은 사람이라고 여기는 편이 나았다. 베로니카는 예전부터 작별인사를 무척 싫어했다.

간호사가 나간 후, 그녀는 다시 멍하니 산을 바라보았다. 마침내 해가 나 있었다—그녀는 해가 날 거라는 걸 이미 알고 있었다. 전날 밤 그녀가 피아노를 치는 동안 달이 살며시 알려주었기 때문이다.

'아냐, 내가 도대체 무슨 생각을 하고 있는 거지? 정말 미쳐가고 있나봐. 달이 말을 했다니. 내가 무슨 점성술사도 아니고. 달이 누군가와 대화를 나누었다면, 그건 바로 그 정신분열증 환자랑이야.'

베로니카는 갑자기 가슴에 통증을 느꼈다. 팔이 뻣뻣하게 굳어왔다. 천장이 빙빙 돌기 시작했다, 심장 발작이었다!

그녀는 일종의 안도감을 느꼈다. 마치 죽음이 그녀를 죽음의 공포에서 해방시켜주기라도 하는 양. 이제 잠시 후면 모든 게 끝이야! 아마 고통스럽기는 하겠지, 하지만 이제 얻게 될 영원한 침묵에 비하면 오 분간의 고통쯤이야! 그녀는 눈을 감았다. 그녀가 보인 반응은 그것뿐이었다. 영화에서 본, 눈을 크게 뜨고 죽은 시체가 그녀에겐 너무나 끔찍해 보였던 것이다.

하지만 심장 발작은 베로니카가 상상했던 것과는 전혀 달랐다. 점점 숨이 가빠왔다. 겁에 질린 그녀는 이제 곧 자신이 가장 두려워하던 경험, 즉 질식에 이르게 되리란 걸 깨달았다. 그녀는 산 채로 매장당하듯, 바다 깊은 곳으로 갑작스레 끌려들어가듯 죽어갈 것이다.

그녀는 비틀거리다 넘어졌다. 얼굴에 격렬한 충격이 느껴졌다. 숨을 쉬어보려 안간힘을 썼지만, 공기는 그녀의 허파 속으로 들어오지 않았다. 무엇보다 견딜 수 없는 것은 손에 닿을 듯 말 듯한 죽음이었다. 베로니카는 주변에서 일어나고 있는 일을 뚜렷이 의식할 수 있었고, 색깔과 형태도 구분할 수 있었다. 단지, 다른 사람들이 하는 말을 제대로 알아들을 수가 없었다—그들이 지르는 비명과 탄성은 마치 다른 세상에서 들려오는 듯 멀게만 느껴졌다. 그것을 제외하면, 모든 게 또렷했다. 공기는 그녀의 허파 속으로 들어오길 거부하고 있었다. 허파와 근육의 움직임에 따르지도 않았다. 베로니카는 숨을 쉴 수 없었다. 그런데도 그녀는 여전히 의식을 잃지 않고 있었다.

그녀는 누군가가 자신을 뒤집어 똑바로 누이는 것을 느꼈다. 이제, 그녀는 더이상 자기 눈의 움직임을 통제할 수가 없었다. 눈은 빙빙 돌아가며 뇌에 수백 개의 이미지를 전송했다. 질식의 두려움 속에 걷잡을 수 없는 시각적 혼란이 그녀를 휘감았다. 그 이미지들 역시 조금씩 아득해져갔다. 그리고 마침내, 죽음을 향해 치닫던 고통이 절정에 이르렀을 때, 그 방에 있던 모든 사람들을 공포로 마비시킬 정도로 무시무시한 소리를 내며 공기가 그녀의 흉곽 속으로 빨려들어갔다.

베로니카는 발작적으로 토하기 시작했다. 비극이 아슬아슬하게 비켜가고 난 후, 긴장의 끈을 놓은 몇몇 환자들이 그 모습을 보고 킬킬거리기 시작했다. 그녀는 처참한 굴욕감에 어찌해야 할 바를 몰랐다.

한 남자 간호사가 황급히 뛰어와서는 그녀의 팔에 주사를 놓으려 했다.

"진정해요. 이제 지나갔으니까."

"죽지 않았어! 이 빌어먹을 병원에 여전히 살아 있다구. 어쩔 수 없이 또 당신들 틈에서 살아야 한단 말야! 난 매일 낮, 매일 밤 수천 번씩 죽음을 맛봐. 그런데도 날 불쌍히 여기는 사람은 아무도 없어!"

다른 환자들을 향해 기어가면서, 토사물로 바닥을 더럽히며, 그녀는 고래고래 소리를 질러댔다. 그러고는 갑자기 간호사를 휙 돌아보더니 그에게서 주사기를 빼앗아 정원을 향해 던져버렸다.

"당신들이 원하는 게 도대체 뭐야? 내가 곧 죽을 목숨이라는 걸 뻔히 알면서도 왜 내게 독을 주사해주지 않는 거야? 당신들은 감정도 없어?"

더이상 자신을 주체할 수 없었던 그녀는 바닥에 풀썩 주저앉아 발작적으로 울기 시작했다. 소리를 지르며 뼈에 사무치도록 흐느꼈다. 그사이에도 몇몇 환자들은 더러워진 그녀의 옷을 흉보며 키득거리고 있었다.

"그녀에게 진정제를 주사해. 상황을 통제하란 말이야!"

한 의사가 방으로 뛰어들어오며 지시했다.

하지만 간호사는 넋이 빠져 있었다. 의사는 밖으로 나가 두 명의 남자 간호사들을 데려왔다. 의사의 손에는 주사기가 쥐여 있었다. 남자 간호사들은 방 한가운데에서 몸부림치며 히스테리를 부리고 있는 여자를 붙들었다. 토사물로 엉망진창이 된 팔의 정맥 속으로 진정제가 스며들어갔다. 마지막 한 방울까지.

이고르 박사의 진료실이었다. 그녀는 까슬까슬한 순백색 시트를 덮은 채 침대에 누워 있었다.

박사는 그녀의 심장박동소리를 듣고 있었다. 그녀는 계속 자고 있는 척했다. 하지만 그녀가 어떤 변화를 보였는지, 의사는 그녀가 듣고 있는 걸 다 안다는 듯 말했다.

"안심해. 네 건강 정도면 백 년은 충분히 살아."

베로니카는 눈을 떴다. 그녀는 깨끗한 새 옷을 입고 있었다. 이고르 박사가 갈아입혔을까? 그가 내 알몸을 봤을까? 정신이 여전히 가물가물했다.

"뭐라고 하셨어요?"

"걱정하지 말라고 했어."

"아뇨. 당신은 내가 백 년은 살 거라고 했어요."

의사는 책상을 향해 걸어갔다.

"당신은 내가 백 년은 살 거라고 했어요."

베로니카가 반복해 말했다.

"의사에겐 확실한 게 아무것도 없지. 모든 게 가능하니까."

이고르 박사는 대답을 피했다.

"내 심장은 어때요?"

"여전해."

더이상 들을 필요가 없었다. 심각한 경우를 앞에 두고, 의사들은 "백 년은 족히 사실 겁니다" "크게 걱정하실 것 없습니다" "심장과 혈압이 젊은 사람 같군요" "검사를 다시 해봐야겠습니다"라고들 말한다. 환자가 진료실을 모조리 박살낼까 겁이라도 먹은 것처럼.

그녀는 일어서려 했지만 그럴 수가 없었다. 방이 빙빙 돌기 시작했던 것이다.

"기분이 나아질 때까지 좀더 누워 있어. 방해되지 않으니까."

'잘됐군요, 하지만 방해가 된다면 어쩌실 건데요?'

베로니카는 생각했다.

경험 많은 노련한 의사인 이고르 박사는 책상 위에 널려 있는 서류들을 들여다보는 척하면서 얼마간 침묵을 지켰다. 끈질기게 침묵을 지키는 사람과 마주하게 되면, 짜증이 나고 긴장되고 끝내는 견딜 수 없는 지경에 이르는 것이 사람의 심리다. 이고르 박사는 그녀가 먼저 말을 꺼내주기를, 그래서 광기와 자신이 개발중인 치료 방식에 대한 논문에 활용할 수 있는 새로운 데이터들을 수집할 수 있기를 바랐다.

하지만 베로니카는 단 한 마디도 하지 않았다.

'저 아이는 벌써 비트리올 중독이 상당히 진행된 단계에 와 있는지도 몰라.'

이고르 박사는 이렇게 생각하며 먼저 침묵을 깨기로 했다.

"피아노 치는 걸 좋아하는 것 같던데."

격의 없이 말해보자는 투로 그가 입을 열었다.

"그리고 미친 사람들은 내 연주를 듣는 걸 좋아하죠. 어젠, 그중 하나가 피아노 곁에 내내 붙어 있었어요."

"그래, 에뒤아르즈지. 너무 좋다고 누군가에게 털어놓기까지 했어. 혹시 모르지, 그게 계기가 되어서 다시 정상적으로 식사를 하게 될지?"

"정신분열증 환자가 음악을 좋아한다구요? 게다가 그걸 다른 사람한테 얘기하기까지?"

"그래. 하지만 내가 장담컨대, 넌 그게 뭘 의미하는지 전혀 감이 잡히지 않을 거야."

그 의사—의사라기보다는 오히려 환자에 더 가까워 보이는 그는 머리카락을 검게 염색했다—말이 옳았다. 정신분열증이라는 말을 자주 들어보긴 했지만 베로니카는 그게 뭘 의미하는지는 전혀 알지 못했다.

"그것도 치료가 되나요?"

정신분열증 환자들에 대해 더 많은 정보를 얻어낼 요량으로 그녀가 물었다.

"조절은 되지. 광기의 세계에서 어떤 일이 벌어지는지 우리도 잘 몰라. 최근에 와서야 활발한 연구가 이루어지고 있지. 치료법들이 십 년 주기로 달라져. 정신분열증 환자란 천성적으로 이 세상에서 멀어지려는 성향을 가진 사람이야. 그러다 어느 날 어떤 사건—각자의 사연에 따라 심각하거나 별것 아닌—을 겪게 되면, 자기만의 현실을 만들어내게 되지. 그 경우, 병은 완전히 텅 비어버리는 상태—우리는 그걸 카타토니*라고 불러—로까지 발전할 수도 있고, 상태가 호전되어 환자가 거의 정상적인 생활을 하는 경우도 있어. 중요한 건 환경이야."

"자기만의 현실을 만들어낸다, 그런데 현실이란 게 도대체 뭐

---

* 긴장병. 정신분열증의 한 형태. 혼미 상태와 흥분 상태가 번갈아 나타난다.

죠?"

베로니카가 물었다.

"그건 대부분의 사람들이 그거라고 여기는 거야. 반드시 최선의 것이나 가장 논리적인 것이어야 하는 건 아냐. 집단적인 욕망에 딱 들어맞으면 되는 거지. 내가 지금 목에 매고 있는 게 뭐지?"

"넥타이요."

"그래. 넥타이야! 네 대답은 논리적이고 일관성 있는, 정상적인 사람의 대답이지. 하지만 미친 사람은, 복잡한 방식으로 매달려 있는, 우스꽝스럽고 아무 쓸데없는 알록달록한 천조각이라고 말할 거야. 숨쉬기 어렵게 만들고 머리의 움직임을 방해할 테니, 정신을 딴 데 팔며 환풍기 곁을 지나가다가 이 조그만 천조각 때문에 질식해 죽을 수도 있다고 말야.

만약 미친 사람이 넥타이는 무엇에 쓰는 거냐고 묻는다면, 난 아무 쓸모도 없다고 대답할 수밖에 없을 거야. 노예처럼 일하는 사람이나 힘과 거만함의 상징이 되어버려 이젠 장식적인 역할도 못하니까. 쓸모가 있는 때는, 집에 들어가서 그걸 풀어버릴 때뿐이지. 해방감을 주니까. 뭔가 구속에서 벗어난 것 같고. 그게 뭔지 모르는 게 문제긴 하지만.

그 안도감으로 넥타이의 존재가 정당화될 수 있냐구? 아니지. 그렇지만, 미친 사람과 정상인을 놓고 내가 목에 매고 있는 게 뭐냐고 물었을 때, '넥타이요'라고 대답하는 사람이 정상인으로 간주될 거야. 중요한 건 옳은 답이 아니라 남들이 옳다고 생각하는 답이니까."

"내가 그 알록달록한 천조각에 알맞은 이름을 댔기 때문에 내가 미치지 않았다고 결론지으셨군요."

'그래, 넌 미치지 않았어.'

그 분야의 권위자, 사무실 벽을 자신이 취득한 학위증으로 도배한 이고르 박사의 생각은 그랬다. 자기 목숨에 해를 가하는 것, 그건 인간만이 할 수 있는 행동이었다. 그는 그런 행동을 하는 많은 사람들을 알고 있었다. 하지만 그들은 자살이라는 극단적인 방식을 택하지 않았기 때문에, 병원 밖에서 정상인 대우를 받으며 자유롭게 살아가고 있었다. 그들은 이고르 박사가 비트리올이라고 명명한 것에 서서히 중독됨으로써 조금씩 자신을 죽이고 있었다.

비트리올은 그가 자신을 찾아온 남녀 환자들과의 대화를 통해 그 해악을 확인한 유독성 물질이었다. 그는 그 주제에 관한 논문을 쓰고 있었고, 슬로베니아 과학 아카데미에 제출할 생각이었다. 그것은 피넬 박사가 정신병이라도 어떤 경우에는 회복이 가능하다는 주장으로 의학계를 떠들썩하게 만들면서 정신병 환자들의 발목에 채워져 있던 족쇄를 제거해준 이래, 정신이상에 대한 이해를 진일보시키는 가장 중요한 계기가 될 터였다.

리비도—프로이트 박사가 그 존재를 주장했지만 어떠한 연구소에서도 분리해낼 수 없었던, 성적 욕망에 관여하는 화학적 반응—와 마찬가지로, 비트리올은 공포를 야기시키는 상황에 직면한 인간의 신체 속에서 분비되었다. 현대적인 분광 검사를 통해서도 그 존재가 확인되지는 않았지만, 그것은 달지도 짜지도 않은, 그 쓰디쓴 맛으로 쉽게 식별되었다. 아직 진가를 인정받지 못한 그 치명적인 독의 발견자, 이고르 박사는 그 독에다가 예전에 황제들, 왕들 그리고 온갖 정부情夫들이 방해자를 제거할 필요가 있을 때 자주 사용했던 독의 이름을 붙였다. 얼마나 멋진 시대였던가! 그땐 다들 살 때도 죽을 때도 낭만적이었지. 살인자가 희생자를 멋들어진 저녁식사에 초대하면, 하인이 두 개의 아름다운 잔을 들고 들어오지. 그중 하나에는 비트리올이 들어 있는 거야. 희생자의 몸짓은 엄청난 감동을 불러일으키지—잔을 들고서 부드럽거나 공격적인 몇 마디 말을 한 다음, 맛있는 음료라도 되는 양 그걸 마시지. 그러고는 놀란 눈으로 살인자를 쏘아보며 쓰러져 죽는 거야!

하지만 오늘날에는 손에 넣기 어렵고 값비싼 독보다는 권총, 세균 등등의 보다 확실하고 간편한 제거 방법들이 널리 사용되었다. 천성적으로 낭만적인 이고르 박사는 자신이 진단해낸 병, 이제 곧 그 발견으로 온 세상이 떠들썩할 그 영혼의 병을 명명하기 위해 지금은 거의 잊혀진 이름을 빌려왔다.

중독된 사람들 대부분이 그 맛을 확인했고, 그 중독 과정을 아메르튐*이라고 명명했음에도 불구하고, 비트리올을 치명적인 독으로 거론한 사람이 없다는 건 이상한 일이었다. 우리 모두가 결핵균을 보유하고 있듯이, 모든 인간의 신체는 다소 많은 양의 아메르튐을 지니고 있었다. 이 두 가지 병은 환자가 허약해져 있을 경우에만 모습을 드러냈다. 아메르튐의 경우, 발병 원인은 사람들이 흔히 '현실'이라고 부르는 것에 대한 공포였다.

외부로부터 어떠한 위협도 침투해 들어올 수 없는 자기만의 세계를 세우려 하는 사람들은 외부 세계―모르는 사람, 낯선 장소, 새로운 경험―에 대한 방어에만 지나치게 치중한 나머지 정작 내부 세계는 방치해둔다. 바로 그 틈을 타서 아메르튐이 내부 세계에 돌이킬 수 없는 손상을 입히기 시작하는 것이다.

아메르튐(이고르 박사가 즐겨 부르는 식으로 하자면, 비트리올)의 주표적은 의지였다. 그 병에 걸린 사람들은 차츰차츰 모든

---

* 프랑스어 Amertume. 일차적인 의미로는 '쓴맛'을, 은유적으로는 '회한' '쓰라림' '슬픔' 등을 뜻한다. 여기에서 이 단어는 독의 한 종류로, 그 형용사형인 아메르(Amer)는 그 독에 중독된 사람으로 묘사되고 있다.

욕망을 상실하게 되고, 몇 년이 지나면 자신의 세계에서 벗어날 수 없는 상태에 이르고 만다. 자신이 원하는 현실을 만들어줄 높은 벽들을 쌓느라 엄청난 에너지를 소비해버렸기 때문이다.

외부의 공격으로부터 자신을 보호하는 데 급급하다보니, 내적인 발전마저도 한정시켜버린 것이다. 그들은 계속 직장에 나가고, 텔레비전을 시청하고, 교통이 막힌다고 불평을 늘어놓고, 자식들을 낳는다. 하지만 그 모든 것은 조금의 내적 동요도 없이 자동적으로 이루어진다. 모든 것이 통제되고 있으므로.

아메르튐에 의한 중독이 가져다주는 폐해는 증오, 사랑, 절망, 열광, 호기심 같은 정열들 역시 모습을 감춘다는 데 있었다. 일정한 시간이 지나면, 아메르는 더이상 아무런 욕망도 느낄 수 없었다. 살고 싶지도 죽고 싶지도 않았다. 바로 그것이 문제였다.

이 때문에 아메르들은 언제나 영웅들과 미친 사람들에게 매료되었다. 위험에 초연한 그들은 살거나 죽는 일에 전혀 두려움을 느끼지 않았다. 모든 사람들이 위험하니 더 멀리 나아가지 말라고 말려도, 그들은 전혀 개의치 않았다. 미친 사람들은 자살을 했고, 영웅은 대의에 몸을 바쳤다. 그들 둘 다 그렇게 죽어갔다. 아메르들은 그들 운명의 부조리함과 영광에 대해 이야기하느라 밤낮을 보냈다. 그것이 아메르들이 자신의 방어벽을 넘어 외부 세계를 일별할 용기를 내는 유일한 순간이었다. 하지만 그들은 곧 지쳐 일상적인 삶으로 되돌아갔다.

만성적인 아메르는 일주일에 단 한 번, 일요일 오후에만 자신이 병자라는 사실을 의식했다. 이 시간대에는 자신의 증상을 잊게 해줄 일이나 일상적인 잡사가 없기 때문에, 그는 그때에야 뭔가 정상이 아니라는 걸 깨달았다—그 오후의 평온은 진저리나는 것이었고, 시간은 도통 흐르지 않았으며, 내부에 쌓여 있던 짜증은 거침없이 분출되었던 것이다.

하지만 월요일이 되면, 제대로 쉬지도 못했다느니 주말이 너무 빨리 지나간다느니 불평을 늘어놓으면서, 자신의 증상을 곧 잊어버렸다.

사회적 관점에서 볼 때, 이 병의 유일한 장점은 그것이 이미 정상이 되어버렸다는 것이다. 따라서 중독의 정도가 너무 심해 환자의 행동이 주변에 영향을 미치기 시작하는 경우를 제외하고는 격리가 필요치 않았다. 대부분의 아메르들은 자신을 보호하기 위해 쌓아놓은 높은 벽들로 인해, 겉보기에는 세상 속에서 살아가고 있는 것처럼 보여도 실상은 세상과 완전히 격리되어 있어서, 외부에 머물러 있다 하더라도 사회나 타인에게 위협이 되지는 않았다.

지크문트 프로이트 박사는 정신분석학을 창조함으로써 리비도와 그것이 야기하는 문제들에 대한 치료법을 발견해냈다. 비트리올의 존재를 발견한 이고르 박사 역시 이 경우에도 치료가 가능하다는 걸 증명해야만 했다. 그 역시 의학사에 자신의 이름을 남기고 싶었다. 하지만 자신의 전혀 새로운 생각을 받아들이게 하는 게 얼마나 어려운 일인지 너무나 잘 알고 있었다—'정상인'들은 그들 자신의 삶에 만족하고 있으니 자신이 병자라는 걸 인정할 리 만무했고, 또 '병자'들의 경우는, 그들을 중심으로 정신병원, 실험실, 학술회의 등의 거대한 산업이 이미 굴러가고 있었다.

"세상이 내 노력을 당장 인정해주지 않으리라는 건 나도 알고 있어."

이해받지 못한다는 사실에 자부심을 느끼며 그가 중얼거렸다. 그건 결국 천재가 지불해야 할 대가였다.

"뭘 그렇게 중얼거리세요? 누가 봤으면 당신이 당신 환자들의 세계에 빠졌다고 그러겠어요."

그 앞에 앉아 있던 베로니카가 물었다.

이고르 박사는 이 불경한 농담을 무시한 채 말했다.

"이젠 가도 좋아."

베로니카는 낮인지 밤인지 알 수 없었다. 이고르 박사는 불을 켜놓고 있었다. 하지만 그는 아침에도 늘 그렇게 했다. 복도로 나오자, 달이 보였다. 그제야 그녀는 자신이 생각했던 것보다 훨씬 오래 잠들어 있었다는 걸 알았다.

병실로 가는 도중에, 벽에 걸려 있는 액자 하나가 눈에 띄었다. 시인 프레셰렌의 동상이 세워지기 전의 류블랴나 중앙광장에서, 아마도 어느 일요일, 산책을 하는 부부들을 찍은 사진이었다.

그녀는 사진의 날짜를 확인해보았다. 1910년 여름.

1910년 여름. 저세상에서 이미 자식들, 손자들까지 맞았을 사람들이 그들 삶의 한 순간에 포착되어 그곳에 있었다. 여자들은 답답해 보이는 드레스를 입고 있었고, 남자들은 모두 모자, 외투, 넥타이(알록달록한 천조각, 미친 사람들이라면 그렇게 말했을 것이다)에 각반을 착용하고, 팔에는 우산을 끼고 있었다.

그런데 더위는? 아마 기온은 그늘에서도 섭씨 35도까지 오르는 지금의 여름 기온과 같았을 것이다. 만약 이 사람들이 더위에 훨씬 더 적합한 복장인 반바지와 셔츠 차림으로 돌아다니는 영국인을 보았다면, 과연 무슨 생각을 했을까? '미친 사람이 틀림없어.'

그녀는 이고르 박사가 말하려 했던 바를 완벽히 이해하고 있었다. 마찬가지로, 그녀는 자신의 삶에 언제나 많은 사랑, 애정, 보호가 있었지만 이 모든 것을 신의 축복으로 만들 수 있는 요소 하나가 부족했다는 사실 또한 이해하고 있었다. 그녀는 조금 더 미쳤어야 했다.

그녀의 부모는 어쨌거나 그녀를 계속 사랑했을 것이다. 하지만 그녀는 그들에게 상처를 줄까 두려워 감히 자신의 꿈을 계속 밀고 나가지 못했다. 그녀의 기억 깊숙한 곳에 묻혀버린 그 꿈은 연주회에 간다거나 우연히 좋은 음악을 들었을 때, 가끔씩 되살아났다. 하지만 매번 그로 인해 엄청난 실망감만을 맛보았기 때문에 그녀는 곧 그 꿈을 다시 묻어버렸다.

어린 시절부터 베로니카는 자신의 진정한 소명이 무엇인지 알고 있었다. 그것은 피아니스트가 되는 것이었다! 열두 살의 나이에 첫 레슨을 받았을 때부터 그녀는 그것을 느꼈다. 그녀의 재능을 간파한 선생은 그녀에게 음악가가 되어보라고 권했다. 하지만 어느 날 그녀가 한 콩쿠르에 입상하여 모든 것을 그만두고 피아노에만 전력하겠다고 밝히자, 엄마는 그녀를 다정하게 쳐다보며 이렇게 대답했다.

"피아노를 연주해서 먹고사는 사람은 아무도 없단다, 얘야."

"하지만 엄마가 피아노 레슨을 받게 하셨잖아요!"

"그건 오로지 너의 예술적 재능을 계발시키기 위해서였어. 남자들은 아내가 피아노 치는 걸 좋아한단다. 파티 같은 데서 각광을 받을 수도 있고. 피아니스트 생각은 잊어버리거라. 열심히 공부해서 변호사가 될 생각이나 해. 장래성 있는 직업은 바로 그런 거야."

엄마는 현실이 어떤 것인지 이해할 만큼 풍부한 경험을 가졌으리라고 확신한 베로니카는 엄마의 말에 따랐다. 그녀는 고등학교를 마치고 대학에 들어가 훌륭한 성적으로 학위를 땄다. 하지만 그녀가 얻은 직업은 고작 도서관 사서직이었다.

"나는 좀더 미친 짓을 했어야만 했어."

하지만 아마 대부분의 사람들이 그렇듯, 그녀에게도 깨달음은 너무 늦게 찾아왔다.

그녀가 길을 계속 가려는데, 누군가 그녀의 팔을 잡았다. 그녀의 핏줄 속에는 아직 강력한 진정제가 흐르고 있었다. 그래서 그녀는 정신분열증 환자인 에뒤아르가 슬그머니 그녀를 다른 방향인 살롱으로 끌고 갔을 때, 아무런 반응도 할 수가 없었다.

여전히 반달이 떠 있었다. 베로니카는 에뒤아르의 말없는 요구를 어쩌지 못해 피아노 앞에 앉았다. 그때 공동 식당에서 낯선 목소리가 들려왔다. 빌레트에서는 들어본 기억이 없는 외국사람의 억양이었다.

"에뒤아르, 지금은 피아노를 치고 싶지 않아. 세상에서 무슨 일이 일어나고 있는지, 저 옆에서 사람들이 무슨 얘기를 하고 있는지, 그리고 저 이방인이 누군지 알고 싶어."

에뒤아르는 미소를 짓고 있었다. 아마 그는 그녀가 하는 말을 단 한 마디도 이해하지 못할 것이다. 하지만 그녀는 정신분열증 환자들이 분리된 그들의 세계 밖으로 나올 수도 있다는 이고르 박사의 말이 생각났다.

자신의 말을 그가 혹시 알아들을지도 모른다는 희망을 품고 그녀가 말을 이었다.

"난 곧 죽을 거야. 죽음의 날개가 오늘 내 얼굴을 스치고 지나갔어. 내일, 아니면 잠시 후라도 죽음의 사자가 내 문을 두드릴지 몰라. 그러니 넌 매일 밤 내가 치는 피아노 소리에 습관을 들여서는 안 돼.

아무도 무엇에건 습관을 들여서는 안 돼, 에뒤아르. 봐, 난 또다시 태양, 산들, 그리고 삶의 골치 아픈 문제들까지 사랑하기 시작했어. 내 삶에 아무런 의미가 없다면, 그건 나 자신 이외의 그 어느 누구의 잘못도 아니라는 걸 인정하기까지 했지. 난 아직도 류블랴나광장을 보고 싶고, 증오와 사랑, 실망과 근심, 진부한 일상에 속하지만 삶에 독특한 맛을 부여하는 단순하고 덧없는 그 모든 것들을 느끼고 싶어. 만에 하나라도 언젠가 내가 이곳을 나갈 수 있다면, 난 감히 미친 여자가 될 거야. 모든 사람이 미쳤으니까. 최악은 자신이 미쳤다는 걸 모르는 사람들이야. 그들은 남들이 그들에게 명령하는 걸 마냥 반복하며 살아가니까.

하지만 내겐 이 모든 게 불가능해, 이해하겠어? 마찬가지로 너도 해가 지기를, 한 여자 환자가 피아노 앞에 앉기를 기다리며 하루하루를 보내선 안 돼. 이제 곧 이 모든 게 끝날 테니까. 내 세계와 너의 세계는 이제 영원히 만나지 못할 거야."

그녀는 일어서서, 애정어린 손길로 청년의 얼굴을 어루만졌다. 그러고는 공동 식당으로 갔다.

문을 열자, 그녀의 눈앞에 예상치 못한 장면이 펼쳐졌다. 식탁과 의자를 벽으로 밀어붙여 식당 중앙에 커다란 공간을 만들어 놓고, '형제 클럽'의 회원들이 바닥에 앉아 정장에 넥타이를 맨 한 남자의 이야기에 귀를 기울이고 있었다.

"……그래서 그들은 수피즘*의 큰 스승, 나스루딘에게 강연을 해달라고 부탁했습니다."

남자가 말했다.

문이 열리자, 참석자 전원이 고개를 돌려 베로니카를 쳐다보았다.

"앉아주세요."

정장을 입은 남자가 그녀에게 말했다.

그녀는 첫 대면에서 자신에게 그토록 공격적인 태도를 보였던 머리가 하얗게 센 여자, 마리아 곁에 앉았다. 그녀가 앉자, 놀랍게도 마리아는 미소로 그녀를 맞았다.

남자가 말을 이었다.

"나스루딘의 강연은 오후 두시부터 시작될 예정이었어요. 강연은 대성황이었지요. 천 석이 금세 매진되었고 강연장에 들어오지 못한 칠백 명 남짓한 사람들은 밖에서 폐쇄회로 텔레비전을 통해 강연을 지켜볼 작정이었어요.

---

* 금욕적 신비주의 경향이 있는 이슬람교의 일파.

정각 두시가 되자, 나스루딘의 한 제자가 나와 피치 못할 사정이 생겨 강연이 늦어질 거라고 예고했죠. 화가 난 몇몇 사람들은 자리에서 일어나 입장료 환불을 요구하고는 강연장을 떠나버렸어요. 그래도 강연장과 바깥에는 아직 많은 사람들이 남아 있었죠.

오후 네시가 되어도 나스루딘이 나타나지 않자, 입장료 환불을 요구하고 강연장을 떠나는 사람들이 점점 늘어났어요. 하루 일을 끝내고 다들 집으로 돌아가는 시간이었죠. 여섯시가 되자, 애초의 관객 천칠백 명 중 남은 것은 겨우 백 명 정도였어요.

바로 그때, 나스루딘이 들어왔죠. 그는 완전히 취한 것처럼 보였어요. 그는 첫번째 줄에 앉아 있던 예쁜 아가씨에게 농을 걸기 시작했어요. 남아 있던 참석자들은 기가 막혀 화를 내기 시작했어요. 야유의 웅성거림이 들려왔죠. 하지만 수피즘의 큰 스승 나스루딘은 전혀 아랑곳하지 않았어요. 그는 큰 소리로 아가씨가 정말 섹시하다고, 프랑스로 여행할 예정인데 같이 갈 생각이 없느냐고 반복해 말했어요."

'재미있는 사람이군. 다행히도 난 저런 얘기를 믿어본 적이 없어.'

베로니카는 생각했다.

"항의하는 사람들을 향해 뭐라고 욕설을 퍼부은 다음, 일어서려고 애쓰던 나스루딘이 다시 풀썩 주저앉고 말았어요. 화가 머리 끝까지 치민 사람들은 이 모든 게 다 사기라고 외치고, 이 말도 안 되는 강연을 언론에 고발하겠다고 위협하며 하나둘씩 자리를 뜨기 시작했어요.

다들 나가고 아홉 사람만이 강연장에 남아 있었죠. 화가 난 사람들이 모두 강연장을 떠나자마자, 나스루딘이 벌떡 일어났어요. 그의 모습은 정갈했고, 눈은 빛을 발하고 있었어요. 존엄과 지혜의 후광이 그를 둘러싸고 있었죠. '여기 남아 계신 여러분, 내 말을 들을 자격이 있는 사람들은 바로 여러분입니다.' 그가 말했어요. '여러분은 정신의 길을 나아가는 데 가장 힘든 두 가지 시험을 통과했습니다. 제때를 기다리는 인내가 그 하나요, 여러분이 찾은 것에 실망하지 않을 수 있는 용기가 그 둘입니다. 이제 여러분에게 내 가르침을 드리겠습니다.'

이어 나스루딘은 수피즘의 몇 가지 테크닉을 그들에게 전수해주었죠."

남자는 말을 멈추고는 호주머니에서 이상하게 생긴 피리를 꺼냈다.

"잠시 쉬고, 이어서 명상을 하도록 하죠."

사람들이 일어섰다. 베로니카는 어찌해야 할지 몰랐다.

"너도 일어나, 오 분간 휴식이야."

마리아가 그녀의 손을 잡으며 말했다.

"난 그만 갈래요. 방해하고 싶지 않아요."

마리아는 그녀를 방 한구석으로 데리고 갔다.

"죽음이 다가오는데도 넌 아무것도 깨닫지 못한 거야? 네가 폐를 끼친다든지 이웃에 방해가 된다든지 하는 생각 따윈 집어치워! 만약 네 행동이 사람들 마음에 들지 않는다면, 그들이 불평을 늘어놓으면 되는 거야. 그들한테 그럴 용기가 없다면, 그건 그들 문제지."

"전에 내가 당신한테 다가갔을 때, 난 이제껏 감히 해보지 못했던 뭔가를 한 거예요."

"넌 미친 사람들의 단순한 장난에도 주눅이 들고 말았지. 왜 더 멀리까지 가보지 않았어? 네가 잃을 게 뭐가 있는데?"

"내 자존심이요. 날 달갑게 여기지 않는다고 느꼈어요."

"자존심이란 게 뭔데? 모든 사람들이 널 착하고 예의바르고, 이웃에 대한 사랑으로 넘치는 사람으로 여기길 바라는 게 자존심이야? 자연을 봐. 동물 다큐멘터리를 더 자주 보라구. 짐승들이 자기 영토를 지키기 위해 어떻게 싸우는지 관찰해봐. 우리는 모두 네가 그 사람의 뺨을 때리는 걸 보고 통쾌해했어."

베로니카에게는 더이상 어떤 공간에서든 그 얘길 놓고 싸울 만한 시간이 없었다. 그녀는 곧 주제를 바꾸어, 정장을 입은 남자가 누구냐고 물었다.

"훨씬 나아졌군. 넌 내가 널 무례하다고 생각하든 말든 개의치 않고 내 말을 끊으며 질문을 했어. 저 사람은 수피 선생이야."

마리아가 웃으며 말했다.

"수피가 뭔데요?"

"양털이라는 뜻이지."

베로니카는 이해할 수가 없었다. 양털이라고?

"수피는 이슬람 수도승들이 이어온 전통이야. 스승들은 자신들이 얼마나 현명한지 보여주려고 애쓰지 않지. 그리고 제자들은 무아지경에 빠지기 위해 양털을 몸에 두른 채 춤을 춰."

"뭐하려요?"

"나도 잘은 몰라. 하지만 우리 모임은 금지된 모든 것들을 체험해보기로 결정했어. 우리가 살아오는 동안 줄곧 정부는 우리에게 정신적 탐구는 인간을 현실적인 문제들로부터 이탈시킨다고 가르쳐왔지. 하지만 대답해봐, 삶을 이해하려고 노력하는 게 바로 현실적인 문제 아냐?"

사실, 그랬다. 게다가 베로니카는 더이상 '현실'이라는 단어가 무엇을 의미하는지 확신할 수가 없었다.

정장을 입은 남자—마리아에 따르면, 수피 선생—가 모두들 원형으로 앉아달라고 했다. 그는 화병 하나를 택해 꽃들을 다 빼내고 장미 한 송이만 남긴 다음, 한가운데에 놓았다.

"인간이 해놓은 걸 보세요. 어느 날, 한 미친 사람이 한겨울에도 꽃들을 피우는 게 가능하다고 생각했죠. 그 덕분에 오늘날 우리는 전 유럽에서 일 년 내내 장미를 볼 수 있게 됐어요. 수피 선생이 아무리 아는 게 많다 하더라도 그와 같은 결과에 도달할 수 있으리라고 생각하세요?"

베로니카가 마리아에게 말했다.

마리아는 그녀가 무슨 생각을 하는지 알아차린 것 같았다.

"비판은 나중을 위해 남겨둬."

"노력해보죠. 하지만 나에게 남은 건 현재뿐이에요, 그것도 아주 짧을 것 같은."

"그건 누구에게나 마찬가지야. 현재는 언제나 아주 짧지. 무언가를 잔뜩 쌓아놓은 과거와 앞으로도 계속 쌓아갈 미래를 소유하고 있다고 믿는 사람들도 있기는 하지만 말이야. 현재에 대한 이야기가 나왔으니 말인데, 마스터베이션은 자주 해?"

진정제가 의식을 흩뜨리고는 있었지만, 베로니카는 자신이 빌레트에 와서 처음으로 들은 말을 기억해냈다.

"빌레트에 실려와 인공호흡기로 생명을 겨우 부지하고 있을 때, 누군가 나한테 '마스터베이션 해줄까?'라고 묻는 걸 분명히 들었어요. 그게 뭘 뜻하는 거죠? 왜 여기서도 사람들은 끊임없이 그런 것들을 생각하죠?"

"여기나 바깥이나 다 마찬가지지. 여기서는 그걸 감출 필요가 없다는 것만 빼놓고는."

"나에게 그 질문을 한 게 바로 당신이었나요?"

"아니, 하지만 난 네가 너의 쾌락이 어떤 경지에까지 이를 수 있는지 알아야만 한다고 생각해. 그래야 다음 기회에 네가 너의 파트너를 거기까지 이끌 수 있을 거야. 그가 이끄는 대로 따라가지만 말고 말이야. 너에게 살날이 이틀밖에 남지 않았다 하더라도, 네가 어디까지 갈 수 있는지 알지 못한 채 삶을 마감해서는 안 된다고 생각해."

"내 파트너가 내가 피아노 치기만을 기다리는 그 정신분열증 환자라면요."

"그래, 잘생긴 청년이지."

정장을 입은 사내가 조용히 해달라고 해서 둘의 대화는 중단되었다. 그는 모두들 잡념을 버리고 온 정신을 장미에 집중하라고 말했다.

"잡념이 다시 떠오를 겁니다. 그걸 막으려고들 해보세요. 자신의 정신을 지배하느냐 아니면 그것에 지배받느냐, 여러분은 그 둘 중에 하나를 선택해야 합니다. 여러분은 이미 정신의 지배를 받은 경험이 있습니다. 여러분은 두려움, 신경증, 불안 등에 이리저리 끌려다녔죠. 모든 사람에게는 이러한 자기파괴의 성향이 있으니까요.

광기를 통제력의 상실과 혼동하지 마세요. 수피 전통에서는 모두가 스승—나스루딘—을 미친 사람이라 부른다는 걸 기억하세요. 모두가 그를 정신이상자로 여기기 때문에, 나스루딘은 생각하는 모든 것을 말하고, 하고 싶은 모든 것을 할 수 있는 겁니다. 중세에는 궁정의 광대들이 그 역할을 했어요. 그들은 대신들이 자리를 잃을까봐 감히 언급하지 못하는 것들을 스스럼없이 왕에게 알려주었죠.

여러분들도 이처럼 되어야 합니다. 미친 사람이 되세요. 하지만 정상인들처럼 행동하세요. 남들과 다르다는 위험을 감수하세요. 하지만 주의를 끌지 않고 그렇게 하는 법을 배우세요. 이 꽃에 집중하세요. 그리고 여러분의 진정한 자아가 모습을 드러내도록 가만히 놓아두십시오."

"진정한 자아라는 게 도대체 뭐죠?"

베로니카가 그의 말을 끊으며 물었다. 모두가 그 말을 알고 있었겠지만 그녀는 조금도 개의치 않았다. 자신이 다른 사람들에게 방해가 될지도 모른다는 생각은 이제 던져버려야 했다.

남자는 느닷없는 질문에 놀란 것 같았지만 곧 대답했다.

"남들이 당신이라고 여기는 사람이 아니라 바로 당신 자신이죠."

베로니카는 시키는 대로 해보기로, 그녀 자신을 발견하기 위해 최대한 집중해보기로 작정했다.

빌레트에 머무는 동안, 그녀는 그토록 강렬하게 느껴본 적이 없는 감정들—증오, 사랑, 살고자 하는 욕망, 두려움, 호기심—을 경험했다. 아마 마리아의 말이 옳을지도 모른다. 그녀는 진짜 오르가슴을 느껴보았던 것일까, 아니면 남자들이 그녀를 이끌어가려 했던 바로 그곳까지만 갔던 것일까?

정장을 한 남자가 피리를 불기 시작했다. 차츰차츰, 음악이 그녀의 영혼을 진정시켰고 그녀는 장미에 온 정신을 쏟는 데 성공했다. 진정제의 효과였는지도 모르지만, 사실 이고르 박사의 진료실에서 나온 후로 그녀는 기분이 아주 좋았다.

그녀는 자신이 곧 죽으리라는 걸 알고 있었다. 그런데 왜 두려워하지? 두려워한다고 해서 그녀에게 도움이 될 것도 없고, 곧 발생할 치명적인 심장 발작을 막을 수도 없었다. 그녀에게 남아 있는 며칠 혹은 몇 시간을 그동안 하지 못했던 것을 해보는 데 사용하는 편이 훨씬 나았다.

음악은 부드러웠고 공동 식당의 창백한 조명은 거의 종교적인 분위기를 연출해냈다. 종교, 자신에게 남아 있는 믿음과 신앙을 찾아 종교에 빠져보려는 노력을 그녀는 왜 시도해보지 않았을까?

하지만 음악이 그녀를 다른 곳으로 이끌어갔기 때문에, 베로니카는 머리를 비워 생각을 멈추고 단지 존재한다는 그 자체로 만족했다. 그녀는 자신을 버리고 장미를 응시했다. 자신이 누구인지 이해했고 자신이 본 것을 사랑했다. 그녀는 너무 조급하게 행동한 것을 후회했다.

명상이 끝나고 수피 선생이 떠나자, 마리아는 얼마 동안 공동 식당에서 '형제 클럽'의 회원들과 수다를 떨었다. 베로니카는 피곤하다고 투덜거리더니 금방 가버렸다. 사실, 아침에 그녀에게 주사된 진정제는 황소라도 충분히 잠재울 수 있을 만큼 강력한 것이었다. 그녀가 그 시간까지 깬 채로 버텨낸 것은 신통한 일이었다.

"젊음이란 그런 거야. 젊음은 몸이 얼마나 버텨낼지는 전혀 고려하지 않은 채 자신의 한계를 설정하지. 하지만 몸은 언제나 버텨내."

마리아는 잠이 오지 않았다. 그녀는 늦게 일어나서, 류블랴나에 바람을 쐬러 나갔었다. 이고르 박사가 '형제 클럽'의 회원들은 매일 한 번은 외출을 하도록 지시했기 때문이다. 그녀는 극장에 들러 부부간의 갈등을 다룬 아주 지루한 영화를 보다가 의자에 앉은 채로 잠을 잤다. 다룰 만한 주제가 그것밖에 없나? 왜 항상 똑같은 이야기들—남편과 정부, 남편과 아내와 병든 자식, 남편과 아내, 정부와 병든 자식—을 반복하는 거지? 찍을 만한 훨씬 중요한 주제들이 숱하게 널렸는데.

공동 식당에서의 대화는 짧았다. 명상으로 노곤해진 회원들은 다들—산책을 하러 정원으로 나간 마리아를 제외하고—자러 갔다.

나가던 길에 살롱에 들른 마리아는 베로니카가 아직 잠자리에 들지 못했다는 걸 확인했다. 그녀는 아마 그동안 줄곧 피아노 곁에서 기다리고 있었을 정신분열증 환자 에뒤아르를 위해 피아노를 치고 있었다. 미친 사람들은 마치 어린아이 같았다. 욕망이 채워지지 않는 한 꼼짝도 하지 않았다.

공기가 몹시 차가웠다. 마리아는 겉옷을 가지러 들어왔다가 다시 나갔다. 사람들의 시선이 없는 바깥에서 그녀는 담배를 한 대 피워물었다. 그녀는 베로니카를, 들려오는 피아노 소리를, 모두에게 견딜 수 없을 만큼 어려운 빌레트 담 저쪽의 삶을 생각하며 죄책감 없이, 서두르지 않고 담배를 피웠다.

마리아의 생각으로는, 그 어려움은 카오스, 즉 질서의 붕괴 혹은 무정부 상태가 아니라 질서의 과잉에 기인하는 것이었다. 사회는 점점 더 많은 규칙들로, 그 규칙들을 반박하기 위한 법률들로, 또 그 법률들을 반박하기 위한 새로운 규칙들로 넘쳐났다. 그것이 사람들을 두려움에 떨게 만들었고, 그래서 그들은 그들의 삶을 지배하고 있는 보이지 않는 법규를 일탈할 엄두를 내지 못하게 되었다.

마리아는 그 문제를 잘 알고 있었다. 병 때문에 빌레트로 들어오기 전, 그녀는 사십 년 동안 변호사로 일했다. 변호사라는 직업을 시작하면서 그녀는 정의에 대한 순진한 비전을 상실하고 말았다. 그녀는 법이 만들어진 것은 문제를 해결하기 위해서가 아니라 싸움을 한없이 연장시키기 위해서라는 걸 알아차렸다.

신, 알라, 여호와—이름이야 어떻든 상관없다—가 현재의 세계에 살지 않는 것은 참으로 애석한 일이다. 만약 그랬다면, 그 신이 항소, 상고, 수탁재판, 소환장, 예비 진술 등에 응하느라 정신없이 뛰어다니고, 수없이 많은 재판에 불려나가 자신이 왜 아담과 이브를 천국에서 추방하기로 결정했는지, 그것은 단지 그들이 자의적이고 아무런 법적 근거가 없는 한 가지 법—선악과를 먹어서는 안 된다는 법—을 어겼기 때문이라는 걸 해명하는 동안, 우리는 모두 아직 천국에 남아 있을 것이다.

그런 일이 발생하지 않기를 바랐다면, 신은 왜 그 나무를 천국의 담 바깥이 아닌 정원 한가운데에 심어놓았을까? 만약 마리아가 아담과 이브의 변호를 맡았다면, 그녀는 분명히 신을 '관리 소홀'로 고소했을 것이다. 왜냐하면 그는 나무를 적절치 못한 장소에 심어놓았을 뿐만 아니라, 경고문을 세우거나 울타리를 치지도 않았기 때문이다. 최소한의 안전 조치도 취하지 않음으로써, 두 부부를 위험에 노출시킨 것이다.

마리아는 또한 나무가 있는 바로 그 장소를 말해주어 아담과 이브의 주의를 끌었다는 이유를 들어, 신을 '범죄 교사'로 고소할 수도 있었을 것이다. 신이 아무 말도 하지 않았다면, 인간은 금단의 열매—똑같은 나무들 속에서 숲의 일부가 되어버린, 따라서 특별한 가치가 없는—에는 전혀 관심을 갖지 않은 채 대대손손 천국의 땅에서 살아갔을 것이다.

하지만 신은 다르게 행동했다. 신은 법을 정해놓고, 오로지 벌을 만들어낼 목적으로, 법을 어기라고 누군가를 부추길 방법을 찾아냈다. 신은 아담과 이브가 낙원의 완벽함에 결국은 싫증을 낼 것이고, 조만간 자신의 인내심을 시험에 들게 하리라는 걸 알고 있었다. 그래서 그는 이제나저제나 기다리고 있었다. 아마 전지전능한 그 역시 모든 것이 완벽하게 돌아가는 상태에 진력이

나 있었는지도 모른다. 이브가 사과를 먹지 않았다면, 이 수백만 년 동안 과연 어떤 흥미로운 일이 벌어졌을까?

아무 일도 일어나지 않았을 것이다.

그들이 법을 범하자, 전지전능한 심판자인 신은 마치 그 도망자들이 어디에 숨을 것인지 모르는 척, 그들을 찾아다녔다. 천사들이 장난 같은 그 장면을 보며 즐거워하는 가운데(루시퍼가 하늘을 떠난 이래, 천사들 역시 사는 게 지극히 따분했을 것이다), 그는 큰 걸음으로 동산을 이리저리 돌아다녔다. 마리아는 성서의 이 부분을 서스펜스 영화로 찍는다면 훌륭한 시퀀스가 될 거라고 상상했다. 신의 발소리, 겁에 질린 두 부부의 눈동자, 그들이 숨은 곳 바로 앞에서 우뚝 멈추어 서는 발걸음.

"어디 있느냐?"

신이 물었다.

"동산을 돌아다니는 당신의 발소리에 겁이 났고, 벌거벗은 모습이 부끄러워 숨어 있어요."

이 말을 통해 자신이 죄를 저질렀다는 걸 스스로 인정해버렸다는 것도 모르는 채 아담이 대답했다.

보라. 간단한 속임수 덕분에, 아담이 어디 있는지 그가 달아난 진짜 이유가 무엇인지 모르는 척함으로써, 신은 자신이 원하는 것을 얻어냈다. 그럼에도 불구하고, 그 장면을 유심히 관람하고 있는 객석의 천사들에게 의심의 여지를 남기지 않기 위해, 신은 그 놀이를 계속하기로 마음먹었다.

"네가 벌거벗고 있다는 걸 어떻게 알았느냐?"

신이 물었다. 이 질문에는 "그걸 알게 해주는 금단의 열매를 먹었으니까요"라는 하나의 대답밖에 없다는 것을 잘 알고 있으면서도.

이 질문을 통해, 신은 자신의 천사들에게 자신이 공정하다는 것을, 그리하여 실재하는 모든 증거들을 근거로 그 부부에게 유죄를 선고한다는 것을 보여주었다. 죄가 이브에게 있다느니, 부부가 손이 닳도록 용서를 빌었다느니 하는 것은 전혀 중요치 않았다. 신은 지상이나 천상의 어떠한 존재도 앞으로는 감히 그의 결정에 반하는 행동을 하지 못하도록 본때를 보여줄 필요를 느꼈던 것이다.

신은 부부를 추방했고, 그 죄로 인해 그 자식들도 제 몫의 대가를 치렀다(오늘날 범죄자의 자식들이 부모를 잘못 둔 대가를 톡톡히 치르듯이). 이렇게 해서 법, 법(논리적이든 부조리하든, 그건 전혀 중요치 않은)의 위반, 심판(재간 좋은 사람이 순진한 사람을 이기는) 그리고 벌이라는 사법 체계가 창조되었다.

전 인류가 재심을 청구해보지도 못한 채 유죄를 선고받았기 때문에, 인간들은 신이 또다시 자의적인 권력을 휘두르려 할 경우에 대비해 방어 메커니즘을 철저히 마련해두기로 마음먹었다. 그런데 수천 년 동안 그 작업을 해오다보니, 감당하지 못할 정도로 많은 재심 청구 메커니즘을 만들어놓고 말았다. 그래서 정의는 도무지 뭐가 뭔지 아무도 이해할 수 없는, 조항들, 판례들, 서로 모순되는 텍스트들이 복잡하게 뒤엉켜 있는 밀림이 되고 말았다.

이런 가운데, 신은 생각을 바꿔 세상을 구하기 위해 자신의 아들을 보냈다. 어떤 일이 벌어졌을까? 그 아들은 신이 창조한 정의의 손아귀에 떨어지고 말았다.

법들이 얽히고설켜 뒤죽박죽이다보니 그 아들이 결국 십자가에 못박혀 죽고 만 것이다. 소송은 간단치 않았다. 그는 사제 안나스에게서 가야바*에게로, 대제사장에게서 로마법에는 그의 죄를 다룰 만한 법이 없다는 핑계를 댄 빌라도**에게로, 빌라도에게서 유대법에는 사형이 허락되지 않는다는 이유를 내세운 헤롯***에게로, 헤롯에게서 또다시 빌라도에게로 보내졌다. 빌라도는 백성들에게 결정을 떠넘겨 사건을 무마하려 했다. 그는 보란듯이

---

* 예수 시대의 유대의 대제사장.

** 유대의 제5대 로마 총독.

*** 로마제국이 임명한 유대의 왕.

그 아들에게 채찍질을 가해 그의 상처를 사람들에게 자랑스레 보여주었다. 하지만 빌라도의 책략은 실패로 돌아가고 말았다.

우리 시대의 검사들처럼, 빌라도는 죄인을 희생시켜 자신의 승진을 꾀하기로 마음먹었다. 정의가 죄인의 죽음과 함께 대단원의 막을 내리는 거대한 스펙터클로 변해버렸다는 걸 알고, 그는 예수를 바라바*와 바꾸자고 제안했다. 결국 빌라도는 의심스러운 점을 피고보다는 판관에게 유리하게 해석할 수 있도록 규정한 조항을 이용했다. 그는 손을 씻어버렸다. 그것은 '이도 저도 아닌' 것을 의미했다. 그것은 그 지역 법관들과의 우호적인 관계를 해치지 않으면서 로마법 체계를 보존하기 위한 술수, 나중에 그 판결에 문제가 발생해서 제국 본토에서 검사관이 어떤 일이 벌어졌는지 직접 확인하러 올 경우에도 결정의 짐을 백성들에게 떠넘길 수 있게 해주는 술수였다.

정의. 법. 물론 그것들은 결백한 사람들을 돕기 위해 없어서는 안 될 것들이었다. 하지만 그것들이 언제나 바라던 대로 기능하는 것은 아니었다. 마리아는 그 모든 혼란으로부터 동떨어져 있

* 사형선고를 받았던 도둑. 유월절에 군중의 요구에 따라 바라바는 석방되고 예수는 십자가형에 처해졌다.

어서 좋았다. 그날 밤, 피아노 소곡을 들으며, 빌레트가 자신에게 적합한 장소라고 더이상 확신할 수 없기는 했지만.

"여기서 나가더라도, 다시는 절대 법의 문제에 끼어들지 않을 거야. 유일한 존재 이유가 남들을 더 힘들게 만드는 것이면서도 자신을 정상인이라고, 중요한 사람이라고 생각하는 그 미치광이들과 함께 살아가지는 않을 테야. 양재나 자수를 하거나, 아니면 시립극장 앞에서 과일을 팔 거야. 내 몫의 쓸데없는 미친 짓은 이미 했으니까."

빌레트에서는 누구나 담배를 피울 권리가 있었다. 하지만 잔디 위에 담배꽁초를 버리는 것은 금지되어 있었다. 마리아는 그 금지된 행위를 하면서 쾌감을 느꼈다. 규정을 어기고도 결과에 책임을 지지 않아도 되는 것이 정신병원에 갇혀 지내는 사람들이 누리는 특권이었다.

마리아는 출입문 쪽으로 다가갔다. 경비—이곳에는 항상 경비가 있었다, 어쨌거나 규정이 그러니까—가 그녀에게 고개 숙여 인사하고는 문을 열어주었다.

"나가지 않을 거예요."

그녀가 말했다.

"피아노 소리가 참 듣기 좋네요. 저녁만 되면 거의 매일 들려와요."

경비가 말했다.

"하지만 머지않아 들을 수 없게 될 거예요."

이유를 설명하고 싶지 않아 서둘러 자리를 뜨면서 그녀가 대답했다.

마리아는 베로니카가 공동 식당에 들어왔을 때 그녀의 눈에서 읽었던 공포를 떠올렸다.

공포. 베로니카가 불안, 수줍음, 창피함, 당혹감을 느끼는 건 있을 수 있는 일이었다. 하지만 왜 공포일까? 그 감정은 구체적인 위협, 예를 들면 사나운 짐승, 무장한 괴한, 지진 앞에서나 어울리는 것이지 식당에 모여 있는 사람들을 보고 느낄 수 있는 감정은 아니었다.

"하지만 인간이란 게 그런걸. 인간은 거의 모든 감정을 공포로 대체해버렸어."

그녀는 자신을 달래듯 말했다.

마리아는 자신이 무엇에 대해 말하고 있는지 어느 누구보다도 잘 알고 있었다. 그녀를 빌레트에 입원하게 만든 것은 바로 그것, 공황장애였다.

마리아는 진짜 컬렉션이라 할 만큼 총망라된, 자신의 병에 대한 기사들을 모조리 모아놓았다. 오늘날, 사람들은 공공연하게 그 주제에 접근했다. 그녀는 최근 한 독일 텔레비전 방송에서 몇몇 사람들이 그들의 경험을 이야기하는 걸 본 적도 있었다. 같은 프로그램에서 인용된 한 연구에서는, 그 병에 걸린 사람들 대다수가 미치광이 취급을 받을까봐 자신의 증상을 숨기려 해서 겉으로 드러나지는 않지만, 지구촌 인구의 상당수가 공황장애에 시달리고 있다고 밝혔다.

하지만 마리아가 첫 발작을 일으켰을 당시에는 그 모든 것이 전혀 알려지지 않은 상태였다.

그것은 지옥이었다.

"진짜 지옥이었지."

담배를 한 대 더 피워물며 그녀가 중얼거렸다.

피아노 소리가 여전히 울려퍼지고 있었다. 그 여자에겐 밤을 꼬박 새울 수 있을 만큼 힘이 충분히 남아 있는 것 같았다.

베로니카가 병원에 실려온 이래로, 그녀의 존재는 많은 환자들에게 영향을 미쳤다. 마리아도 그중 하나였다. 처음에, 그녀는 살고 싶은 욕망이 일깨워질까 두려워 그녀를 피하려고 애썼다. 베로니카가 계속해서 죽음을 원하는 편이 나았다. 죽음으로부터 도망칠 수 없는 상황이었으므로. 이고르 박사는 매일같이 주사를 놓으면서도, 그녀의 상태가 눈에 띄게 나빠지고 있고 그런 그녀를 구하는 게 불가능하다는 소문이 떠도는 것을 내버려두었다.

환자들은 그 메시지를 이해했고, 죽음을 선고받은 그녀로부터 일정한 거리를 두었다.

그런데, 그 이유를 정확히 알 수는 없지만, 베로니카가 살기 위해 투쟁을 시작한 것이다. 내일 퇴원할, 수다와는 거리가 먼 제드카, 그리고 에뒤아르, 그 두 사람만이 그녀에게 접근했다.

마리아는 에뒤아르와 대화를 할 작정이었다. 그는 항상 공손하게 그녀의 말에 귀를 기울였다.

에뒤아르는 자신이 베로니카를 세상으로 되돌아오게 했다는 걸, 그것은 구원의 희망이 없는 사람에게 해줄 수 있는 최악의 일이라는 걸 이해하지 못하는 것일까?

마리아는 그에게 문제를 설명할 많은 방법들을 궁리해보았다. 하지만 어떤 방법을 동원한다 하더라도, 그에게 씻을 수 없는 죄책감을 심어줄 게 분명했다. 그녀로서는 결코 못할 일이었다. 마리아는 생각에 생각을 거듭하다 일이 흘러가는 대로 내버려두기로 마음먹었다. 그녀는 이제 더이상 변호사가 아니었다. 무정부 상태가 지배해야 할 곳에 새로운 행동규칙들을 만들어놓음으로써 또하나의 나쁜 본보기를 세우기는 싫었다.

베로니카의 존재는 이곳의 많은 사람들에게 자극을 주었다.

어떤 이들은 그들 자신의 삶을 다시 생각하기 시작했다. '형제클럽'의 한 모임에서, 누군가 지금 벌어지고 있는 일에 대한 설명을 시도했다. 빌레트에서 죽음은 아무에게도 생각할 시간을 주지 않은 채 갑작스레, 혹은 오랜 투병생활 끝에 마치 축복이 내리듯 찾아왔다. 하지만 베로니카의 경우는 드라마틱했다. 그녀는 아직 젊고 다시 살고 싶어하지만, 이루어질 수 없는 바람이라는 걸 모든 사람들이 알고 있었던 것이다. 자신에게 이런 질문을 던져보는 사람들도 있었다. '만약 내게 그런 일이 일어난다면? 내겐 삶의 기회가 있어. 과연 나는 그 기회를 꽉 붙들고 있는 걸까?'

이런 질문조차 하지 않는 사람들도 있었다. 그들은 모든 것을 체념하고 이미 오래전부터 삶도 죽음도, 공간도 시간도 없는 세계에 속해 있었다. 하지만 다른 사람들은 다시 생각해보지 않을 수 없었다. 마리아도 그중 하나였다.

베로니카는 연주를 잠시 멈추고, 밖에서 겉옷 하나만 달랑 걸친 채 밤의 추위와 맞서고 있는 마리아를 쳐다보았다. 죽을 작정인가?

'아니야. 죽으려 했던 건 바로 나야.'

그녀는 피아노로 되돌아와 앉았다. 생의 마지막 며칠 동안, 그녀는 자신의 커다란 꿈을 마침내 실현했다. 온 영혼, 온 가슴으로, 원하는 만큼 오랫동안, 기분 내키는 대로 크게 피아노를 쳤다. 정신분열증을 앓는 청년이 유일한 청중이라는 사실은 조금도 중요치 않았다. 그는 음악을 이해하는 듯이 보였고, 그걸로 그만이었다.

마리아는 결코 자살을 원했던 적이 없었다. 그러기는커녕 오년 전, 오늘 갔던 바로 그 극장에서, 엘살바도르에서 벌어지고 있는 참화를 다룬 다큐멘터리영화를 보면서 전율을 금치 못했고, 자신의 삶이 아주 중요하다고까지 생각했다. 자식들이 모두 훌륭히 성장해 안정된 직장에서 경력을 쌓아가던 그 당시, 그녀는 지루하고 끝날 줄 모르는 변호사 일을 그만두고 한 인도주의 단체에 여생을 바치기로 마음먹고 있었다.

내전의 기운이 시시각각 고조되고 있었지만 마리아는 믿지 않았다. 20세기 말에 유럽 공동체가 새로운 전쟁이 코앞에서 벌어지는 것을 용납할 리가 만무했다. 반면, 세상 반대편에서는 쉴새 없이 비극이 일어나고 있었다. 그중 하나가 엘살바도르였다. 그곳의 아이들은 거리로 내몰려 매춘을 강요당하고 길바닥에서 굶주려 죽어갔다.

"너무나 끔찍해요!"

그녀가 옆 좌석에 앉아 있던 남편에게 말했다.

그는 고개를 끄덕였다.

마리아는 오래전부터 결정을 미루어왔다. 하지만 이젠 그에게 말해야 할 때가 되었는지도 몰랐다. 집, 일, 착한 아이들, 필요한 모든 안락, 여유와 문화, 그들은 이미 삶이 줄 수 있는 모든 행복을 누렸다. 이제 그녀가 이웃을 돕기 위해 무언가를 하지 못할 이유가 어디 있겠는가? 마리아는 적십자사를 찾아갔다. 그녀는 세계 각지에서 자원봉사자들을 절실히 필요로 하고 있다는 걸 알고 있었다. 그녀는 관료주의와 각종 소송에 지쳐 있었고, 이제 자신에게는 그들 자신의 잘못도 아닌 문제를 해결하느라 긴 세월을 보내는 사람들을 도와줄 능력이 없다고 느꼈다. 반면, 적십자 일을 통해서라면 뭔가 당장 쓸모 있는 사람이 될 수 있을 것 같았다. 그녀는 극장을 나서자마자 남편에게 차나 한잔 같이 하자고 하며 자신의 계획을 털어놓을 작정이었다.

화면에 엘살바도르 정부의 한 공직자가 나오더니 자신들이 저지른 부정행위에 대한 장황한 변명을 늘어놓기 시작했다. 순간, 마리아의 심장박동이 걷잡을 수 없이 빨라졌다. 아무것도 아닐 거라고, 아마 영화의 억압적인 분위기 탓일 거라고 그녀는 생각했다. 증상이 계속되면 휴게실로 가서 잠시 쉬면 될 일이었다. 하지만 상태는 급속히 악화되어갔다. 심장은 점점 더 세게 뛰었고 식은땀이 흐르기 시작했다.

공포에 질린 그녀는 두려움을 떨쳐버릴 요량으로 영화에만 집중하려고 애썼다. 하지만 더이상 화면에서 전개되고 있는 이야기를 쫓아갈 수 없었다. 영상과 자막이 흘러가고 있었지만, 마리아는 전혀 다른 현실 속에 들어가 있는 것 같았다. 모든 것이 낯설고 이상했다. 마치 미지의 세계에 들어와 있는 것만 같았다.

"몸이 안 좋아요."

그녀가 남편에게 말했다.

뭔가 이상이 있다는 걸 인정하기 싫어서, 그녀는 말하지 않으려고 안간힘을 다했지만 더는 미룰 수가 없었다.

"밖으로 나갑시다."

남편은 대답과 함께 아내를 부축하려고 손을 잡았다. 아내의 손은 얼음처럼 차가웠다.

"바깥에까지 못 걸어갈 것 같아요. 말해줘요, 도대체 나한테 무슨 일이 일어난 거죠?"

남편도 심각하게 걱정하기 시작했다. 마리아의 얼굴은 식은땀으로 뒤덮여 있었고, 눈은 이상한 빛을 발하고 있었다.

"진정해요. 내가 나가서 의사를 불러올 테니까."

그녀는 절망에 빠졌다. 남편의 말은 알아들을 수 있었다. 하지만 그 나머지 것들—영화관, 어슴푸레한 어둠, 밝은 화면 앞에 어깨를 맞대고 앉아 있는 사람들—은 모두가 그녀를 위협하는 것 같았다.

"날 여기 혼자 두지 말아요, 절대로. 일어나서 당신과 함께 나가겠어요. 천천히 걸어요."

그들은 같은 줄에 앉아 있던 관객들에게 일일이 양해를 구하면서 빠져나와 영화관 뒤쪽 출구를 향해 걸어갔다. 마리아의 심장은 금방이라도 터질 듯이 세차게 뛰고 있었다. 그녀는 확신했다. 절대적으로 확신했다. 결코 그 장소를 벗어나지 못하리라는 것을. 자신의 몸짓 하나하나—내딛는 한 걸음 한 걸음, 양해를 구하고, 남편 팔에 꽉 매달리고, 숨을 들이쉬고 내쉬는 것—가 의식에 또렷이 새겨졌다. 끔찍한 경험이었다. 그녀는 살아오는 동안 그 같은 공포를 느껴본 적이 결코 없었다.

'난 이 극장에서 죽게 될 거야.'

그때 그녀는 자신에게 어떤 일이 일어나고 있는지 안다고 믿었다. 친구 중 하나가 몇 해 전에 뇌동맥류 파열로 극장에서 사망했던 것이다.

뇌동맥류는 혈관 내부에 형성되는—낡은 타이어 속의 기포들처럼—조그만 혹들로, 아무렇지 않다가 어느 순간 폭발하는 시한폭탄과 같은 것이었다. 보통 사람들은 동맥류를 모르고 지내다가 어느 날, 예를 들면 다른 이유로 뇌 스캐너 단층촬영을 한다든가 하는 우연한 기회에, 혹은 동맥류가 터져 뇌일혈을 일으킬 때 그 존재를 알게 된다. 그것이 터지면, 환자는 즉시 혼수상태에 빠지며, 즉사할 수도 있다.

어두운 영화관의 통로를 걷는 동안, 그녀는 몇 해 전에 잃은 그 친구를 생각하고 있었다. 하지만 너무나 이상한 것은 동맥류 파열이 그녀의 지각에 영향을 미치는 방식이었다. 그녀는 다른 행성으로 옮겨온 것 같은 느낌을 받았다. 친근했던 모든 것이 마치 처음 보는 것처럼 낯설었다. 뭐라 설명할 수 없는 엄청난 공포, 낯선 행성에 홀로 있는 것 같은 걷잡을 수 없는 공포. 죽음.

'자꾸 생각하면 안 돼. 아무렇지도 않은 것처럼 행동해야 돼. 다 괜찮아질 거야.'

그녀는 자연스럽게 행동하려고 애썼다. 그러자 잠시 그 낯설음의 감각이 가라앉았다. 처음 심장의 이상한 징후를 느낀 순간부터 문에 도달한 순간까지의 그 이 분 동안, 그녀는 자신의 생에서 가장 무시무시한 경험을 했다.

사방에 등을 켜놓은 휴게실로 들어서자, 모든 게 다시 시작되는 것 같았다. 색채들은 너무나 강렬했고, 거리의 소음이 사방에서 밀려드는 것 같았으며, 사물들은 완전히 비현실적으로 느껴졌다. 그녀는 전에는 관심을 가져본 적이 없던 세세한 사항들에 주목하기 시작했다. 말하자면, 나머지는 온통 흐릿한데도 시선을 집중시키는 조그만 한 부분만은 너무나 또렷하게 보였던 것이다.

그것만이 아니었다. 그녀는 주변에 보이는 모든 것은, '눈'이라고 불리는 젤라틴 질의 기관을 관통하는 빛의 자극으로 발생한 전기충격에 의해 자신의 뇌 속에서 만들어지는 상에 불과하다는 생각까지 하고 있었다.

'안 돼. 생각하지 말자. 자꾸 이러다간 완전히 미쳐버리고 말거야.'

그 순간, 동맥류에 대한 공포가 사라졌다. 친구는 의자에서 일어날 시간도 없이 죽었지만, 그녀는 영화관에서 나왔고 여전히 살아 있었다.

"구급차를 부를게."

그녀의 창백한 안색과 시퍼렇게 질린 입술을 보고는 남편이 말했다.

"택시를 불러요."

성대의 울림 하나하나를 의식하며, 자신의 입에서 나오는 음성을 들으며 그녀가 부탁했다.

병원에 간다는 것은 그녀가 정말 병에 걸렸다는 걸 의미했다. 그녀는 모든 게 다시 예전처럼 되도록, 마지막 순간까지 버텨보기로 마음먹었다.

그들은 휴게실에서 나왔다. 찬바람을 쐬니 기분이 한결 나아지는 것 같기도 했다. 설명할 수 없는 무시무시한 공포, 공황 상태가 여전히 마리아를 사로잡고 있었지만, 이제 조금은 자신을 추스를 수 있었다. 남편이 택시를 잡느라 필사적으로 왔다갔다 하는 동안, 그녀는 보도 위에 앉아 주위에 있는 것들을 보지 않으려고 애썼다. 놀고 있는 아이들, 지나가는 버스, 근처 놀이공원에서 들려오는 음악, 그 모두가 그녀에게는 초현실적이고 비현실적이며, 끔찍스러운 것으로 느껴졌기 때문이다.

마침내 택시 한 대가 섰다.

"병원으로 갑시다."

그녀가 택시에 타는 것을 도우며 남편이 말했다.

"집으로 가요, 제발."

그녀가 간청했다. 그녀는 낯선 장소가 싫었다. 그녀에게는 무엇보다 그녀가 느끼고 있는 공포를 가라앉혀줄 수 있는, 잘 아는, 친숙한 것들이 필요했다.

택시를 타고 집으로 돌아가는 동안, 심장 떨림이 누그러지고 체온도 정상으로 되돌아왔다.

"이젠 좀 나아요. 아마 뭘 잘못 먹었나봐요."

그녀가 남편에게 말했다.

집에 도착했을 때, 세상은 다시금 그녀가 어린 시절부터 알고 있던 세상과 닮아 있었다. 전화기 쪽으로 다가가는 남편을 보고, 뭐하려느냐고 그녀가 물었다.

"의사를 불러야지."

"그럴 필요 없어요. 날 봐요, 보다시피 이제 멀쩡해요."

그녀의 얼굴에는 화색이 돌았고, 심장은 정상적으로 뛰고 있었으며, 걷잡을 수 없던 공포는 사라지고 없었다.

마리아는 그날 밤 아주 무거운 잠을 잤다. 그리고 깨어났을 때는 한 가지 확신이 떠올랐다. 누군가 그녀가 극장에 들어가기 전에 마신 커피에 약을 탄 게 틀림없다고. 그 난리가 벌어진 것은 다름아닌 위험스런 장난 때문이었다. 그녀는 일이 끝나는 대로 검사에게 부탁해서 그따위 장난을 생각해낸 무책임한 작자를 검거하러 함께 바까지 갈 작정이었다.

그녀는 사무실로 출근해 심의중인 사건 몇 개를 처리하고, 될 수 있는 대로 여러 가지 많은 일에 몰두했다. 그녀는 아직도 전날의 경험으로 인해 약간 겁에 질려 있었다. 그녀는 그와 같은 일이 두 번 다시 발생하지 않으리라는 걸 자기 자신에게 증명하고 싶었다.

그녀는 동료와 함께 엘살바도르에 관한 필름을 놓고 토론을 벌였고, 지나가는 말로 매일 똑같은 일을 하는 게 이젠 피곤하다고 했다.

"아마 은퇴할 때가 됐나봐."

"무슨 소리야. 당신은 여기 변호사들 중에서도 최상급에 속해. 게다가 법조인은 나이가 들면 들수록 더 인정받는 흔치 않은 직업이야. 조금 오래 휴가를 가져보는 게 어때? 장담컨대, 일할 욕심에 혈안이 되어서 돌아오게 될걸."

"내 삶에 새로운 계기를 부여하고 싶어. 모험에 뛰어들고, 남들을 돕고, 여태껏 해보지 못한 뭔가를 하고 싶어."

대화는 거기서 중단되었다. 그녀는 광장으로 내려가, 평소와는 달리 고급 식당에서 점심을 먹고는, 평소보다 일찍 사무실로 돌아왔다. 그녀가 은퇴하기로 결정적으로 마음을 먹게 된 것은 바로 그 순간이었다.

다들 식사하러 나가고 아무도 없었다. 마리아는 그 틈을 이용해 책상 위에 놓여 있던 서류들을 검토했다. 그녀는 항상 같은 장소에 정리해두는 만년필을 꺼내려고 서랍을 열었다. 그런데 만년필이 없었다. 그 순간, 그녀는 만년필을 늘 두던 장소에 두지 않은 걸 보니 자신이 아마 정신이 나간 모양이라고 중얼거렸다. 그것으로 충분했다. 그녀의 심장은 다시 격렬하게 뛰기 시작했고, 전날 밤의 엄청난 공포가 또다시 엄습했다.

마리아는 꼼짝도 못한 채 앉아 있었다. 블라인드를 통해 미끄러져들어오는 햇볕이 보다 생생하고, 보다 공격적인 빛을 흩뿌리고 있었다. 그녀는 금방이라도 죽을 것만 같았다.

주변의 모든 것이 온통 낯설기 짝이 없었다. 이 사무실에서 도대체 내가 뭘 하고 있는 거지?

'오 하느님, 저는 당신을 믿지 않아요. 하지만 도와주세요.'

그녀는 또다시 식은땀으로 흠뻑 젖었고, 자신의 공포를 억제하지 못하리라는 걸 깨달았다. 그 순간 누군가 사무실로 들어와 겁에 질린 그녀의 눈을 본다면, 그녀는 끝장이었다.

'신선한 공기.'

전날엔 신선한 공기 덕분에 그녀의 상태가 호전될 수 있었다. 그런데 어떻게 길까지 나가지? 또다시, 그녀는 자신에게 일어나고 있는 일을 조목조목 세밀하게 지각하기 시작했다—호흡의 리듬(의식적으로 숨을 들이쉬고 내쉬지 않는다면, 그녀의 몸은 스스로 그 일을 해내지 못할 것 같았다), 머리의 움직임(이동하는 이미지들을 포착하기 위해 빙빙 돌아가는 텔레비전 카메라

같았다), 점점 더 빨리 뛰는 심장, 끈적끈적하고 차가운 땀으로 흠뻑 젖은 몸.

그리고 무시무시한 공포. 아무런 이유도 없는, 손끝 하나 발끝 하나 꼼짝할 수 없는 것에 대한, 자신이 앉아 있는 곳에서 벗어나는 것에 대한 어마어마한 공포.

'지나갈 거야.'

전날에는 지나갔었다. 하지만 지금 그녀는 사무실에 있었다. 어떡하지? 그녀는 손목시계를 쳐다보았다. 동일한 축 주위를 돌아가는 두 개의 바늘. 시간의 기준을 말해주지만, 왜 인간이 고안해낸 다른 것들처럼 10을 기준으로 하지 않고 12를 택했는지 아무도 그 이유를 설명해주지 않는 부조리한 메커니즘.

'생각하지 말아야 해. 이러다간 미쳐버릴 거야.'

미쳤다. 아마 그것이 그녀에게 일어나고 있는 일을 지칭하는 적합한 용어일지도 몰랐다. 마리아는 온 의지를 다해 일어나 화장실까지 걸어갔다. 다행히도 사무실은 여전히 비어 있었다. 그녀는 일 분 만에 세면대에 다다랐다. 그 일 분이 그녀에게는 영원처럼 느껴졌다. 그녀는 얼굴을 씻었다. 그러자 낯선 감각이 한층 줄어들었다. 하지만 공포는 여전히 거기에 있었다.

"지나갈 거야, 어제도 지나갔잖아."

그녀는 타이르듯 자신에게 말했다.

전날 발작이 어림잡아 삼십 분 정도 지속되었다는 걸 그녀는 떠올렸다. 그녀는 화장실로 들어가 문을 잠그고 변기에 앉아 두 무릎 사이에 머리를 박았다. 그 자세를 취하자, 심장의 고동소리가 더 증폭되어 들려왔다. 그래서 그녀는 이내 다시 허리를 곧추 세웠다.

"금방 지나갈 거야."

여기가 도무지 어딘지 모르겠다고, 이젠 영영 길을 잃고 말았다고 생각하며 그녀는 그렇게 앉아 있었다.

화장실을 들락날락하는 사람들의 발소리, 사람들이 틀었다 잠갔다 하는 수도꼭지 소리, 시시한 일들에 대한 쓸데없는 대화들이 들려왔다. 여러 차례에 걸쳐 사람들이 그녀가 있는 칸에 노크를 했다. 그때마다, 그녀가 뭐라고 중얼거렸고 사람들은 다른 칸으로 옮겨갔다. 변기에 물 내리는 소리가 무시무시하게 울려퍼졌다. 그 건물 전체를 빨아들이고 그곳에서 일하는 모든 사람들을 지옥으로 끌고 갈 수 있는 자연의 힘인 양.

하지만 그녀가 예견했던 대로, 공포는 사라졌고 심장의 리듬도 다시 정상으로 되돌아왔다.

다행히도 그녀의 비서는 그녀가 자리에 없다는 사실조차 알아차리지 못할 만큼 비서의 자질이 부족한 사람이었다. 안 그랬다면, 사무실 사람들이 모두 화장실로 달려와 괜찮냐고 물으며 난

리법석을 피웠을 것이다.

다시 자신을 통제할 수 있게 되자, 마리아는 화장실 문을 열고 나와 한참 동안 세수를 한 다음, 사무실로 되돌아갔다.

"화장이 다 지워지셨네요. 제 걸 빌려드릴까요?"

한 수습사원이 그녀에게 말했다.

마리아는 대답조차 하지 않았다. 그녀는 가방과 개인 소지품들을 집어들고는 비서에게 오후는 집에서 보내겠다고 알렸다.

"하지만 약속이 많으신데요!"

비서가 황당한 듯 대답했다.

"당신은 지시를 내리는 사람이 아니라 받는 사람이야. 내가 시키는 대로만 하면 돼. 약속은 모두 취소해."

비서는 사무실을 나서는 변호사를 멍하니 바라보았다. 함께 일한 지 만 사 년이 다 되어가지만, 단 한 번도 막돼먹은 행동을 한 적이 없던 사람이었다. 뭔가 심각한 일이 벌어진 게 틀림없었다. 누군가 그녀의 남편이 지금 정부와 집에서 정사를 벌이고 있다고 알려왔고, 그래서 간통 현장을 불시에 포착하려고 집으로 달려가는 걸지도 몰라.

"능력 있는 변호사니까 어떻게 행동해야 하는지는 알겠지."

비서가 중얼거렸다. 다음날 출근하면 자신에게 사과할 거라고 생각했다.

다음날은 없었다. 그날 저녁, 마리아는 남편과 함께 오랜 대화를 나누었다. 그녀는 그에게 그날 자신이 느낀 증상들을 하나하나 자세히 묘사했다. 둘은 심장의 두근거림, 식은땀, 낯설음, 무기력, 통제력 상실, 이 모든 것이 단 하나의 낱말, 공포로 요약된다는 결론에 함께 도달했다.

그들은 도대체 그 이유가 무엇인지 따져보았다. 남편은 뇌종양을 떠올렸지만 입을 다물었다. 그녀도 어떤 끔찍한 경우를 예감했지만 역시 아무 말도 하지 않았다. 그들은 각자 성숙한 사람들답게 논리적이고 이성적으로, 토론이 가능한 영역을 찾았다.

"아무래도 검사를 받아보는 게 좋을 것 같아요."

마리아는 남편의 의견을 받아들였다. 아무도, 자식들조차도 알면 안 된다는 단 한 가지 조건을 걸고.

이튿날, 그녀는 법률사무소측에 삼십 일간의 무급 휴가를 신청했고, 신청은 받아들여졌다. 남편은 그녀를 저명한 뇌 전문가들이 많은 오스트리아로 데려가려 했다. 하지만 그날 이후 발작이 점점 더 잦아지고 오래 지속되었기 때문에, 그녀는 도통 집을 벗어나려 하지 않았다.

그들 둘은 진정제의 도움을 받아 어렵사리 류블랴나의 한 병원으로 갈 수 있었고, 마리아는 거기서 믿기 힘들 정도로 많은 검사를 받았다. 비정상적인 것은 아무것도, 동맥류조차도 발견되지 않았다. 그건 남은 생 동안 걱정하지 않아도 좋았다.

하지만 공황장애는 계속되었다. 남편이 장을 보고 부엌일을 맡아 하는 사이, 마리아는 정신을 딴 데 집중하기 위해 강박적으로 끊임없이 집안 청소를 했다. 그녀는 정신병에 관한 모든 책들을 섭렵하기 시작했다. 하지만 자신이 그 책들 속에 기술되어 있는 모든 병에 걸렸다고 믿어져서 곧 그만두고 말았다.

가장 끔찍스러운 것은 발작이 더이상 새로운 것이 아닌데도 현실에 대한 공포감, 낯설음, 자신을 통제할 수 없는 무력감을 매번 똑같은 강도로 느낀다는 것이었다. 게다가, 그녀는 청소를 제외한 온갖 집안일을 떠맡아 두 배로 일할 수밖에 없는 남편에게 죄책감을 느끼고 있었다.

하루하루가 지나갔지만, 상황은 조금도 나아지지 않았다. 마리아는 짜증을 심하게 부리기 시작했다. 걸핏하면 냉정을 잃고 소리를 질러댔고, 소란은 언제나 걷잡을 수 없는 눈물로 끝이 났다.

삼십 일간의 휴가가 끝나자, 마리아의 동료가 집으로 찾아왔다. 동료는 그간 매일 전화를 했지만, 그녀는 아예 받지 않거나, 하는 일이 있어 전화를 받을 수 없다고 둘러대게 했다. 그날 오후, 그는 그녀가 문을 열어줄 때까지 계속 벨을 눌렀다.

마리아는 평온한 오전을 보내고 난 후였다. 그녀가 차를 내왔고, 그들은 사무실 이야기를 나누었다. 그가 언제쯤 일하러 나올 생각이냐고 물었다.

"다시는 안 나가."

그는 엘살바도르에 대해 나누었던 대화를 상기시켰다.

"당신은 언제나 최선을 다했어. 당신에겐 당신이 원하는 걸 선택할 권리가 있어. 하지만 당신이 어떠한 처지에 있더라도 일이 최선의 치료가 될 거라고 생각해. 여행도 하고, 세상도 둘러보고, 당신을 필요로 하는 그런 곳에 가서 도움도 줘. 하지만 우리 사무실 문은 언제나 활짝 열려 있다는 걸 기억해줘. 당신이 돌아오기를 손꼽아 기다릴 테니까."

조금의 악감정도 담기지 않은 목소리로 그가 말했다.

이 말에, 마리아는 울음을 터뜨리고 말았다. 근래 들어 자주 일어나는 일이었다.

동료는 그녀가 진정할 때까지 가만히 기다렸다. 유능한 변호사로서, 그는 그녀에게 아무것도 묻지 않았다. 질문을 하는 것보다는 입을 다물고 있는 편이 정보를 얻어낼 가능성이 더 크다는 걸 그는 알고 있었다. 실제로도 그랬다. 마리아는 극장에서 있었던 일부터 그녀를 그토록 자상하게 돌봐주는 남편에 대한 최근의 히스테리 발작에 이르기까지 모든 것을 그에게 이야기했다.

"난 미쳤어."

"있을 수 있는 일이지. 만약 그렇다면, 치료를 받든지 아니면 그냥 그대로 있든지, 당신은 둘 중 하나를 선택해야 돼."

애정이 묻어나는 근심어린 어조로 그가 대답했다.

"내가 느끼는 것에는 치료 방법이 없어. 다른 정신 능력들은 멀쩡하거든. 내가 걱정하는 건 이 상황이 너무 오래 지속되고 있다는 거야. 난 미친 사람들과 달리 현실로부터의 이탈감, 무기력, 또는 억제할 수 없는 공격성 같은 것들은 느끼지 않아. 오로지 공포뿐이야."

"미친 사람들은 모두들 그렇게 말하지, 자기는 정상이라고."

그들은 함께 웃었다. 그녀는 다기를 다시 따뜻한 물로 채웠다. 그들은 날씨, 슬로베니아의 독립, 자그레브와 베오그라드* 사이에 고조되고 있는 긴장에 대해 이야기를 나누었다. 마리아는 하루종일 텔레비전을 끼고 산 덕분에 그 모든 것들에 대해서는 해박하게 알고 있었다.

작별인사를 하기 전에 동료는 본래의 주제로 되돌아왔다.

"얼마 전에 이곳에 외국 자본가들이 투자한 정신병원이 하나 문을 열었다던데, 치료가 일류급이라고 하더군."

* 각각 크로아티아와 유고슬라비아 연방공화국의 수도.

"뭘 치료하는데?"

"불균형이라고나 할까. 지나친 공포도 일종의 불균형이야."

마리아는 생각해보겠다고 했다. 하지만 그녀는 그런 쪽으로는 아무런 결정도 내리지 않고 있었다. 공황장애에 의한 발작은 그 후에도, 그녀가 자신의 개인적인 삶뿐만 아니라 결혼생활마저도 무너지고 있다는 걸 깨달은 날까지 한 달 동안이나 계속되었다. 그녀는 진정제를 요구했고, 육십 일 만에 두번째로 외출을 감행했다.

그녀는 택시를 타고 새로 문을 연 병원으로 향했다. 도중에, 운전사가 누구를 면회하러 가느냐고 물으며 말했다.

"아주 쾌적해 보이더라구요. 그런데 미친 사람들은 아주 사납대요. 전기충격요법도 그래서 쓰는 거고."

"그래요, 아는 사람 면회하러 가는 길이에요."

마리아가 잘라 말했다.

한 시간의 면담만으로 마리아는 두 달간의 고통에 종지부를 찍을 수 있었다. 병원장—이고르 박사라는 이름을 가진, 머리카락을 검게 염색한 큰 키의 사내—은 그녀가 앓고 있는 것이 아주 최근에야 일반정신의학 연보에 병명이 오른 공황장애의 한 증상이라고 설명해주었다.

"그렇다고 해서 그게 새로운 병이라는 말은 아닙니다. 그 병에 걸린 환자들은 사람들이 자신을 미친 사람으로 취급할까봐 그것을 숨기려는 경향이 있죠. 하지만 그건 신체 내부의 화학적인 불균형에 불과해요. 우울증처럼요."

잘못 이해할까 우려되어 그가 조심스레 설명했다.

이고르 박사는 처방전을 적어주고는 그녀에게 집으로 돌아가라고 했다.

"난 지금 돌아가고 싶지 않아요. 박사님께서 모든 걸 밝혀주셨지만 그래도 거리로 나갈 용기가 나지 않을 것 같아요. 내 결혼생활은 이제 지옥이나 다름없어요. 남편에게도 날 돌보느라 보낸 요 몇 달간의 노고에서 회복할 시간을 줘야 해요."

병원이 환자들로 꽉 차기를 원하는 주주들의 바람대로 이와 유사한 경우에는 늘 그랬듯이, 이고르 박사는 자기 입으로 입원할 필요가 없다고 분명히 밝혔으면서도 그녀의 입원을 허락했다.

마리아는 처방된 약을 먹고 장기간에 걸친 심리검사를 받았다. 그녀의 증상은 조금씩 누그러지다가, 마침내 완전히 사라져버렸다.

하지만 그사이, 조그만 도시 류블랴나에는 그녀가 입원했다는 소문이 퍼졌다.

그녀의 동료이자, 바로 몇 주 전에 그녀를 방문해서 함께 차를 마신 그 오랜 친구가 그녀를 면회하러 빌레트로 찾아왔다. 그는 수없이 많은 기쁨과 근심의 시간들을 함께 나눈 동반자이기도 했다. 그는 우선 자신의 충고를 받아들여 병원의 도움을 구한 그녀의 용기에 찬사를 보냈다. 그러고는 그가 찾아온 진짜 이유를 밝혔다.

"당신이 은퇴해야 될 때가 진짜 온 것 같아."

마리아는 그 말이 넌지시 의미하는 바를 이해할 수 있었다. 이젠 어느 누구도 정신병원에 입원한 적이 있는 변호사에게 사건을 맡기지 않으리라.

"당신 입으로 일이 최선의 치료가 될 거라고 했잖아. 난 다시 일하고 싶어. 짧은 기간만이라도."

그녀는 반응을 기다렸다. 하지만 그는 말이 없었다.

"치료를 받아보라고 권한 건 바로 당신이었잖아. 내가 은퇴를 염두에 두었을 때는, 승리자로서, 자아를 실현한 사람으로서 내 발로 당당하게 떠날 생각이었어. 이렇게 패배자처럼 직장을 떠나고 싶진 않아. 나 자신에 대한 긍지를 되찾을 기회를 단 한 번만이라도 줘. 그때 가서는 두말 않고 은퇴할 테니까."

변호사는 헛기침을 했다.

"난 치료를 받아보라고 했지 입원하라고는 하지 않았어."

"하지만 그건 생존의 문제였어. 난 거리에 나갈 수조차 없었다구. 그 때문에 내 결혼생활도 끝장이 났단 말이야!"

마리아는 말해봤자 아무 소용이 없다는 걸 알고 있었다. 아무리 말해도 그가 생각을 바꿀 리 없었다—요컨대, 그건 법률사무소의 위신이 걸린 문제였다. 그럼에도 불구하고, 그녀는 마지막 시도를 했다.

"난 여기서 두 부류의 사람들을 만났어. 한쪽은 사회로 복귀할 가능성이 전혀 없는 사람들이고, 다른 한쪽은 병이 완전히 나았는데도 삶의 짐을 짊어지고 싶지 않아 미친 척하는 사람들이야. 난 다시 나 자신을 사랑하고 싶어. 난 그럴 필요가 있어. 나와 관계된 결정을 나 혼자 내릴 수 있다는 걸 스스로에게 증명해야만 해. 내가 선택하지 않은 것들에게로 떠밀려가진 않을 테야."

"우리는 살아가는 동안 무슨 실수든 할 수 있는 권리가 있어. 단 한 가지, 우리 자신을 파괴하는 실수만 빼고."

변호사가 결론을 내렸다.

대화를 계속해봐야 소용이 없을 것 같았다. 그의 말대로라면, 마리아는 치명적인 실수를 저지른 셈이었다.

이틀 후, 그녀가 몸담았던 곳과 강력한 경쟁관계에 있던 법률사무소에 소속된 한 변호사가 그녀를 찾아왔다. 마리아는 기대에 부풀었다. 내가 이제 자유로이 새로운 직장을 택할 수 있다는 걸 알고 그 세계에 다시 자리잡을 수 있는 기회를 주러 온 게 아닐까?

변호사는 면회실로 들어와서는 그녀와 마주보고 앉아 미소를 지으며 좀 어떠냐고 물었다. 그러고는 가방에서 여러 가지 서류들을 꺼냈다.

"부군을 대신해서 왔습니다. 이건 이혼청구서입니다. 물론, 부인께서 이곳에 머무시는 동안에 드는 일체의 입원비는 그분께서 부담하실 겁니다."

그가 용건을 말했다.

이번에는 마리아도 이의를 제기하지 않았다. 본인이 변호사였던 만큼 마음만 먹으면 그 분쟁을 한없이 오래 끌 수도 있다는 걸 알고는 있었지만, 그녀는 모든 서류에 서명했다. 그러고는 이고르 박사를 찾아가 공황장애 증상들이 다시 시작되었다고 말했다.

의사는 그녀의 말이 거짓임을 뻔히 알면서도 입원을 무기한 연장시켜주었다.

베로니카는 자러 갈 생각이었다. 하지만 에뒤아르가 여전히 피아노 곁에 서 있었다.

“나 피곤해, 에뒤아르. 좀 자고 싶어.”

그녀는 할 수만 있다면, 아무런 요구도 하지 않은 채 가만히 귀를 기울일 줄 아는 그를 위해 연주를 계속하고 싶었다. 마취 상태에 빠진 그의 기억에서 그가 알고 있던 모든 소나타, 모든 레퀴엠, 모든 아다지오를 끄집어내고 싶었다. 하지만 몸이 피로를 더이상 견뎌내지 못했다.

청년은 너무도 아름다웠다! 그가 잠시 자신의 세계에서 나와 그녀를 여자로 여겨준다면, 이 땅에서 보내는 마지막 밤들은 그녀의 일생에서 가장 아름다운 밤이 될 터였다. 에뒤아르만이 베로니카가 예술가라는 걸 이해해줄 수 있었다. 한 곡의 소나타나 미뉴에트가 가져다주는 순수한 감동을 통해, 그녀는 어느 누구와도 경험해본 적이 없는 애정의 형태를 그 청년과 함께 빚어냈다.

에뒤아르는 이상적인 사내였다. 감수성이 예민하고 교양이 풍부한 그는 흥미롭지 못한 세계를 파괴하고 그것을 새로운 색깔, 이야기, 인물 들로 채워 자신의 머릿속에서 재창조했다. 그 새로운 세계에는 여자 하나, 피아노 한 대 그리고 점점 배가 불러오는 달 하나가 포함되어 있었다.

"난 이제 사랑에 빠질 수 있을 것 같아. 내가 가진 모든 것을 너에게 줄 수 있을 것 같아. 네가 나에게 요구하는 것은 몇 곡의 음악뿐이야. 하지만 난 내가 나 자신이라고 믿었던 것 그 이상의 존재야. 이제 겨우 깨닫기 시작한 다른 '나'들을 너와 함께 나누고 싶어."

그가 자신의 말을 전혀 이해하지 못한다는 걸 알면서도 그녀는 이렇게 말했다.

에뒤아르가 미소를 지었다. 알아들은 걸까? 베로니카는 순간 가슴이 서늘해졌다—연애 지침서에 따르면, 사랑은 그렇게 대놓고 고백하는 게 아니었다. 특히 만난 지 얼마 안 되는 남자에게는. 하지만 그녀는 계속했다. 잃을 게 아무것도 없었기 때문에.

"에뒤아르, 넌 이 땅에서 내가 사랑해도 좋은 유일한 남자야.

내가 죽어도 넌 날 그리워하지 않을 테니까. 정신분열증 환자가 뭘 느끼는지 난 몰라. 하지만 분명한 건, 어느 날 갑자기 누군가 없어진다고 해서 상심하지는 않을 거란 거지.

아마 처음에는 밤마다 들려오던 피아노 소리가 들리지 않으니 조금은 이상하다고 여기겠지. 하지만, 달이 뜨면 다른 누군가가 또 소나타를 치고 싶어할 거야. 특히 모두가 '뤼나티크'*인 정신병원에서는 말이야."

미친 사람들과 달의 관계가 어디에 기인하는 것인지 그녀는 몰랐다. 하지만 어떤 정신병자들을 지칭해 그 말을 사용하는 걸 보면 관계가 깊은 것만은 확실했다.

"나 역시 널 그리워하지 않을 거야. 죽어서 먼 곳에 가 있을 테니까. 내가 널 잃을까봐 두려워하지 않듯이, 그때 가서 네가 날 생각하든 않든 난 상관하지 않아. 어쨌든 난 오늘 사랑에 빠진 여자로서 널 위해 피아노를 쳤어. 그리고 너무나 황홀했어. 내 생애에서 가장 아름다운 순간이었어."

바깥 정원을 서성이는 마리아가 눈에 띄자, 베로니카는 그녀가 했던 말이 떠올랐다. 그녀는 자기 앞에 서 있는 청년을 다시

* lunatique. 달의 영향으로 정신이상이 된 사람, 달이 뜨면 몽환에 빠지는 사람.

쳐다보았다.

베로니카는 스웨터를 벗어던지고 에뒤아르에게로 다가갔다. 그녀가 뭔가를 해야만 한다면, 지금이 바로 그때였다. 마리아는 추위를 오래 견디지 못하고 곧 들어올 것이었다.

그가 흠칫 물러섰다. 그의 눈은 전혀 다른 것을 묻고 있었다. 그녀는 언제쯤 피아노로 돌아가 앉을까? 그녀는 언제쯤 또 한 곡을 연주해, 수많은 세대에게 감동을 주는 명곡을 남긴 그 미치광이 작곡가들의 색깔, 고통, 괴로움, 기쁨 들로 자신의 영혼을 채워줄까?

"바깥에 있는 저 여자가 나에게 말했어. '마스터베이션을 해봐, 가고 싶은 데까지 가보라구.' 내가 항상 가보았던 그곳보다 더 먼 곳까지 갈 수 있을까?"

그녀는 에뒤아르의 손을 잡아 소파로 데려가려고 했다. 하지만 그는 정중하게 거절했다. 그는 고집스레 피아노 옆에 서 있으려 했다. 그녀가 다시 연주하기를 끈질기게 기다리며.

베로니카는 당황스러웠지만 자신에게는 잃을 게 아무것도 없다는 생각이 어느새 떠올랐다. 그녀는 이미 죽은목숨이었다. 그녀로 하여금 항상 제한된 삶을 살게 만들었던 두려움과 편견은 키워 무엇에 쓰겠는가?

그녀는 윗옷과 바지, 브래지어, 팬티를 차례로 벗어던지고 벌거벗은 채 에뒤아르 앞에 섰다.

그가 웃었다. 무엇 때문에 웃는지는 몰랐지만 그녀는 그가 웃는 것을 확실히 보았다. 그녀는 조심스럽게 그의 손을 잡아 자신의 음부에 갖다댔다. 그의 손은 꼼짝도 않고 그대로 있었다. 베로니카는 생각했던 것을 포기하고 그의 손을 치웠다.

에뒤아르에게는 육체적 접촉 이상으로 그녀를 흥분시키는 뭔가 있었다. 그녀가 하고 싶은 대로 할 수 있다는 것, 그리고 거기에는 아무런 한계가 없다는 게 바로 그것이었다. 언제건 들어올 수 있는 마리아를 빼놓고는, 모두들 자고 있었다.

베로니카의 피가 빨리 흐르기 시작했다. 옷을 벗으면서 느꼈던 한기는 사라지고 없었다. 그들은 마주보고 서 있었다. 그녀는 벌거벗은 채로, 그는 옷을 다 입은 채로. 베로니카는 자신의 성기에 손을 갖다대고는 자위를 하기 시작했다. 그녀는 이미 혼자서 혹은 파트너와 함께 자위를 해본 적이 있었다. 하지만 남자가 눈앞에서 벌어지고 있는 일에 아무런 관심도 나타내지 않는 그 같은 상황에서는 처음이었다.

그녀는 흥분하고 있었다. 아주 자극적인 흥분이었다. 서서, 다리를 벌린 채, 베로니카는 자신의 성기, 자신의 젖가슴, 자신의 머리카락을 어루만졌다. 지금까지와는 전혀 다른 방식으로 자신의 몸에 빠져들고 있었다. 에뒤아르를 자기 세계 밖으로 이끌어내기 위해서가 아니었다. 전에는 느껴보지 못한 경험이기 때문이었다.

그녀는 말을 하기 시작했다. 부모나 친구, 조상 들이 들었으면 외설스럽다고 했을, 전에는 생각조차 할 수 없던 말들을 지껄이기 시작했다. 첫번째 오르가슴이 왔다. 참을 수 없는 쾌감이었지만, 울부짖지 않으려고 입술을 깨물었다.

에뒤아르는 시선을 돌리지 않고 계속 그녀를 쳐다보았다. 그의 눈에 새로운 광채가 피어올랐다. 그도 조금은 이해하는 것 같았다. 그것이 그녀의 몸에서 발산되는 에너지, 열기, 땀, 냄새에 보이는 반응이라 할지라도. 베로니카는 아직 만족할 수 없었다. 그녀는 무릎을 꿇고 또다시 자위를 했다.

그녀는 여태껏 그녀에게 금지되었던 모든 것을 상상하고 실현함으로써 그 쾌락으로 죽고 싶었는지도 몰랐다. 그녀는 남자에게 자신을 만져달라고, 굴복시켜달라고, 그가 하고 싶은 것이면 뭐든지 해달라고 애원했다. 제드카가 그 자리에 있었으면 하고 그녀는 갈망했다. 여자의 몸을 속속들이 아는 여자가 어떤 남자보다도 더 능숙하게 다른 여자를 애무할 줄 알 테니까.

여전히 서 있는 그 남자 앞에 무릎을 꿇은 채, 그녀는 자신이 뭔가에 씌었다고 느꼈고, 그가 자신에게 해주길 원하는 것들을 상스런 말들로 묘사했다. 첫번째보다 더 격렬한, 마치 그녀 주위에 있는 모든 것이 폭발해버릴 것 같은 오르가슴이 다시 찾아왔다. 아침에 있었던 심장 발작이 생각났다. 하지만 그건 이제 조금도 중요치 않았다. 쾌락의 폭발 속에서 죽어가리라.

그녀는 자신의 얼굴 바로 앞에 있는 에뒤아르의 성기를 만지고 싶었다. 하지만 그 순간을 망칠 수도 있는 위험을 감수하고 싶지는 않았다. 마리아가 말했던 것처럼, 그녀는 멀리, 아주 멀리까지 갔다.

그녀는 여왕이자 노예인 자신을, 지배자이자 피지배자인 자신을 상상했다. 환상 속에서 그녀는 백인, 흑인, 황인, 동성애자, 거지 들과 사랑을 나누었다. 그녀는 그들 모두의 것이었고, 그들은 그녀에게 무슨 짓이든 할 수 있었다. 그녀는 한 번, 두 번, 세 번, 연속적으로 오르가슴을 느꼈다. 그녀는 결코 상상해본 적 없는 모든 것을 상상했다. 가장 천박한 것에, 가장 고결한 것에 자신을 내던졌다.

마침내, 더이상 참을 수 없는 지경에 이르자, 그녀는 쾌감 때문에, 연이어 오는 오르가슴의 고통 때문에, 정신의 문들을 통해 그녀의 몸속으로 들어온 모든 남자와 여자 때문에 소리를 지르기 시작했다.

그녀는 바닥에 널브러져 가만히 있었다. 땀에 흠뻑 젖은 채,

마음의 평화를 느끼며. 그녀는 무엇 때문인지는 모르지만 자신의 비밀스러운 욕망들을 자기 자신에게 감추고 있었다. 이제 그녀에게는 어떤 대답도 필요치 않았다. 자기 자신을 내던져버리는 것만으로 충분했다.

조금씩 세상이 자기 자리를 되찾기 시작했다. 베로니카는 일어났다. 에뒤아르는 그사이 줄곧 꼼짝도 않고 있었다. 하지만 그도 뭔가 변한 것 같았다. 그의 눈에는 애정이, 아주 인간적인 애정이 담겨 있었다.

'어디서나, 정신분열증 환자의 눈에서도 사랑을 발견할 수 있다는 건 정말 멋진 일이야.'

방안에 다른 누군가가 있다는 걸 알아차린 후에야 그녀는 옷을 입기 시작했다.

마리아였다. 그녀가 언제 들어왔는지, 무얼 보고 들었는지 베로니카는 전혀 알 수 없었다. 하지만 그녀는 부끄럽지도 두렵지도 않았다. 단지 아주 가까운 사람을 쳐다보듯, 그녀는 일정한 거리를 두고 마리아를 쳐다보았다.

"당신이 말했던 걸 했어요. 아주 먼 곳까지 갔었어요."

그녀가 말했다.

마리아는 아무 말도 하지 않았다. 방금 자기 삶의 결정적인 순간들을 되새긴 마리아는 가벼운 현기증을 느꼈다. 이제 다시 외부 세계와 맞서야 할 때가, 누구나, 정신병원에 결코 발을 들여놓은 적이 없는 사람들조차도 커다란 '형제 클럽'의 회원들일 수 있다는 결론을 내려야 할 때가 되었는지도 몰랐다. 예를 들면, 자신의 생명에 해를 가했다는 것 말고는 빌레트에 있어야 할 아무런 이유가 없는 이 아이처럼. 그녀는 막연한 공포, 우울증, 신비로운 환영, 정신장애 같은, 정신이 우리를 이끌어갈 수 있는 한계를 경험한 적이 없었다. 물론 그녀는 많은 남자들을 만났다. 하지만 자신의 가장 비밀스러운 욕망의 끝까지 가본 적은 없었다. 그 결과, 그녀 삶의 반이 그녀에게는 미지의 것으로 남아 있었다. 아! 만약 모든 사람들이 자신의 내부에 있는 광기를 인식하고 그와 더불어 살아갈 수 있다면! 세상은 더 나빠질까? 아니, 사람들은 보다 올바르고 보다 행복해질 것이다.

"왜 전에는 내가 그렇게 하지 못했을까요?"

"그는 네가 또 한 곡 연주해주기를 원하고 있어. 그에겐 그럴 만한 자격이 있다고 생각하는데."

에뒤아르를 바라보며 마리아가 말했다.

"치겠어요. 그전에 대답해주세요. 왜 전에는 내가 그렇게 하지 못했을까요? 내가 자유롭다면, 원하는 모든 것을 생각할 수 있다면, 나는 왜 항상 금지된 상황들은 상상하지 못했을까요?"

"금지되었다고? 잘 들어, 난 변호사였기 때문에 법을 잘 알아. 난 또한 가톨릭 신자였기 때문에 성경의 모든 구절들을 다 외우고 있지. 도대체 넌 무슨 의미로 '금지되었다'는 말을 쓰는 거야?"

마리아는 그녀에게 다가가 스웨터 입는 것을 거들었다.

"날 똑바로 쳐다봐. 그리고 지금 내가 말하는 걸 절대 잊지 마. 금지된 것은 단 두 가지밖에 없어. 하나는 인간의 법이, 다른 하나는 하늘의 법이 금지하는 거야. 절대 누군가에게 성관계를 강요하지 말 것, 강간으로 간주되니까. 그리고 절대 어린아이와 관계를 갖지 말 것, 가장 큰 죄악이니까. 그 두 가지만 빼놓고는, 넌 자유로워. 항상 너와 똑같은 것을 욕망하는 누군가가 있게 마련이야."

마리아는 곧 죽을 사람에게 중요한 무언가를 가르쳐줄 만한 인내심이 없었다. 그녀는 미소를 지으며 베로니카에게 잘 자라는 인사를 하고는 그 자리를 떠났다.

에뒤아르는 꼼짝도 하지 않았다. 그는 그녀의 피아노 연주를 기다리고 있었다. 베로니카는 그녀 앞에 가만히 서서 혐오감도 두려움도 없이 그녀가 벌이는 미친 짓을 바라봄으로써, 그녀에게 엄청난 쾌감을 선사한 그에게 보상을 해야 했다. 그녀는 피아노 앞에 앉아 다시 연주를 시작했다.

그녀의 영혼은 가벼웠다. 죽음에 대한 두려움조차도 더이상 그녀를 괴롭힐 수 없었다. 그녀는 방금 전, 자기 자신에게 이제껏 숨겨왔던 것을 경험했다. 그녀는 동정녀와 창녀의, 노예와 여왕의—여왕보다는 노예의—쾌락을 맛보았다.

그날 밤, 마치 기적처럼, 그녀가 알고 있던 모든 노래들이 하나하나 그녀의 기억 속에 떠올랐다. 그녀가 누린 만큼의 쾌락을 에뒤아르도 맛볼 수 있도록 그녀는 밤새 피아노를 쳤다.

불을 켠 이고르 박사는 진료대기실에 앉아 있는 베로니카를 발견하고는 깜짝 놀랐다.

"너무 빨리 왔구나. 게다가 오늘 내 진료 일정은 이미 꽉 찼는데."

"이르다는 건 나도 알아요. 진료 시간은 아직 시작되지도 않았어요. 하지만 박사님과 이야기를 좀 해야겠어요, 잠깐이면 돼요. 박사님 도움이 필요해요."

그녀가 대답했다.

그녀의 눈은 퀭했고 피부는 윤기가 없었다. 밤을 새웠다는 표시였다.

이고르 박사는 그녀의 이야기를 듣기로 하고 자기 사무실 안으로 들어오게 했다. 그는 그녀에게 의자를 권하고는 책상등을 켜고 커튼을 걷었다. 한 시간도 지나지 않아 해가 뜨면 그때는 등을 꺼서 전기를 절약할 수 있을 것이다. 주주들은 낭비를 싫어했다. 아무리 사소한 것이라도.

그는 자신의 비망록을 재빨리 훑어보았다. 제드카가 마지막 인슐린 충격요법을 받았고, 용케 참아냈다—아니 그보다는 그 비인간적인 치료를 이겨내고 살아남는 데 성공했다. 다행히도 이런 특수한 경우에, 이고르 박사는 결과에 대한 책임은 전적으로 이사회에서 진다는 각서를 병원 이사회에 요구할 수 있었다.

이어 그는 보고서들을 검토했다. 간호사들이 지난밤 두세 환자, 특히 새벽 네시에 침실로 돌아와서는 수면제를 거부한 에뒤아르의 공격적 행동을 특기해놓았다. 이고르 박사는 조치를 취해야만 했다. 빌레트가 내부적으로는 아무리 자유롭다 하더라도, 보수적이고 준엄한 병원의 겉모습을 지킬 필요가 있었다.

"아주 중요한 부탁이 있어요."

베로니카가 입을 열었다.

하지만 이고르 박사는 그녀의 말에 전혀 주의를 기울이지 않았다. 그는 청진기로 그녀의 폐와 심장을 진단했다. 그는 그녀의 반사신경을 테스트하고, 조그만 포켓 램프를 이용해 그녀의 망

막을 검사했다. 그녀에게서는 이제 비트리올—또는 모든 사람들이 즐겨 부르는 대로 말하자면, 아메르튐—중독의 징후가 거의 보이지 않았다.

그는 전화로 간호사에게 복잡한 이름의 약을 가져오라고 말했다.

"어젯밤에 주사를 안 맞은 것 같군."

그가 말했다.

"하지만 난 지금 기분이 좋아요."

"얼굴에 다 나타나 있는데그래. 눈가의 검은 그늘, 피로, 반사능력 저하. 네게 남아 있는 얼마 되지 않는 시간을 즐기고 싶다면, 제발, 내가 시키는 대로 해."

"내가 여기 온 건 바로 그 때문이에요. 난 즐기고 싶어요. 하지만 내 방식대로요. 내게 남은 시간이 얼마나 되죠?"

이고르 박사는 안경 너머로 그녀를 쳐다보았다.

"솔직히 말씀하셔도 괜찮아요. 이젠 두렵지 않아요. 그렇다고 해서 될 대로 되라는 식은 아니에요. 난 살고 싶어요. 하지만 그것만으로는 부족하다는 걸 나도 알아요. 난 내 운명을 받아들이기로 했어요."

"그래서, 원하는 게 뭐야?"

간호사가 주사기를 들고 들어왔다. 이고르 박사가 턱짓을 했다. 그러자 간호사가 베로니카의 스웨터 소매를 조심스레 걷어 올렸다.

"내게 남은 시간이 얼마나 되죠?"

간호사가 주사를 놓는 사이 베로니카가 반복해서 물었다.

"스물네 시간, 어쩌면 그 이하."

그녀는 눈을 내리깔고 입술을 깨물었지만 북받쳐오르는 눈물을 끝내 참아냈다.

"두 가지 부탁을 들어주셨으면 해요. 하나는, 내가 깨어 있을 수 있도록, 내게 남은 일분 일분을 즐길 수 있도록 약이든 주사든 무엇이든 주세요. 잠이 쏟아지지만 난 자고 싶지 않아요. 할 일이 너무 많아요. 내 삶이 영원하다고 믿었을 때 항상 나중으로 미루어왔던 것들요. 내 삶이 살아볼 만한 가치가 없다고 믿기 시작하면서 더이상 내 관심을 끌지 못했던 것들요."

"두번째 부탁은?"

"여기서 나가 밖에서 죽고 싶어요. 항상 내 눈앞에 있었지만, 단 한 번도 가까이 다가가려는 호기심을 가져본 적이 없었던 류블랴나성에 가보고 싶어요. 겨울에는 군밤을, 봄에는 꽃을 파는 아주머니에게 할말이 있어요. 수없이 마주쳤는데 단 한 번도 어떻게 지내냐고 물어본 적이 없거든요. 외투를 벗고 눈 속을 걷고 싶어요. 그 지독한 추위를 느끼고 싶어요—난 감기 걸리는 게 두려워 언제나 옷을 두둑이 입고 다녔거든요.

마지막으로, 이고르 박사님, 난 내 얼굴 위로 흐르는 빗물을 느껴보고 싶어요. 내 마음에 드는 남자들에게 미소를 보내고, 그들이 권하는 커피를 모두 마시고 싶어요. 늘 존재했지만 애써 감추어왔던 내 감정들을 아무런 부끄러움 없이 있는 그대로 드러내면서 엄마에게 뽀뽀를 하고, 사랑한다고 말하고, 그 품안에서 울고 싶어요.

아마 성당에도 들어가, 내게 아무 말도 해주지 않던 그 이미지들을 바라볼 거예요. 이번엔 뭔가를 말해줄 것 같아요. 마음에 드는 남자가 클럽에 가자고 하면, 서슴없이 따라나서겠어요. 그리고 밤새 춤을 출 거예요, 지쳐 쓰러질 때까지. 그러고는 그와 함께 침대로 가겠어요. 이번에는 절대 그전처럼 나 자신을 통제하려 들거나 느끼지도 않는 쾌감을 느끼는 척하지 않을 거예요. 난 나 자신을 송두리째 내던지고 싶어요. 한 남자에게, 도시에, 삶에, 그리고 마지막으로 죽음에."

베로니카가 입을 다물자, 잠시 무거운 침묵이 흘렀다. 의사와 환자는 서로의 눈을 똑바로 쳐다보고 있었다. 아마도 각자 스물네 시간이 가져다 줄 수 있는 숱한 가능성을 생각하고 있는지도 몰랐다.

"너에게 흥분제를 줄 수는 있어. 하지만 그걸 사용하라고 권하고 싶지는 않아. 그게 널 깨어 있게는 하겠지만, 그 대신 네가 그 모든 걸 살아보는 데 필요한 마음의 평온을 앗아가버릴지도 몰라."

마침내 이고르 박사가 말했다.

베로니카는 몸 상태가 나빠지는 걸 느끼기 시작했다. 그 주사를 맞을 때마다, 그녀는 온몸에 거북함을 느꼈다.

"안색이 점점 더 안 좋아지는구나. 가서 한숨 자는 게 좋겠다. 남은 이야기는 내일 다시 하도록 하지."

베로니카는 울음이 다시 북받쳐올랐지만 참았다.

"내일이란 건 없을 거예요. 박사님도 잘 아시잖아요. 난 피곤해요, 이고르 박사님. 지칠 대로 지쳤다구요. 바로 그 때문에 박사님께 그 약들을 부탁했던 거예요. 절망과 체념 사이를 오가며 밤을 꼬박 새웠어요. 두려움 때문에 어제와 같은 히스테리 발작이 다시 일어날 수도 있어요. 하지만 아무러면 어때요? 살 시간은 스물네 시간밖에 남지 않았고 하고 싶은 일들은 이렇게 많으니 절망은 한쪽에 치워두는 편이 낫겠다고 생각했어요.

제발 부탁이에요, 이고르 박사님. 얼마 남지 않은 시간을 내 마음대로 살 수 있게 해주세요. 내일이면 너무 늦을 거라는 걸 우리 두 사람 모두 알고 있잖아요."

"가서 눈을 좀 붙여. 그리고 정오에 다시 와. 그때 이야기하자구."

의사는 완강했다.

베로니카는 어쩔 도리가 없다는 것을 깨달았다.

"그럼 자고 나서 다시 오겠어요. 그래도 아직 얘기할 시간이 몇 분은 더 있는 거죠?"

"몇 분만. 더이상은 안 돼. 난 오늘 아주 바빠."

"그럼 단도직입적으로 말할게요. 지난밤, 처음으로 난 아무런 억압 없이 자위를 했어요. 감히 상상하지 못했던 모든 걸 상상했어요. 예전 같으면 두려워하거나 혐오했을 것들에서 쾌감을 느꼈죠."

이고르 박사는 차갑고 직업적인 태도를 취했다. 그는 대화가 어디로 튈지 알 수 없었고, 주주들이 걸고넘어질 만한 문제에 끼어들고 싶지 않았다.

"나 자신이 퇴폐적인 여자란 걸 마침내 알았어요, 박사님. 그게 내 자살 시도에 한몫을 했는지 알고 싶어요. 내 내부에는 내가 몰랐던 많은 것들이 있어요."

'좋아, 저 아이가 내게 요구하는 건 진단뿐이야. 직권남용에 의한 성추행으로 혹시나 소송에 말려드는 사태는 없을 거야. 간호사를 따로 부를 필요는 없겠어.'

"우린 누구나 해보지 못한 경험을 하길 원해. 우리의 파트너들 역시 그렇지. 그게 문제가 된다고 생각해?"

그가 말했다.

"아시잖아요? 대답해주세요."

"좋아. 그건 문제가 돼. 모든 사람들이 꿈을 꾸지만 정작 그걸 실현하는 사람은 단지 몇 사람에 불과해. 문제는 그럴 때, 꿈을 실현하지 못한 많은 사람들이 스스로를 비겁하다고 느끼는 데 있어."

"그 몇 사람이 옳더라도요?"

"옳은 자, 그건 가장 강한 자야. 이 경우엔 역설적이게도, 비겁한 자들이 더 용감하지. 그들은 사람들에게 자기들 생각이 옳다고 주입하니까."

이고르 박사는 더 얘기하고 싶지 않았다.

"부탁이다, 가서 좀 쉬어. 다른 환자들이 기다리고 있어. 시키는 대로 하면, 네 두번째 부탁과 관련해서 내가 할 수 있는 걸 생각해보지."

베로니카가 진료실을 나갔다. 다음 환자는 퇴원허가서를 받기로 되어 있는 제드카였다. 이고르 박사는 금방 베로니카와 나눈 대화에 대해 몇 가지 노트를 해야 했기 때문에 그녀에게 잠시 기다려달라고 했다.

비트리올에 대한 자신의 논문에 성性에 대한 장章을 포함시킬 필요가 있었다.

결국, 상당 부분의 신경증과 정신장애는 거기서 유래했다—그에 따르면, 성적 환상은 뇌 속에서 발생하는 전기적 충동이었다. 실현되지 못할 경우, 그 충동은 자신의 에너지를 다른 영역에 쏟아부었다.

의학 공부를 하면서 이고르 박사는 성적인 일탈에 대한 흥미로운 논문을 읽은 적이 있었다. 사디즘, 마조히즘, 동성애, 코프로파지*, 관음증, 코프로랄리아** 등등 목록은 아주 길었다. 처음에 그는 그 일탈행위들이 파트너와 정상적인 관계를 가질 수 없는, 균형을 상실한 몇몇 특수한 개인들만의 것이라고 생각했다. 하지만 정신과의사로서 경력을 쌓고 환자들과 많은 대화를 나누면서, 누구에게나 털어놓기 곤란한 묘한 경험이 하나쯤은 있다는 것을 점차 알게 되었다. 그들은 진료실의 안락의자에 편하게 앉아 눈을 내리깔고는, 스스로 '병'(마치 그들이 의사인 양!) 혹은 '변태행위'(마치 그들이 그걸 결정하는 역할을 맡은 정신과의

* 배설물에서 성적 쾌락을 얻는 성향.

** 배설물에 관한 말을 함으로써 성적 쾌락을 얻는 성향.

사인 양!)라고 부르는 것에 대한 긴 독백을 시도했다.

이런 식으로, '정상적인' 사람들이 한 명씩 돌아가며, 성적 일탈행위를 다룬 그 유명한 논문—그 논문에서는 그 밖에도 파트너의 권리를 침범하지 않는 한 자신이 원하는 오르가슴을 누릴 각 개인의 권리를 옹호했다—에 기술된 성적 환상들을 털어놓았다. 수녀들이 운영하는 학교에서 공부를 한 여자들은 능욕당하기를 꿈꾸었고, 정장과 넥타이 차림의 고위 공무원들은 오로지 발바닥을 핥기 위해 루마니아 창녀들에게 엄청난 돈을 쏟아부었다고 고백했다. 소년들은 소년들을 좋아했고, 소녀들은 학교 친구들과 사랑에 빠졌다. 남편들은 외지인이 제 아내를 범하는 것을 보고 싶어했고, 아내들은 남편에게서 간통의 흔적을 발견할 때마다 자위를 했다. 가정주부들은 초인종을 누르는 첫번째 배달원에게 몸을 던지고 싶은 충동을 다스려야만 했고, 아버지들은 국경의 엄격한 검문을 가까스로 통과한 흔치 않은 여장남자들과 나눈 은밀한 경험을 털어놓았다.

난잡한 향연. 모든 사람이 적어도 일생에 한 번쯤은, 난잡한 향연에 참가해보았으면 하는 욕망을 느낀 적이 있는 것 같았다.

이고르 박사는 잠시 만년필을 놓고 생각에 잠겼다. 그렇다면 그는? 그랬다, 그 역시 그러고 싶었다. 그는 더이상 소유의 감정이 존재하지 않는, 오로지 쾌락과 혼돈만이 난무하는, 완전한 무정부 상태의 난잡한 향연을 꿈꾸었다.

그토록 많은 아메르툄 중독의 주요 원인들 중 하나가 거기에 있는 것은 아닐까? 결혼생활은—이고르 박사가 자신의 도서관에 소중하게 보관하고 있는 연구 서적들에 의하면—공동생활 삼사 년 만에 성적 욕망이 완전히 사라져버리는, 일종의 강요된 일신교로 변해버렸다. 그때부터 아내는 버림받았다고, 남편은 결혼의 노예가 되었다고 여겼다. 그러면 비트리올, 아메르툄이 모든 걸 파괴하기 시작했다.

사람들은 신부보다 정신과의사 앞에서 더 솔직히 자신을 표현했다. 의사는 지옥이라는 말로 위협할 수 없으므로. 정신과의사로 긴 세월을 보내면서, 이고르 박사는 환자들이 털어놓아야 하는 이야기를 모두 들었다.

털어놓아야 했다. 실제 행동으로 옮기는 경우는 극히 드물었기 때문이다. 오랜 세월 의사로 일했지만, 그는 남들과 다르다는 두려움이 어디서 오는 것인지 여전히 알 수 없었다. 그가 환자들에게 그 이유를 물어보았을 때, 가장 자주 들은 대답은 이런 것이었다. "남편이 절 창녀로 생각할 거예요." 질문을 받은 사람이 남자일 경우에는, 한결같이 "제 아내는 존중받을 만한 자격이 있어요"라고 말했다. 일반적으로 대화는 거기서 끝났다. 누구나 지문만큼이나 유니크한, 남들과 뚜렷이 구분되는 성적 특성이 있다고 아무리 설명해도, 그의 말을 믿으려 드는 사람은 아무도 없었다. 파트너가 여전히 편견에 사로잡혀 있으면 어떡하나 하는 두려움으로 어느 누구도 감히 자유로워지지 못했다.

"나 혼자 세상을 바꿀 건 아니니까."

체념한 목소리로 그가 중얼거렸다. 그러고는 제드카를 들어오게 하라고 간호사에게 말했다.

"하지만 적어도 내 논문을 통해서는 내가 생각하는 것들을 말할 수 있어."

에뒤아르는 베로니카가 이고르 박사의 진료실에서 나와 병실로 가는 것을 보았다. 그는 그녀에게 자신의 비밀을 털어놓고 싶었다. 전날 밤, 그녀가 그에게 자신의 몸을 열어 보여주었을 때처럼 정직하고 자유롭게 자신의 영혼을 그녀에게 열어놓고 싶었다.

그 유혹은 정신분열증을 이유로 빌레트에 입원한 후로 그가 겪은 시련 중에서도 가장 견디기 힘든 것이었다. 하지만 그는 그 유혹을 뿌리쳤고, 그런 자신이 대견스러웠다. 세상으로 다시 돌아가고픈 욕망이 그의 마음을 흔들어놓기는 했지만.

'그녀가 주말까지 버티지 못할 거라는 걸 여기 사람들은 누구나 알고 있어. 그러니 말한들 무슨 소용이 있겠어?'

아니면, 바로 그 때문에 그녀에게 자신의 이야기를 털어놓아도 좋은 것인지 모른다. 삼 년 전부터 그는 마리아하고만 이야기를 했다. 하지만 그녀가 정말 그를 이해하는지는 확신할 수 없었다. 그녀는 이미 누군가의 어머니였다. 그러므로 그녀는 에뒤아르의 부모들이 옳았다고, 그들은 그의 행복만을 바란다고, 천국의 환영들은 실제 세계와는 아무런 관련이 없는, 그의 터무니없는 꿈이라고 생각하는 게 틀림없었다. 천국의 환영들. 그를 지옥에 빠뜨린 게 바로 그것이었다. 그것은 가족들과의 끝없는 불화를 야기했고, 견뎌낼 수 없을 정도의 격렬한 죄책감을 그의 내부에 심어놓았다. 그래서 그는 다른 세계 속으로 달아났다. 마리아의 도움이 없었다면, 그는 여전히 그 격리된 세계 속에서 살고 있었을 것이다. 하지만 마리아가 나타나 그를 돌봐주었고, 그는 또다시 사랑받고 있음을 느꼈다. 그녀 덕분에, 에뒤아르는 자기 주위에서 벌어지고 있는 일들을 전과 다름없이 알 수 있었다.

며칠 전, 그와 같은 또래의 여자 하나가 피아노에 앉아 〈월광 소나타〉를 연주했다. 음악 탓인지 여자 탓인지, 아니면 달 탓인지, 아니면 빌레트에서 보낸 세월 탓인지 모르지만, 에뒤아르는 또다시 천국의 환영들로 동요되는 자신을 느꼈다.

그는 여자 환자들의 공동 침실까지 그녀를 쫓아갔다. 한 간호사가 지나가려는 그를 막았다.

"에뒤아르, 넌 여기 들어갈 수 없어. 정원으로 돌아가. 해가 뜨고 있어. 오늘은 날씨가 좋을 거야."

베로니카가 돌아다보았다.

"좀 자야겠어. 일어나서 이야기해."

부드러운 목소리로 그녀가 그에게 말했다.

무엇 때문인지 알 수 없지만, 그 청년은 시간이 얼마 남지 않은 그녀의 일부로 자리잡기 시작했다. 그녀는 그에게 음악을 이해하고 그녀의 재능을 알아볼 능력이 있다고 확신했다. 그는 입으로는 단 한 마디도 하지 않았지만, 눈으로는 모든 걸 말할 수 있었다. 바로 그 순간, 공동 침실의 문가에서, 그의 두 눈이 인정하고 싶지 않은 것들을 그녀에게 말하고 있었다. 애정. 사랑.

'정신병 환자들과 지내다보니 그새 나도 미쳐버렸나봐. 정신분열증 환자들은 그런 걸 느낄 수 없어. 이 세상에 속하지 않은 사람들이니까.'

베로니카는 되돌아가 그에게 입맞추고 싶었다. 하지만 참았다. 간호사가 그걸 보고 이고르 박사에게 보고할 수도 있었다. 그 의사가 정신분열증 환자와 입맞추는 여자를 빌레트에서 나가게 해줄 리 없었다.

에뒤아르는 간호사를 똑바로 노려보았다. 베로니카에 대한 이끌림은 그가 상상했던 것보다 훨씬 강했다. 하지만 그는 스스로를 다스리고, 그가 비밀을 털어놓는 유일한 사람인 마리아에게 조언을 구해야 했다. 그녀는 그가 듣고 싶어하는 말, 그 사랑은 절대적으로 위험하고 무익하다는 말을 해줄 게 분명했다. 바보짓은 그만두고 다시 정상적인 정신분열증 환자가 되라고 말할 것이었다(그리고 그녀는 한바탕 웃음 터였다. 도무지 말이 안 되는 소리니까).

그는 환자들이 모여 있는 공동 식당으로 가서, 다른 사람이 가져다주는 음식들을 먹고는 의무적인 산책을 위해 정원으로 나갔다. '일광욕'(그날 기온은 영하였다)을 하는 동안, 그는 마리아에게 다가가려고 했다. 하지만 그녀는 혼자 있고 싶어하는 표정이었다. 그녀는 굳이 그걸 그에게 말할 필요가 없었다. 그 역시 많은 고독을 겪었기 때문에 타인의 고독을 존중할 줄 알았다.

아직 아는 사람이 아무도 없는 게 분명한, 새로 온 환자가 그에게 다가와 말했다.

"신께서 인류를 벌하셨어요. 그분께서 페스트를 보내셨죠. 하지만 난 꿈속에서 그분을 뵈었어요. 가서 슬로베니아를 구하라고 그분께서 나한테 말씀하셨다구요."

사내가 뒤이어 "내가 미쳤다고 생각하세요? 그럼 복음서를 읽어보세요! 신께서는 당신의 아들을 보내셨습니다. 그리고 그 아들은 재림하실 겁니다!"라고 부르짖는 사이, 에뒤아르는 슬그머니 물러났다.

에뒤아르는 더이상 사내의 말을 듣고 있지 않았다. 그는 멀리 있는 산들을 바라보며 자신에게 일어난 일을 되새겼다. 그토록 찾아 헤매던 마음의 평온을 이제야 겨우 찾았는데, 나는 왜 이곳에서 나가고 싶은 것일까? 가족과의 문제가 모두 해결된 지금, 난 왜 또다시 부모에게 창피를 줄지 모를 일을 감행하려는 것일까? 불안에 빠진 그는 마리아가 어서 입을 열기를 기다리며 이리저리 걸어다녔다. 하지만 그녀는 그 어느 때보다 더 멀게 느껴졌다.

그는 빌레트에서 달아나는 방법을 알고 있었다—겉보기에는 아주 엄격해 보여도, 빌레트의 보안에는 많은 틈들이 있었다. 하지만 일단 내부로 들어오면 더이상 바깥으로 되돌아가고 싶은 마음이 생기지 않는다는 점에서 그 틈들은 틈이면서도 틈이 아니었다. 서쪽 담은 온통 금간 곳투성이여서, 큰 어려움 없이 넘을 수 있었다. 담을 넘으려고 마음만 먹으면, 에뒤아르는 금방 들판에 있을 것이고, 북쪽으로 방향을 잡고 오 분만 달리면 크로아티아로 향하는 도로에 가 닿을 수 있을 터였다. 전쟁이 끝났으니, 형제들은 또다시 형제였다. 국경도 이젠 예전만큼 철저하게 감시하지 않았다. 운만 좀 따른다면, 여섯 시간 후에는 베오그라드에 가 있을 수도 있었다.

에뒤아르는 여러 번 그 행로를 따라 탈출을 감행한 적이 있었다. 하지만 아직 더 멀리까지 가라는 신호를 받지 못했기 때문에 도중에 매번 빌레트로 돌아오고 말았다. 그런데 그 신호가 마침내, 푸른 눈에 밤색 머리카락을 가진 한 여자의 모습으로 나타난 것이다. 자신이 원하는 걸 알고 있다고 믿는 불안스런 표정을 하고서.

에뒤아르는 곧장 벽을 향해 나아가기로, 떠나기로, 슬로베니아에서 영원히 자취를 감춰버리기로 결심했다. 그런데 여자가 자고 있었다. 적어도 그녀에게 작별인사는 하고 떠나야 했다.

'일광욕'이 끝나고 '형제 클럽'의 회원들이 살롱에 모이자, 에뒤아르도 그들과 합류했다.

"이 미친 녀석이 여기서 뭐하는 거야?"

나이가 가장 많은 사람이 물었다.

"그냥 놔두세요. 우리 역시 미친 사람들인걸요."

마리아가 말했다.

모두들 한바탕 웃고는 전날 있었던 강연에 대해 토론하기 시작했다. 논점은 수피 명상이 실제로 세상을 변화시킬 수 있는가 하는 것이었다. 이론, 제안, 방법론, 모순되는 발상, 강연자를 겨냥한 비판, 수 세기의 유산을 개선할 수 있는 방법들이 쏟아져나왔다.

에뒤아르는 이런 종류의 토론에는 신물이 났다. 바깥세상에서는 그들이 아무리 구체적인 방안을 제시해도 우스꽝스럽게 여길게 뻔하다는 걸 분명히 알고 있었기 때문에, 그들은 정신병원에 틀어박혀, 아무런 위험도 무릅쓰지 않은 채 세상을 구할 방법을 찾고 있었다. 사람들 각자가 모든 문제에 대해 개인적인 의견을 가지고 있었고, 자신의 진실만이 옳다고 확신하고 있었다. 그들은 수다로 세월을 보냈다. 생각이 감당해야 하는 현실의 문제는 결코 받아들이지 않은 채. 좋건 나쁘건, 생각은 그것을 실천하려는 시도가 있을 때에만 존재하는 것인데도.

수피 명상이란 무엇인가? 신이란 무엇인가? 세상이 구원받아야 한다면, 구원이란 무엇인가? 아무것도 아니었다. 여기 있는—그리고 바깥에 있는—모든 사람들이 고유의 삶을 살아가며 다른 사람들도 나름의 삶을 살게 내버려둔다면, 신은 매 순간 속에, 후추알 하나하나 속에, 땅에 떨어져서는 바로 녹아버리는 눈송이 하나하나 속에 내포되어 있을 것이다. 신은 바로 거기에 있었다. 하지만 삶이 곧 신앙 행위라는 사실은 그냥 받아들이기에는 너무나 단순해 보였기 때문에, 사람들은 계속 신을 찾을 필요가 있다고 믿었다.

베로니카가 피아노로 되돌아오기를 기다리면서, 그는 얼핏 들었던, 수피 선생이 가르쳐준 너무나 쉽고 명백한 수행 방법을 떠올렸다. 가만히 장미를 바라보는 것. 그 이상 무엇이 더 필요할까? 하지만 깊은 명상을 경험한 후에도, 천국의 환영들에 그렇게 가까이 다가가본 후에도, 사람들은 거기 그렇게 모여앉아 토론하고, 궤변을 늘어놓고, 비판하고, 이론을 쌓아올리고 있었다.

에뒤아르와 마리아의 시선이 마주쳤다. 그녀가 시선을 피했다. 하지만 그는 이번에야말로 그 상황을 끝내기로 마음먹었다. 그는 그녀에게 다가가 팔을 잡아끌었다.

"그만해, 에뒤아르."

"나랑 같이 가요." 그는 이렇게 말할 수도 있었지만 사람들이 보는 앞에서는 그러고 싶지 않았다. 모두들 그의 단호한 어조에 놀랄 테니까. 그래서 그는 무릎을 꿇고 눈으로 애원했다. 모두들 깔깔거리며 웃었다.

"마리아, 그 녀석한텐 당신이 성녀로 보이는 모양이네. 아마 어제 한 명상 덕택인가봐."

누군가 농을 했다.

수년간의 침묵을 통해 에뒤아르는 말없이 말하는 법을 배웠다. 그는 자신의 모든 에너지를 눈에 집중시킬 수 있었다. 베로니카가 그의 애정, 그의 사랑을 짐작했으리라는 걸 절대적으로 확신하는 것과 마찬가지로, 자신에게 매달리는 그를 보고 마리아도 그의 절망을 이해하리라는 걸 그는 알고 있었다.

그녀는 좀더 버티다가, 결국 일어나 그의 손을 잡았다.

"그래, 산책이나 하러 가자. 신경이 날카로워진 모양이구나."

그들은 다시 정원으로 갔다. 멀찍이 떨어져, 아무도 그들의 대화를 들을 수 없다는 확신이 서자, 에뒤아르가 침묵을 깼다.

"내가 빌레트에 온 지 벌써 여러 해가 지났어요. 부모님을 창피하게 만드는 일도 그만두었고, 야망도 모두 포기해버렸죠. 그런데도 천국의 환영들은 날 떠나지 않았어요."

"나도 알아. 그 얘긴 벌써 여러 번 했었지. 네가 무슨 말 하려는지도 알아. 떠날 시간이 됐다는 거겠지."

마리아가 대답했다.

에뒤아르는 눈을 들어 하늘을 쳐다보았다. 그녀도 똑같은 걸 느끼고 있었던 걸까?

"그 아이 때문이야. 우린 이미 이 병원에서 사람들이 죽어가는 걸 수도 없이 봤어. 언제나 예기치 못한 순간에, 대개 모든 희망을 잃은 후에 죽어들 갔지. 그런데 처음으로, 앞날이 창창한, 젊고, 예쁘고, 건강해 보이는 아이한테 그 일이 닥친 거야. 베로니카는 유일하게 영원히 빌레트에 머물길 원치 않는 아이일 거야. 그 때문에 우린 스스로에게 이런 질문을 던져보지 않을 수 없었지. '그럼 우린, 우린 여기서 뭘 찾고 있는 거지?'라고 말야."

마리아가 말을 이었다.

그는 고개를 끄덕여 동감을 표했다.

"그래서 지난밤, 나 역시 내가 이 병원에서 무엇을 하고 있나 생각해봤어. 광장에, 다리에, 사람들이 사과를 사고 날씨에 대해 얘기하는 극장 앞 시장에 있는 게 훨씬 더 신날 거라고 생각했지. 물론, 잊고 살았던 성가신 일들도 다시 시작해야겠지—납부해야 할 고지서들, 이웃들과의 옥신각신, 날 이해하지 못하는 사람들의 냉소적인 시선, 고독, 아이들의 불평. 하지만 그 모든 것이 삶의 일부라고, 그 조그만 문제들을 우리의 문제로 인정하지 않고 피하기보다는 적극적으로 맞서는 편이 결국은 수고를 더는 일이라고 생각해. 난 오늘 전남편을 찾아갈 생각이야. 딴 뜻은 없고 오로지 그에게 고맙다는 말을 전하러. 어떻게 생각해?"

"모르겠어요. 나도 같은 말을 전하러 부모님한테 가야만 할까요?"

"아마 그래야겠지. 사실, 일생을 사는 동안 우리에게 생기는 모든 일은 오로지 우리 잘못에서 비롯되는 거야. 많은 사람들이 우리와 똑같은 어려움을 겪었지만 그들은 다른 방식으로 그것에 대응했어. 우리는 격리된 현실이라는 쉬운 길을 택했던 거야."

에뒤아르는 그녀의 말이 맞는다는 걸 알고 있었다.

"난 삶을 다시 시작하고 싶어, 에뒤아르. 항상 저질러버리고 싶었지만 차마 그럴 용기가 없어 포기했던 실수들을 저질러가며. 공포가 다시 엄습해올 수도 있겠지만, 그걸로는 죽지도 기절하지도 않을 거라는 걸 잘 알고 있으니 기껏해야 날 지치게 하는 게 고작일 그 공포와 맞서 싸워가며. 난 새로운 친구들을 만나, 현자가 되기 위해 미치광이가 되는 법을 가르쳐줄 수도 있을 거야. 난 그들에게 모범적인 삶의 교본들을 따르지 말고 자신의 삶을, 자신의 욕망을, 자신의 모험을 발견하라고, 살라고 충고할 거야! 가톨릭 신자들에게는 구약성서를, 회교도들에게는 코란을, 유대인들에게는 토라를, 무신론자들에게는 아리스토텔레스의 텍스트들을 인용해줄 거야. 앞으로 두 번 다시 변호사 일은 하지 않을 거야. 하지만 삶의 진실을 깨달았던 존재들에 대한 강연을 하면서 내 경험을 활용할 수는 있겠지. 그들이 남긴 글들은 모두 '살아라!' 이 한 마디로 요약될 수 있어. 네가 산다면, 신께서도 너와 함께 살리라. 네가 위험을 무릅쓰길 거부한다면, 신께서도 하늘로 물러나 철학적 공론空論의 한 주제로 남으리라.

그걸 모르는 사람은 아무도 없어. 하지만 어느 누구도 그 방향으로 첫발을 내디디려 하지 않아. 아마 미치광이 취급을 당할까 봐 두려워서겠지. 적어도 우리한텐 그런 두려움이 없어, 에뒤아르. 우린 빌레트에서도 견뎌냈잖아."

"단, 공화국의 대통령 후보로는 나서지 못하겠죠. 상대편 후보가 우리 과거를 뒤지고 다닐 테니까."

마리아가 웃으며 고개를 끄덕였다.

"난 이 생활에 지쳤어. 내가 공포를 극복할 수 있을지는 잘 모르겠어. 하지만 '형제 클럽', 정원, 빌레트, 그리고 미친 척하는 것에는 이제 신물이 나."

"내가 떠난다면, 당신도 떠나시겠어요?"

"넌 떠나지 못할 거야."

"몇 분 전에도 떠날 뻔했는걸요."

"모르겠다. 난 이 모든 것에 지쳤어. 하지만 이미 습관이 붙어버렸는걸."

"내가 정신분열증 환자라는 딱지를 달고 이곳에 들어왔을 때, 당신은 며칠이고 몇 달이고 내게 관심을 쏟아주고, 날 인간으로 대해주셨어요. 나 역시 내가 하기로 마음먹었던 생활에, 내가 나 자신을 위해 만들어낸 현실에 익숙해져 있었어요. 하지만 당신이 그걸 허락하지 않으셨죠. 그때 난 당신을 미워했었어요. 하지만 지금은 당신을 사랑해요. 난 당신이 빌레트에서 나가셨으면 좋겠어요. 마리아, 내가 나의 격리된 세계에서 나왔듯이 말이에요."

마리아는 아무 대답 없이 그 자리를 떠났다.

찾는 이가 거의 없는 빌레트의 자그마한 도서관에는 코란도, 아리스토텔레스도, 마리아가 언급했던 텍스트들도 모두 없었다. 대신 에뒤아르는 어떤 시인이 쓴 시를 발견했다.

그때 난 나 자신에게 말했다.
정신나간 자의 운명은 또한 나의 운명이 되리라.
자, 기쁘게 너의 빵을 먹어라,
그리고 즐거이 너의 술을 마셔라.
하느님께서 네가 해놓은 일을 받아들이셨으니.
항상 너의 옷을 희게 하라,
항상 너의 머리에서 향이 나게 하라.
네가 사랑하는 여인과 함께 삶을 즐겨라.
하느님께서 네게 주신
태양 아래 덧없는 나날들을.
네가 태양 아래 땀을 흘린 것은
바로 이러한 네 몫의 삶 때문이라.
네 마음속의 길을,

네 눈 속의 욕망을 좇아라,
하느님께서 너에게 셈하자 하실 날을 잊지 않은 채.

"종국에 이르면 하느님께서 나에게 셈하자 하시리라. 그러면 내가 그분께 말하리라. '제 삶의 어느 기간에, 저는 바람을 쳐다보았습니다, 씨 뿌리는 것을 잊었습니다, 제 나날들을 즐기지 못했습니다, 제게 주어진 술조차 마시지 못했습니다. 그러던 어느 날, 저는 준비가 되었다고 판단했습니다. 그래서 다시 일을 하기 시작했죠. 저보다 앞서 살았던 보스*, 고흐, 바그너, 베토벤, 아인슈타인 그리고 그 밖의 많은 미치광이들이 그랬듯이, 저는 인간들에게 제 천국의 환영들을 이야기했습니다.' 그러면 그분께서 말하리라. 한 여자가 죽는 걸 차마 보지 못해 내가 병원에서 탈출했노라고. 하지만 먼저 하늘에 가 있을 그녀가 날 위해 나서주리라."

큰 목소리로 에뒤아르가 말했다.

"도대체 무슨 소릴 하고 있는 거야?"

도서관 직원이 끼어들었다.

"난 지금 빌레트에서 나가고 싶어. 해야 할 일이 있어."

---

* 15세기 네덜란드 화가 히에로니무스 보스.

매우 큰 소리로 에뒤아르가 소리쳤다.

사서가 벨을 누르자, 간호사 두 명이 금방 나타났다.

"나가고 싶어. 난 괜찮아, 이고르 박사와 말할 수 있게 해줘."

에뒤아르가 흥분해서 반복했다.

두 간호사가 에뒤아르의 팔을 각자 하나씩 붙들었다. 소용없는 짓이란 걸 잘 알면서도 에뒤아르는 빠져나오려고 발버둥쳤다.

"발작이 온 거야. 진정해, 우리가 돌봐줄 테니까."

한 간호사가 그에게 말했다.

에뒤아르는 몸부림치기 시작했다.

"이고르 박사와 말하게 해줘. 그에게 할말이 많아, 그는 틀림없이 이해해줄 거야!"

하지만 간호사들은 벌써 그를 병실로 질질 끌고 가고 있었다.

"놔줘! 단 일 분만 그와 얘기할 수 있게 해줘!"

그가 소리쳤다.

병실로 가려면 다른 환자들이 모두 모여 있는 살롱을 가로질러야만 했다. 에뒤아르가 발광하는 것을 보자, 환자들이 일제히 술렁거렸다.

"놔줘라! 그 아인 미쳤어!"

어떤 환자들은 손가락질을 하며 웃었고, 다른 환자들은 탁자와 의자를 두들겨댔다.

"여긴 정신병원이야! 여기서는 굳이 너희들처럼 행동할 필요가 없다구!"

한 간호사가 다른 간호사에게 속삭였다.

"겁을 줘야겠어. 안 그러면 곧 상황이 걷잡을 수 없이 변해버릴 거야."

"한 가지 방법밖에 없어."

"이고르 박사가 싫어할 텐데."

"이 미친 떼거지들이 자신의 신성한 병원을 모조리 박살내는 건 더 싫어할걸."

베로니카는 식은땀에 흠뻑 젖은 채 소스라치듯 잠에서 깨어났다. 몹시 시끄러웠다. 더 잘 수 있는 분위기가 아니었다. 소란은 끈질기게 계속되었다.

그녀는 일어나, 약간은 멍한 상태로 살롱으로 갔다. 그때 마침 두 간호사가 에뒤아르를 끌고 가고 있었고, 다른 간호사들이 주사기를 들고 달려오고 있었다.

"무슨 일이에요?"

그녀가 외쳤다.

"베로니카!"

에뒤아르의 목소리였다. 정신분열증 환자가 그녀에게 말을 한 것이다! 그가 그녀의 이름을 부른 것이다! 놀라움과 창피함을 동시에 느끼며 그녀는 그에게 다가가려 했다. 하지만 한 간호사가 그녀를 막아섰다.

"뭐하는 거예요? 난 미쳐서 이곳에 있는 게 아니에요! 당신한텐 날 이런 식으로 취급할 권리가 없어요!"

그녀가 간호사를 물리치는 사이, 다른 환자들은 무서울 정도로 괴성을 질러대며 소란을 피웠다. 이고르 박사만 만나보고 당장 떠나버려야 할까?

"베로니카!"

그가 다시 그녀를 불렀다. 에뒤아르는 초인적인 노력으로 두 남자의 품에서 가까스로 벗어났다. 하지만 그는 뛰어 달아나기는커녕, 전날 밤과 똑같은 자세로, 꼼짝도 하지 않은 채 서 있었다. 마치 마법에 걸린 것처럼, 모두가 하던 짓을 멈추고 에뒤아르의 다음 동작을 기다렸다.

간호사들 중 하나가 다시 그에게 다가갔다. 에뒤아르가 자신의 모든 에너지를 끌어모아 그를 노려보았다.

"순순히 따라갈게요. 당신들이 날 어디로 데려갈 건지 알아요. 사람들에게 겁을 주려는 것도. 그러니 잠시만 기다려줘요."

간호사는 위험을 감수해볼 만하다고 생각했다. 어쨌거나 상황은 다시 정상으로 되돌아가는 것처럼 보였다.

"넌 나한테…… 넌 나한테 소중한 존재인 것 같아."

에뒤아르가 베로니카에게 말했다.

"넌 말을 할 수 없어. 넌 이 세상에 살고 있지 않아. 넌 내 이름이 베로니카라는 걸 몰라. 넌 어젯밤 나와 함께 있지 않았어. 제발, 거기 있지 않았다고 말해줘!"

"난 거기 있었어."

그녀가 그의 손을 잡았다. 미친 사람들이 소리를 지르고, 박수를 치고, 음란한 말들을 해댔다.

"널 어디로 데려가는 거지?"

"한 가지 치료를 받게 할 거야."

"나도 따라갈래."

"그럴 필요 없어. 그 치료가 고통스럽지는 않다고, 아무것도 느끼지 못한다고, 정신이 더 빨리 돌아오니 진정제보다 오히려 더 낫다고 말해도 넌 겁에 질리고 말 거야."

베로니카는 그가 무슨 소리를 하는지 알 수 없었다. 그녀는 그의 손을 잡은 것을 후회했다. 그녀는 창피함을 감추기 위해 가능한 한 빨리 그 자리를 벗어나길, 그녀 안에 있는 가장 천한 것을 지켜보고도 여전히 애정으로 그녀를 대하는 그 남자를 두 번 다시 보지 않길 원했을 것이다.

하지만 그녀는 마리아가 했던 말을 떠올렸다. 그녀는 어느 누구에게도 자신의 행위를 설명할 필요가 없었다. 그녀 앞에 서 있는 그 청년에게조차도.

"같이 갈래."

간호사들은 그렇게 하는 게 더 나을지도 모른다고 생각했다. 그 정신분열증 환자는 제압할 필요가 없었다. 그는 순순히 그들을 따랐다.

병실로 들어가자, 에뒤아르는 알아서 침대에 누웠다. 다른 두 사내가 이상하게 생긴 기계와 천으로 된 띠가 가득 든 가방을 옆에 두고 그를 기다리고 있었다.

에뒤아르는 베로니카를 쳐다보며 옆 침대에 앉으라고 권했다.

"몇 분만 지나면 이야기가 빌레트를 한 바퀴 돌 테고, 그러고 나면 사람들이 모두 잠잠해질 거야. 광기로 발광을 해대는 사람에게도 나름대로의 두려움은 있게 마련이야. 이건 당해본 사람만이 그리 끔찍하진 않다는 걸 알지."

간호사들은 그 정신분열증 환자가 하는 말을 믿지 않았다. 치료는 몹시 고통스러울 것이 분명했다. 하지만 미친 사람의 머릿속에서 일어나고 있는 일을 이해할 수 있는 사람은 아무도 없었다. 청년이 한 말 중에 그나마 분별 있는 말은 두려움에 관한 것이었다. 지금쯤이면 온 빌레트가 소식을 전해들었을 테고, 이제 곧 평온이 다시 자리를 잡을 것이었다.

"너무 빨리 누웠어."

그들 중 하나가 말했다.

에뒤아르가 다시 일어났고, 그들은 고무로 된 시트 같은 것을 깔았다.

"이제 누워도 돼."

그가 누웠다. 마치 이 모든 게 늘상 하는 일인 양 그는 아주 침착했다.

간호사들이 천으로 된 띠 몇 개로 에뒤아르의 몸을 묶었고, 입에는 고무 조각을 물렸다.

"혀를 깨물지 않게 하려는 거야."

경고에 곁들여 기술적인 정보를 알려주게 된 것을 뿌듯해하며 간호사 하나가 베로니카에게 설명했다.

그들은 기계를 침대 옆 의자 위에 올려놓았다. 구두 박스보다 조금 더 큰 기계에는 여러 개의 버튼과 바늘이 달린 세 개의 눈금판이 붙어 있었다. 기계 아래쪽에서 나온 두 개의 선은 헤드폰과 비슷하게 생긴 도구에 연결되어 있었다.

간호사가 에뒤아르의 양 관자놀이에 헤드폰을 씌웠다. 다른 간호사는 버튼들을 오른쪽 왼쪽으로 돌려가며 기계를 조절했다.

입에 물고 있는 고무 때문에 말을 할 수는 없었지만, 에뒤아르는 베로니카의 두 눈을 똑바로 응시했다. "걱정하지 마, 겁낼 것 없어"라고 말하는 것 같았다.

간호사가 말했다.

"십분의 삼 초 동안 백삼십 볼트로 맞췄어. 그럼 시작하지."

그가 버튼 하나를 누르자 기계가 웅웅거리기 시작했다. 그와 동시에 에뒤아르의 눈이 흐려졌고, 묶지 않았다면 척추가 부러졌을지도 모를 정도로 몸이 격렬하게 뒤틀렸다.

"멈춰요."

베로니카가 소리쳤다.

"끝났어."

헤드폰을 벗기면서 간호사가 말했다. 하지만 에뒤아르의 몸은 계속해서 뒤틀리고 있었다. 머리가 너무나 심하게 좌우로 흔들려 간호사가 꽉 붙잡고 있어야만 했다. 다른 간호사는 기계를 가방 속에 집어넣고는 앉아서 담배를 피웠다.

그 장면은 몇 분간 계속되었다. 에뒤아르의 몸이 조금씩 잠잠해지는 것 같다가도 또다시 경련이 시작되었고, 간호사는 두 배의 힘을 들여 그의 머리를 단단히 붙잡고 있어야 했다. 경련이 조금씩 잦아들다 마침내 완전히 멈추었다. 에뒤아르는 두 눈을 크게 뜨고 있었다. 사내 중 하나가 죽은 사람에게 하듯 그의 눈을 쓸어 감겨주었다. 이어, 그는 청년의 입에서 고무를 꺼내고, 천으로 된 띠들을 풀어 가방에 집어넣었다.

"전기충격 효과는 한 시간 동안 지속돼. 다 잘됐어. 곧 정상으로 되돌아올 거야. 더 차분해질 거고."

금방 목격한 광경에 홀린 듯 더이상 소리를 지르지 못하고 있는 베로니카에게 간호사가 설명했다.

전기부하가 걸리자, 에뒤아르는 이미 잘 알고 있던 감각을 느꼈다. 마치 눈앞에 커튼을 친 것처럼 시야가 뿌옇게 변하다가 이어 모든 게 완전히 사라져버렸다. 아픔도 고통도 없었다. 하지만 다른 환자가 전기충격 치료를 받는 모습을 본 적이 있었다. 그는 자신이 끔찍해 보일 거라는 걸 알고 있었다.

이제 그는 마음이 편했다. 몇 분 전만 해도 가슴속에서 새로운 감정이 걷잡을 수 없이 들끓는 것을 느꼈고, 그 사랑이 그의 부모가 그에게 베풀어준 사랑 이상일 수 있다는 걸 느끼기 시작했지만, 전기충격—전문가들이 즐겨 부르는 식으로 하자면, ECT(전기경련 치료)—덕분에, 그는 틀림없이 정상적인 상태를 되찾게 될 터였다.

ECT의 주된 효과는 최근의 기억을 파괴하는 데 있었다. 에뒤아르는 불가능한 꿈을 키워서도, 존재하지도 않는 미래를 쳐다보아서도 안 되었다. 그의 생각들은 과거를 향한 채 머물러 있어야만 했다. 그렇지 않으면 결국 그는 삶으로 되돌아가기를 원하게 될 것이다.

한 시간 후, 침대에 누워 있는 청년과 그의 머리맡에 앉아 있는 아가씨를 제외하고는 텅 비어 있는 병실로 제드카가 들어왔다. 그녀는 가까이 다가가다가 베로니카가 또 토했다는 걸 알아차렸다. 베로니카는 오른쪽으로 비스듬히 기대어 앉아 고개를 숙이고 있었다.

제드카가 도움을 청하러 밖으로 나가려 하자, 베로니카가 고개를 들었다.

"별일 아니에요. 또 발작이 온 거예요. 하지만 이젠 괜찮아요."

제드카는 그녀의 한쪽 팔을 붙들어 부축하고는 화장실로 데리고 갔다.

"여긴 남자 화장실이에요."

베로니카가 말했다.

"아무도 없어, 걱정하지 마."

그녀는 더러워진 털 스웨터를 벗기고는, 그걸 빨아 라디에이터 위에 올려놓았다. 그러고는 자신의 모직 셔츠를 벗어 베로니카에게 입혀주었다.

"그냥 가져. 너에게 작별인사를 하러 온 거야."

베로니카는 더이상 아무것에도 관심이 없는 것처럼 멍해 보였다. 제드카는 처음에 앉아 있던 의자까지 그녀를 다시 데려갔다.

"조금 있으면 에뒤아르가 깨어날 거야. 아마 처음엔 무슨 일이 있었는지 잘 기억해내지 못하겠지만 곧 기억을 되찾을 거야. 널 금방 알아보지 못하더라도 걱정하지 마."

"걱정하지 않아요. 난 나 자신조차도 알아볼 수가 없는걸요."

베로니카가 대답했다.

제드카는 의자 하나를 당겨 그녀 곁에 앉았다. 그 긴 세월을 빌레트에서 지냈는데, 이 젊은 아가씨와 함께 잠시 더 머무르지 못할 이유가 어디 있겠는가?

"우리가 처음 만났던 날 생각나? 그날, 세상은 보는 방식에 따라 달라진다는 걸 설명해주려고 너에게 이야길 하나 해줬었지. 왕이 신하들의 머릿속에는 더이상 존재하지 않는 질서를 강요하려 하자, 모두들 왕이 미쳤다고 생각했지. 하지만 세상에는 어느 쪽에서 보더라도 항상 똑같고 누구에게나 가치가 있는 절대적인 것들이 존재해. 사랑이 그중 하나야."

제드카는 베로니카의 눈빛이 변한 것을 알아차렸다. 그녀는 말을 계속했다.

"살날이 얼마 남지 않은 여자가 그 얼마 되지 않는 시간을 침대 앞에 앉아서 잠든 남자를 바라보며 보내기로 작정했다면, 난 거기에 사랑이 있다고 말하겠어. 또 이렇게도 말할 거야. 그사이 그녀가 심장 발작을 일으켰는데도 오로지 그 남자와 떨어져 있지 않기 위해 잠자코 앉아 있었다면, 그건 그 사랑이 아직 더 커질 수 있다는 뜻이라고."

"그건 절망일 수도 있어요. 더이상 태양 아래에서 투쟁을 계속해야 할 아무런 이유가 없다는 걸 스스로에게 증명하려는 시도 말이에요. 다른 세계에 사는 남자를 사랑하는 것은 불가능해요."

베로니카가 반론을 폈다.

"우린 모두 자기 자신의 세계 속에서 살고 있어. 하지만 별이 총총한 밤하늘을 바라보면, 그 모든 세계들이 서로 어울려 태양계, 성좌, 은하계를 형성하는 걸 알 수 있지."

베로니카는 일어나 에뒤아르에게 다가가서 애정어린 손길로 그의 머리카락을 어루만졌다. 얘기를 나눌 누군가가 있어 그녀는 행복했다.

"오래전, 엄마가 어린 나에게 억지로 피아노를 배우게 했을 때, 난 생각했어요. 사랑에 빠져야 비로소 피아노를 잘 칠 수 있을 거라고. 지난밤, 난생처음으로, 음들이 내 손가락 아래에서 춤추는 걸 느꼈어요. 마치 손가락들이 저절로 움직였던 것만 같아요.

어떤 힘이 날 이끌어주었어요. 내가 연주할 수 있으리라고는 생각지도 못했던 멜로디와 화음들을 배열해줬죠. 내 머리카락 한 올 건드리지 않은 그 남자에게 내 온몸을 내던졌듯이, 피아노에도 나 자신을 내던졌어요. 어제, 욕망의 고삐를 풀어놓았을 때도, 피아노를 연주했을 때도 난 더이상 예전의 내가 아니었어요. 하지만 나는 그때의 내가 온전한 나 자신이었다고 생각해요."

베로니카는 고개를 흔들었다.

"나는 지금 말도 안 되는 소릴 하고 있어."

제드카는 다른 차원들 속을 떠다니는 그 모든 존재들과의 만남을 떠올렸다. 베로니카에게 그것을 털어놓고 싶었지만 그녀의 마음을 더 어지럽혀놓을까 두려웠다.

"네가 또 '난 곧 죽을 거야'라고 말하기 전에, 이걸 말해주고 싶어. 네가 지난밤에 경험한 그런 순간을 찾아 일생을 헤매지만 결국은 찾지 못하는 사람들도 있어. 그러니 네가 지금 당장 죽어야 한다면, 사랑이 가득한 마음으로 죽어. 넌 잃을 게 아무것도 없어. 미래와 과거와 관련된 많은 것들이 걸려 있어서 감히 사랑에 빠져들지 못하는 사람들도 많아. 네 경우엔, 존재하는 건 오직 현재뿐이야."

그녀는 일어나서 베로니카에게 다가가 입을 맞추었다.

"더 오래 이곳에 머물다보면, 떠나는 걸 포기하고 말 것 같아.

우울증은 나았지만 난 여기서 다른 형태의 광기들을 발견했지. 그것들을 다 가지고 떠나고 싶어. 그리고 나 자신의 눈으로 삶을 바라보고 싶어.

이곳에 도착했을 때, 난 실의에 빠져 있었지. 이제, 난 미친 여자가 되었어. 그리고 그게 자랑스러워. 밖에 나가면, 난 다른 사람들과 똑같이 행동할 거야. 슈퍼마켓에 가서 장도 보고, 친구들과 잡담도 나누고, 텔레비전 앞에서 소중한 시간을 낭비하기도 할 거야. 하지만 난 내 영혼이 자유롭다는 걸, 내가 꿈꿀 수 있다는 걸, 이곳에 들어오기 전에는 그 존재를 짐작조차 못했던 다른 세계들과 소통할 수 있다는 걸 이젠 알고 있어.

난 미친 짓도 마다하지 않을 거야. 사람들이 날 보고 '빌레트에서 나왔대!'라고 수군거리겠지. 하지만 내 영혼에 무엇 하나 부족한 게 없으리라는 걸 난 알아. 내 삶이 의미를 가질 테니까. 난 석양을 바라보며 그것이 하느님의 작품이라고 믿을 수도 있을 거야. 누군가 날 괴롭힌다면, 터무니없는 말들을 퍼부어줄 거야. 사람들이 날 어떻게 생각하든 상관없어. 어쨌거나 모두들 날 보고 '빌레트에서 나왔대!'라고 말할 테니까.

거리에 나서면, 남자들을 똑바로 쳐다볼 거야. 누군가 내게 욕망의 눈길을 던진다 해도 난 부끄러워하지 않을 거야. 하지만 곧장 수입품 상점으로 달려가 사정이 허락하는 한 가장 비싼 포도주들을 사서, 내 남편과 함께 마실 거야. 내가 그토록 사랑하는 그이와 함께 웃고 싶으니까.

그가 웃으면서 내게 말하겠지, '당신 미쳤군!' 그럼 난 이렇게 대답할 거야, '물론이죠, 난 빌레트에 있던 여잔걸요! 광기가 날 해방시켜주었어요. 그러니 여보, 매년 휴가를 내서 나를 산으로 데려가줘요. 산의 험난함을 경험할 수 있게 말이에요. 내게 필요한 건 살아 있음의 위험을 무릅쓰는 일이니까요.'

사람들은 이렇게 말하겠지, '빌레트에서 나온 지 얼마 되지도 않았는데 벌써 남편까지 미치광이로 만들어버렸군!' 남편은 사람들 말이 맞는다는 걸 알게 될 거야. 그리고 우리의 결혼생활이 새로운 젊음을 맞이하게 된 걸, 사랑을 창조해낸 사람들이 미치광이들이었듯이 우리 역시 미치광이가 된 걸 하느님께 감사하게 될 거야."

제드카는 이렇게 말을 맺었다. 그러고는 베로니카가 한 번도 들어본 적이 없는 노래를 흥얼거리며 병실에서 나갔다.

이고르 박사는 힘든 하루를 보냈다. 하지만 보람은 있었다. 과학자로서의 침착함과 냉정함을 지키고 싶었지만, 터질 듯한 기쁨을 도저히 주체할 수가 없었다. 비트리올 중독의 치료와 관련된 테스트에서 놀라운 결과가 나왔던 것이다!

"오늘은 약속이 되어 있지 않은데요."

노크도 하지 않고 들어온 마리아에게 그가 말했다.

"오래 걸리진 않을 거예요. 사실은 박사님의 의견을 듣고 싶어서 왔을 뿐이에요."

'오늘은 다들 의견만 물으러 오는군.'

성性에 관한 베로니카의 질문을 떠올리며 이고르 박사는 생각했다.

"에뒤아르가 금방 전기쇼크를 받았어요."

"전기경련 치료지요. 부탁건대 정확한 용어를 사용해주세요. 누가 들으면 우릴 야만인으로 알겠어요."

이고르 박사는 놀라움을 감추면서 그 짓을 한 녀석을 나중에 찾아내서 혼쭐을 내야겠다고 속으로 다짐했다.

"그 주제에 관해서 내 의견을 듣고 싶으시다구요. 요즘에는 ECT를 예전처럼 그렇게 자주 시행하지는 않는다는 말씀을 드려야겠군요."

"위험한 치료법이에요."

"아주 위험하죠. 예전에는 적절한 전압도, 전극을 꽂아야 할 적절한 위치도 몰랐어요. 그래서 치료 도중에 뇌출혈을 일으켜 사망한 환자들도 많았죠. 하지만 사정이 많이 달라졌어요. 오늘날 ECT는 기술의 정확성을 높여 다시 사용되고 있어요. 그 치료법은 순간적인 기억상실을 야기시켜 장기간의 투약으로 초래되는 약물중독을 피할 수 있게 해주는 장점이 있죠. 정신의학 잡지들을 몇 권 읽어보세요. ECT를 남미의 고문 기술자들이 사용하는 전기쇼크와 혼동하지 마시구요. 자, 내 의견을 모두 말씀드렸으니, 이젠 다시 일을 해야겠군요."

마리아는 꿈쩍도 하지 않았다.

"박사님께 여쭤보고 싶었던 건 그게 아니에요. 사실은, 제가 여기서 나갈 수 있는지 알고 싶어요."

"원하시면 언제든지 나갈 수 있어요. 하지만 부인은 항상 되돌아오셨죠. 부인 자신이 그걸 원하고, 부군께서 이처럼 비용이 많이 드는 병원에 부인을 의탁하실 정도로 아직은 돈이 많으시니까요. 모르긴 해도 부인은 오히려 '제가 나았나요?'라고 물어야 하지 않을까요? 그러면 난 부인께 '무슨 병이요?'라는 또다른 질문으로 대답하겠어요. 그럼 또 부인께선 '공포증이요, 공황장애예요'라고 말씀하시겠지요. 그럼 난 다시 부인께 말하겠어요, '이것 보세요, 부인. 그건 삼 년 전에 이미 사라졌어요'라고."

"그럼 전 나은 거군요."

"물론 아니죠. 부인의 병은 그게 아닙니다. 슬로베니아 과학아카데미에 제출하기 위해 지금 쓰고 있는 논문에서(이고르 박사는 비트리올에 관한 세세한 내용까지 밝히고 싶지는 않았다), 난 소위 '정상적'이라는 인간의 행동을 연구하고 있습니다. 나보다 앞서 많은 의사들이 그 연구를 했고, 정상적인 상태라는 것은 사회적 합의의 문제에 불과하다는 결론에 도달했죠. 달리 말하자면, 대다수 사람들이 어떤 것을 올바르다고 생각한다면 그게 올바른 게 되는 거죠. 어떤 것들은 가장 초보적인 상식에 의해 좌우됩니다. 단추를 셔츠 앞쪽에 다는 것은 논리의 문제겠죠. 단추들을 옆에 달아놓는다면 채우기가 아주 어려울 테고, 등뒤에 달아놓는다면 아예 불가능할 테니까요.

하지만 다른 것들은 많은 수의 사람들이 그것들은 그래야만 한다고 여기기 때문에 정상으로 치부되는 겁니다. 두 가지 예를 들어보죠. 타자기 자판의 문자들이 왜 그런 식으로 배열되어 있는지 의문을 가져본 적이 있으십니까?"

"그런 의문은 한 번도 가져본 적이 없어요."

"우리는 그 자판을 쿼티QWERTY라고 부르죠. 첫줄의 첫 문자들이 그렇게 배열되어 있거든요. 최초의 타자기는 1873년 크리스토퍼 숄스가 글씨체를 개선할 목적으로 만들었어요. 그런데 문제가 있었죠. 타자를 아주 빨리 치면, 문자들이 서로 부딪쳐 기계가 고장이 나버렸어요. 그래서 숄스는 쿼티 자판을, 타자를 천천히 치게 만드는 자판을 고안해냈죠."

"믿을 수가 없네요."

"하지만 사실이에요. 당시 재봉틀을 생산하던 레밍턴이라는 사람이 최초의 타자기들을 생산하면서 쿼티 자판을 채택했어요. 말하자면, 점점 더 많은 사람들이 그 시스템을 배우지 않을 수 없게 되었고, 점점 더 많은 공장들이 그 자판을 생산하게 된 거죠. 결국 그 자판은 존재하는 유일한 모델이 되어버렸어요. 다시 한번 말씀드리죠. 타자기와 컴퓨터의 자판은 더 빨리가 아니라 더 천천히 치게 하기 위해 고안되었습니다. 무슨 말인지 아시겠습니까? 문자들의 자리를 이리저리 한번 바꾸어보세요. 그런 자판은 아마 아무도 사지 않을 겁니다."

자판을 처음 보았을 때, 마리아는 왜 문자들이 알파벳순으로 배열되어 있지 않을까 하고 잠시 궁금하게 여긴 적이 있었다. 하지만 빨리 치기 위한 최선의 배치일 거라 믿고 더이상 생각하지 않았다.

"피렌체에 가보셨나요?"

이고르 박사가 물었다.

"아니요."

"한번 가보세요, 멀지 않아요. 이제 두번째 예를 들죠. 피렌체 성당에는 1443년 파올로 우첼로가 디자인한 아주 아름다운 시계가 있어요. 그 시계에는 한 가지 신기한 점이 있죠. 다른 모든 시계들처럼 시간을 가리키기는 하는데, 시계바늘이 반대 방향으로 돌아요."

"그게 제 병과 무슨 상관이 있죠?"

"들어보세요. 파올로 우첼로는 독창적인 시계를 만든다는 생각은 전혀 하지 않았어요. 사실, 당시에는 그런 종류의 시계들이 이미 있었거든요. 물론 오늘날 우리가 알고 있는 방향으로 바늘이 돌아가는 시계들도 있었지만. 그런데 이유는 모르겠지만, 아마 피렌체의 공작한테 오늘날 우리가 '옳은' 방향이라 부르는 방향으로 돌아가는 시계가 있었기 때문인지는 몰라도, 결국 그런 시계가 유일한 것으로 자릴 잡고 말았어요. 그러자 우첼로의 시계는 하나의 탈선, 광기가 되어버린 거죠."

이고르 박사는 잠시 뜸을 들였다. 하지만 그는 마리아가 자신의 추론을 따라오고 있다는 걸 알고 있었다.

"이제, 부인의 병으로 돌아옵시다. 개개의 인간은 모두 유일해요. 자기 자신만의 자질, 본능, 쾌락의 형태, 모험을 추구하는 방식을 가지고 있죠. 하지만 사회는 집단적인 행동 양식을 강요해요. 그래서 사람들은 자신들이 왜 그런 식으로 행동해야 하는지 의문을 가지지 않게 되죠. 그들은 그걸 받아들여요. 타자수들이 쿼티 자판이 최선의 자판이라는 사실을 아무런 의심 없이 받아들였듯이. 시계바늘이 왜 왼쪽이 아니고 오른쪽으로 돌아가느냐고 물어보는 사람을 만난 적이 있으세요?"

"아니요."

"그런 사람이 있다면, 아마도 '미친 사람 아냐!'라는 말을 들었을 겁니다. 그가 계속 고집을 부린다면, 사람들은 이유를 찾아보려고 애쓰겠죠. 하지만 곧 그들은 주제를 바꿀 겁니다. 내가 부인께 드린 설명 외에는 다른 설명이 있을 수 없으니까요. 자, 이제 부인의 질문으로 되돌아가죠. 다시 한번 말씀해보세요."

"제가 나았나요?"

"아니요. 부인은 그 누구와도 닮지 않은 '다른' 사람입니다. 하지만 다른 사람들과 닮기를 원하죠. 그건 내 관점에서 볼 때 심각한 병이라 할 수 있습니다."

"다르다는 게 심각한 병인가요?"

"모든 사람과 닮기를 자신에게 강요하는 게 심각한 거죠. 그건 신경증, 정신장애, 편집증을 유발시켜요. 자연을 왜곡하고 하느님의 법에 반하는 것이기 때문에 심각한 겁니다. 하느님께서는 세상의 모든 숲에 똑같은 잎은 단 하나도 창조하지 않으셨어요. 하지만 부인은, 부인이 다르다는 걸 미친 걸로 생각하죠. 그래서 빌레트에서 지내기로 작정하신 겁니다. 여기서는 모두가 다 다르기 때문에, 부인은 모두와 닮아 있는 겁니다. 이해하시겠어요?"

마리아는 고개를 끄덕였다.

"남들과 다른 존재가 될 용기가 없기 때문에, 사람들은 자연의 순리에 역행합니다. 그리고 그들의 신체는 비트리올—혹은 사람들이 속되게 부르는 식으로 말하면, 아메르툼—을 만들어내기 시작하죠."

"비트리올이 뭔가요?"

이고르 박사는 자신이 잠시 흥분했다는 걸 알아차리고는 서둘러 화제를 바꾸었다.

"비트리올이 무엇이든 그건 중요치 않아요. 내가 말하려는 건, 모든 정황으로 볼 때 부인이 아직 낫지 않았다는 겁니다."

마리아는 다년간의 법정 경험을 가지고 있었다. 그녀는 즉시 그걸 활용해보기로 마음먹었다. 첫 전략은, 또다른 추론을 전개할 때 상대방을 손쉽게 함정으로 몰아넣기 위해 우선은 상대방의 의견에 동의하는 척하는 것이었다.

"제 생각도 박사님과 같아요. 저는 공황장애라는 아주 구체적인 이유로 이곳에 들어왔어요. 그리고 직업도 남편도 없는 새로운 삶을 시작할 자신이 없다는 아주 추상적인 이유로 결국 이곳에 머물렀죠. 사실이에요. 저는 제 삶을, 또다시 하나하나 습관을 들여야만 할 새 삶을 다시 시작할 의욕을 상실했었어요. 솔직히 말씀드리면, 전기쇼크—죄송해요, 박사님이 원하시는 대로 ECT라고 해두죠, 시간표, 환자들의 히스테리 발작에도 불구하고, 정신병원의 규정은 박사님께서 말씀하신 것처럼 모든 것이 서로 비슷해지게 하기 위해서라면 무엇이든 하는 세상의 법들보다 견뎌내기 훨씬 쉽다는 걸 인정해요.

그런데 지난밤, 한 여자의 피아노 연주를 들었어요. 흔히 들을 수 없는 훌륭한 연주였죠. 음악에 귀를 기울이면서, 저는 그 소나타, 그 전주곡, 그 아디지오 들을 작곡하기 위해 고심했을 사람들을 생각했어요. 당시 음악계를 지배하던 사람들에게 그들이 만든 작품들—모두 유니크한—을 선보였을 때, 그들은 분명히 정신나간 사람 취급을 당했을 거예요! 난 누군가 재정적 지원을 해주겠다고 나서기 전에 그들이 맞닥뜨려야 했을 생활고, 쓰디쓴 모멸감, 그들이 창조해낸 새로운 하모니에 아직 익숙하지 않은 청중들이 보냈을 야유를 생각했어요.

무엇보다 견디기 힘든 건 바로 이 생각이었어요. '저 곡들을 만드느라 작곡가들은 고통을 당했고, 저 아이는 자기가 곧 죽으리라는 걸 알고 있기 때문에 자신의 온 영혼을 바쳐 저 곡들을 연주하고 있어. 그럼 나는, 나 역시 언젠가는 죽을 목숨이 아닌가? 나 역시 내 삶이라는 음악을 저토록 열광적으로 연주할 수 있길 바라는데, 난 내 영혼을 어디다 내팽개쳐버린 것일까?'"

이고르 박사는 입을 다물고 듣고만 있었다. 그 모든 반성이 어떤 결론에 도달할 것인지 알 수 있을 것 같았다. 하지만 확신을 갖기에는 아직 일렀다.

"난 내 영혼을 어디다 내팽개쳐버린 것일까? 내 과거 어딘가에. 내 것이기를 간절히 소망한 그 삶 속에. 저는 집과 남편, 직업—해방되고 싶었지만 감히 그럴 용기가 없어 버리지 못했던—이 있던 그 순간의 포로가 되도록 제 영혼을 방치했어요.

제 영혼은 과거 속에 있었어요. 하지만 이젠 이곳에 있어요. 저는 다시 이 몸속에서 열기로 가득한 제 영혼을 느낄 수 있어요. 아직 무엇을 해야 할지는 모르겠어요. 제가 아는 건, 삶은 저를 다른 길로 나아가도록 부추겼지만 정작 제 자신은 그걸 원치 않았다는 걸 이해하는 데 삼 년의 세월이 걸렸다는 거예요."

"말씀하시는 걸 들으니 많이 좋아진 것 같군요."

이고르 박사가 지적했다.

"저는 빌레트를 떠나게 해달라고 부탁할 필요가 없었어요. 문을 나서서 다시 돌아오지 않으면 그만이었으니까요. 하지만 이 모든 걸 누군가에게 털어놓고 싶었어요. 그리고 박사님이니까 말씀드리는 건데, 그 아이의 머지않은 죽음이 저로 하여금 제 삶을 이해할 수 있게 도와주었어요."

"많이 좋아진 게 아니라 기적적으로 완쾌되셨군요. 그래, 앞으로 뭘 하실 작정인가요?"

이고르 박사가 웃으면서 말했다.

"엘살바도르에 가서 아이들을 돌볼 생각이에요."

"그렇게 멀리까지 가실 필요 없어요. 사라예보가 여기서 이백 킬로도 되지 않는 곳에 있어요. 전쟁은 끝났지만, 아직 해결해야 할 문제들이 산적해 있죠."

"그럼, 사라예보로 가도록 하죠."

이고르 박사는 서랍에서 용지 한 장을 꺼내 꼼꼼히 채우고는 마리아를 문까지 배웅했다.

"행운이 따르기를."

그가 말했다.

그는 곧 문을 닫고 책상으로 돌아와 앉았다. 그는 좀처럼 환자들에게 애착을 갖지 않았다. 하지만 마리아의 경우만은 어쩔 도리가 없이 마음이 갔다. 빌레트에선 다들 한동안 마리아를 그리워할 것이었다.

에뒤아르가 다시 눈을 떴을 때, 베로니카는 여전히 거기에 있었다. 처음으로 전기쇼크 치료를 받았을 때는 무슨 일이 있었는지 기억해내느라 긴 시간을 보냈었다. 요컨대, 그게 바로 이 요법의 치료 효과였다. 환자가 자신을 괴롭히는 문제를 잊고 평온을 찾을 수 있도록 부분적인 기억상실을 야기시키는 것. 하지만 이 치료법의 시행이 빈번해지면, 그만큼 효과가 지속되는 시간도 짧아졌다. 그는 금방 베로니카를 알아보았다.

"잠들어 있는 동안, 넌 천국의 환영들에 대해 이야길 했어."

그의 머리카락을 쓰다듬으며 그녀가 말했다.

천국의 환영들? 그래, 천국의 환영들. 에뒤아르는 그녀를 쳐다보았다. 그는 그녀에게 모든 것을 털어놓고 싶었다.

바로 그 순간, 여자 간호사가 주사기를 들고 들어왔다.

"지금 이 주사를 맞아야만 해. 이고르 박사님의 지시야."

간호사가 베로니카에게 말했다.

"오늘 벌써 한 대 맞았는걸요. 난 싫어요. 이젠 여기서 나가고 싶은 마음이 조금도 없어요. 어떤 명령, 어떤 규정에도 따르지 않을 거예요. 당신들은 나에게 아무것도 강요할 수 없어요."

간호사는 이런 종류의 반항에 익숙해져 있는 것 같았다.

"그럼 안됐지만, 우리도 강제로 주사할 수밖에 없어."

"내 말 들어봐. 주사를 맞도록 해."

에뒤아르가 끼어들었다.

베로니카는 스웨터의 소매를 걷어올렸다. 간호사가 주사를 놓으며 말했다.

"착한 아이인걸. 이 음침한 병실에서 나가 바깥에서 산책이나 좀 하는 게 어때?"

"넌 지난밤에 있었던 일을 부끄러워하고 있어."

정원을 거닐면서 에뒤아르가 말했다

"부끄러웠지. 하지만 지금은 자랑스러워. 천국의 환영들이 뭔지 알고 싶어. 나 역시 그걸 거의 볼 뻔했거든."

"빌레트의 건물들 너머, 더 먼 곳을 바라봐야 해."

"그럼 그렇게 해."

에뒤아르는 뒤를 돌아다보았다. 병실의 벽 쪽도 환자들이 말없이 거닐고 있는 정원 쪽도 아닌, 다른 대륙, 가뭄과 억수 같은 비가 번갈아 이어지는 어떤 나라의 한 거리를 향해.

에뒤아르는 그 땅의 냄새를 느낄 수 있었다. 때는 건기였고 먼지가 그의 콧속으로 스며들었다. 그는 그 느낌을 좋아했다. 땅을 느끼는 것은 바로 살아 있다는 걸 느끼는 것이었다. 그는 수입 자전거의 페달을 밟고 있었다. 그는 열일곱 살이었고, 외교관 자녀들이 다니는 브라질리아*의 미국인 학교에서 막 나오는 길이었다.

그는 브라질리아를 몹시 싫어했지만 브라질 사람들은 좋아했다. 그의 아버지는 이 년 전, 조국의 피비린내 나는 분열은 상상조차 하지 못하던 시기에, 브라질 주재 유고슬라비아 대사로 임

* 브라질의 수도.

명받아 이곳으로 왔다. 밀로셰비치가 권력을 잡고 있었고, 사람들은 지역적인 갈등이 있긴 했지만 서로 다르다는 걸 인정하며 살아가고 있었다.

브라질은 아버지의 첫번째 발령지였다. 에뒤아르는 해변, 카니발, 축구 경기, 음악 축제를 꿈꾸었지만 그가 발을 디딘 곳은 해변에서 멀리 떨어져 있는, 오로지 정치인들, 관료들, 외교관들 그리고 그들의 할일 없는 자식들을 거주시킬 목적에서 만들어진 브라질리아였다.

에뒤아르는 그 도시에 사는 것을 끔찍이도 싫어했다. 반 아이들과 친해져보려 애썼지만 잘되지 않았다. 그 아이들의 유일한 대화 주제였던 차, 최신 디자인의 신발, 유명 브랜드 옷에 관심을 가져보려 했지만, 그것도 끝내 성공하지 못했다. 그래서 그는 방에 처박혀 공부로 하루하루를 보냈다.

때때로 축제가 열리면, 사내아이들은 살롱 한구석에 모여 앉아 술을 마셨고, 여자아이들은 다른쪽 구석에 모여 무관심을 가장하며 수다를 떨었다. 마약이 다량으로 버젓이 돌아다녔다. 에뒤아르는 온갖 종류의 마약들을 한 번씩 다 시도해보았지만 어느 것에도 푹 빠져들 수 없었다. 마약을 하면 극도의 흥분 상태에 빠지거나 잠에 취한 듯 비틀거렸고, 주변에서 일어나는 일에 아무런 흥미도 느끼지 못했다.

에뒤아르를 외교관으로 키우고 싶었던 부모는 크게 걱정을 했다. 그는 거의 모든 재능—학구열, 세련된 예술적 취향, 다양한 언어 구사 능력, 정치에 대한 관심—을 갖추고 있었지만, 외교관의 길을 걷는 데 가장 기본적인 자질인 원만한 대인관계 능력이 결여되어 있었다.

부모가 아무리 각종 리셉션에 데려가고, 학교 친구들을 집으로 데려오게 하고, 용돈을 두둑이 주어도, 에뒤아르는 사람들과 좀처럼 어울리지 못했다. 하루는 엄마가 왜 점심이나 저녁식사에 친구들을 초대하지 않느냐고 그에게 물었다.

"저는 이미 신발 상표들, 쉽게 몸을 허락하는 여자애들의 이름을 모두 아는걸요. 더이상 서로 재미있게 주고받을 이야깃거리가 없어요."

그러던 어느 날, 그 브라질 여자아이가 나타났다. 대사 부부는 그 여자아이가 도대체 어디서 나타났는지는 정확히 몰랐지만, 아들이 자주 외출하고 귀가가 점점 늦어지기 시작하면서, 아무튼 안도의 한숨을 내쉬었다. 어느 날 저녁, 에뒤아르가 그 아이를 집으로 초대했다. 예의가 바른 아이였다. 부부는 좋아서 어쩔 줄 몰랐다. 이제야 아들녀석이 사람들과 관계를 맺는 법을 배우기 시작한 것이다. 게다가, 서로 말은 하지 않았지만, 에뒤아르의 부모는 둘 다 그 여자아이의 존재로 인해 엄청난 불안에서 해방될 수 있었다. 그들의 자식이 동성애자는 아니었던 것이다!

그들은 미래의 시부모라도 되는 양 마리(그게 그 여자아이의 이름이었다)에게 온갖 친절을 베풀었다. 이 년만 지나면 다른 곳으로 발령을 받아 갈 것이라는 걸 알고 있었고, 아들을 이국의 원주민 처녀와 혼인시킬 생각은 조금도 없었지만 말이다. 그들은 아들을 위해 다른 계획들을 마련해놓고 있었고, 아들이 프랑스나 독일 어딘가에서, 대사가 아들을 위해 준비하고 있던 외교관으로서의 화려한 경력에 어울릴 좋은 집안의 여자를 만나기를 희망했다.

하지만 에뒤아르는 눈에 띄게 점점 더 깊이 사랑에 빠져들었다. 불안해진 엄마는 남편과 상의했다.

"외교의 기술은 상대방의 끈기를 시험하며 때를 기다리는 데 있소. 첫사랑은 깊이 빠지지만 항상 맺어지지 못하고 끝나는 법이오."

대사가 그녀에게 말했다.

하지만 에뒤아르는 완전히 변한 것 같았다. 그는 이상한 책들을 집으로 가져왔고, 자신의 침실에 피라미드를 설치하기도 했으며, 매일 밤 마리와 함께 향을 피워놓고 벽에 걸린 묘한 그림을 뚫어질 듯 바라보며 몇 시간을 보내곤 했다. 그와 더불어, 학교 성적은 나날이 떨어지기 시작했다.

엄마는 포르투갈어를 이해하진 못했지만, 그의 십자가들, 장작더미들, 목매달린 마녀들, 강신술의 상징들이 그려져 있는 책의 겉표지들을 알아볼 수는 있었다.

"우리 아들이 위험한 책들을 읽고 있어요."

그녀가 말했다.

"위험한 건 지금 발칸반도에서 일어나고 있는 일들이오. 떠돌아다니는 소문에 따르면, 슬로베니아가 독립을 요구하고 있소. 이러다간 우리도 전쟁에 휘말릴 수 있단 말이오."

대사가 그녀에게 쏘아붙였다.

에뒤아르의 엄마에게 정치는 조금도 중요하지 않았다. 아들에게 도대체 무슨 일이 일어나고 있는지 알고 싶을 뿐이었다.

"그럼 향을 피우는 짓은요?"

"그건 마리화나 냄새를 없애기 위해서요. 우리 아들은 탁월한 교육을 받았잖소. 그런 아이가 향이 나는 그 조그만 막대기에 혼령들을 불러들이는 힘이 있다고 믿을 리 없소."

"걔가 마약을 한다구요?"

"지나갈 거요. 나 역시 젊었을 땐 마리화나를 피웠으니까. 마리화나는 금방 지겨워져요. 나도 그랬소."

엄마는 마음이 놓였고 자랑스러웠다. 남편은 경험이 아주 풍부한 남자였다. 마약의 세계에 빠졌다가도 거기서 결연히 빠져나왔던 것이다! 그처럼 강한 의지력을 가진 사내는 어떠한 상황도 통제할 수 있었다.

어느 날, 에뒤아르가 자전거를 사달라고 졸랐다.

"메르세데스 벤츠가 언제건 대기하고 있고 운전수도 있어. 그런데 자전거라니?"

"자연을 접해보려구요. 마리와 함께 열흘간 여행을 할 거예요. 여기서 멀지 않은 곳에 거대한 수정층이 있대요. 그것들이 좋은 기운을 전해준다고 마리가 말했어요."

에뒤아르의 부모는 공산주의 체제에서 교육을 받았다. 그들에게 수정은 특정한 원자구조를 가진 광석에 불과했다. 거기서 좋건 나쁘건 어떤 기운이 나온다는 것은 불가능했다. 수소문을 해보니, '수정 진동'에 관한 이야기들이 유행처럼 번지고 있었다. 만약 아들이 공식 리셉션 도중에 그따위 주제에 관해 떠벌리려 든다면, 대사는 체면을 잃을 위험이 있었다. 대사는 처음으로 상황이 심각해지고 있음을 인정했다. 브라질리아는 소문이 잦아들 날이 없는 도시였다. 사람들은 머지않아 에뒤아르가 원시적인 미신에 몰두하고 있다는 걸 알게 될 것이고, 대사관의 라이벌들은 그가 그것을 부모에게서 물려받았다고 생각할 터였다. 외교관에게는—기다림의 기술 외에도—어떠한 상황에서도 관습적이고 의례적인 체면을 지킬 수 있는 능력이 필수였다.

"에뒤아르, 이런 식으로 계속할 수는 없어! 유고슬라비아 외무성엔 내 친구들이 한둘이 아니야. 화려한 외교관 경력이 널 기다리고 있어. 그러니 너도 현실을 직시하도록 해."

대사가 언성을 높여 말했다.

그날 밤, 에뒤아르는 집에 돌아오지 않았다. 그의 부모는 마리의 집으로, 브라질리아에 있는 모든 시체 안치소와 병원으로 전화를 해보았지만 그를 찾아내지 못했다. 엄마는 남편의 능력에 대한 믿음을 상실했다. 그는 정치적으로는 탁월한 협상가일지 몰라도 아들 하나 제대로 다스리지 못하는 못난 가장이었다.

이튿날, 에뒤아르는 먹지도 자지도 못한 초췌한 모습으로 돌아왔다. 그는 식사를 하고 자기 방으로 올라가, 향을 피우고, 이상한 주문을 외웠다. 그리고 다음날 아침까지 죽은듯이 잤다. 잠에서 깨어났을 때는, 새 자전거가 그를 기다리고 있었다.

"그놈의 수정인가 뭔가를 보러 가도록 해. 아버지한텐 내가 말할 테니까."

엄마가 말했다.

이렇게 해서, 먼지가 폴폴 날리는 건기의 오후, 에뒤아르는 즐거운 마음으로 마리의 집으로 향했던 것이다. 도시는 너무나 잘(그 도시를 설계한 건축가들의 의견에 따르면) 혹은 너무나 잘못(에뒤아르의 의견에 따르면) 설계되어 있어서 교차로가 거의 없었다. 그는 자전거 기어를 최고 속도로 놓고, 비를 뿌리지 않는 구름들이 여유로이 가로지르는 푸른 창공을 바라보며, 똑바로 달리고 있었다. 한순간, 그는 자신이 엄청난 속도로 하늘로 솟구치는 것을 느꼈다. 그러더니 수직으로 하강하여 아스팔트 위에 곤두박질쳤다. 쿵!

'사고를 당한 거야.'

에뒤아르는 바닥에 처박힌 얼굴을 돌려보려고 했다. 하지만 의지대로 몸을 움직일 수 없었다. 자동차 브레이크 소리, 겁에 질린 사람들의 비명소리가 들려왔다. 누군가 다가와서 그를 건드리려고 하자 또 누군가 외쳤다.

"그 아일 함부로 건드리지 마세요! 그랬다간 평생을 전신마비 상태로 살지도 몰라요!"

일초 일초가 천천히 흘러갔다. 에뒤아르는 겁이 났다. 부모와는 달리, 그는 신과 내세를 믿고 있었다. 하지만 그렇다고 해도 열일곱 살의 나이에 타국에서, 아스팔트에 얼굴을 묻은 채 죽는 것은 너무 억울했다.

"괜찮니?"

그는 누군가 말하는 소리를 들었다.

아니, 그는 전혀 괜찮지가 않았다. 움직일 수도, 말을 할 수도 없었다. 가장 끔찍한 것은 의식을 잃지 않았다는 거였다. 그는 무슨 일이 벌어지고 있는지, 자신의 상태가 어떤지 정확하게 알고 있었다. 그는 왜 기절하지 않았던 것일까? 그가 하느님을 그토록 애타게 찾고 있던 바로 그 순간에, 하느님은 그에게 왜 일말의 동정심도 보이지 않았던 것일까?

"구급차가 곧 도착할 거야. 네가 내 말을 들을 수 있는지는 모르겠다만 진정하고 가만히 있어. 상태가 심각한 건 아니니까."

누군가 그의 손을 잡으며 속삭였다.

그랬다, 그는 들을 수 있었다. 그는 그 사람—남자였다—이 계속 말해주었으면 했다. 상황이 아주 심각할 때도 사람들은 언제나 심각하지 않다고 말한다는 걸 그 역시 모르지 않았지만, 심각할 건 아무것도 없다고 계속 그를 안심시켜주기를 바랐다. 그는 마리를 떠올렸다. 명상을 하며 부정적인 기운을 강하게 느꼈던 브라질리아와는 달리 긍정적인 기운을 발산하는 수정들로 가득한 산악 지역을 생각했다.

시간은 계속 흘렀다. 사람들은 그를 안심시키려고 애썼다. 사고 후 처음으로 통증이 느껴지기 시작했다. 머리 한가운데에서 시작된 날카로운 통증이 온몸으로 퍼져나가는 것 같았다.

"구급차가 도착했다. 내일이면 다시 자전거를 탈 수 있을 거야."

그의 손을 잡고 있던 남자가 말했다.

하지만 그다음날, 에뒤아르는 병원에 있었다. 양다리와 한 팔에 족히 한 달 동안은 꼼짝도 못할 깁스를 한 채, 끊임없이 눈물을 흘리는 엄마, 근심어린 표정으로 전화를 해대는 아버지, 고비였던 스물네 시간은 이미 지나갔으며 뇌 손상은 전혀 없다고 오분마다 반복해서 말하는 의사들을 보고만 있어야 했다.

그의 가족은 공공 의료기관의 진단은 조금도 신뢰하지 않았고, 미국 대사관과 접촉했다. 그곳은 최첨단 응급치료 시설과 미국 외교관들을 진료할 자격이 있는 브라질 의사들의 명단을 확보하고 있었다. 정치적으로도 미국과 우호적인 관계를 유지해오던 아버지는 때때로 다른 외교 문제에서도 그들에게 도움을 요청했다. 미국인들은 최신식 기구들을 가져와 통상의 열 배가 넘는 테스트와 검사를 실시했지만, 공공 의료기관의 의사들이 에뒤아르의 부상에 대해 정확한 평가를 내렸고 적절한 조치들을 취했다는 별 볼 일 없는 결론에 도달했을 뿐이었다.

공공 의료기관의 의사들이 훌륭한 의사들이었던 반면, 텔레비전 프로그램은 세상 어느 곳이나 마찬가지로 브라질에서도 보잘것없었다. 에뒤아르는 별달리 할일이 없었다. 마리의 방문은 점점 더 뜸해졌다—수정 산으로 그녀를 데려다줄 다른 남자친구를 만났는지도 모를 일이었다.

대사 부부는 매일 아들을 보러 왔다. 그들의 정성은 마리의 놀라운 행동과는 확연히 대조적이었다. 하지만 곧 다른 곳으로 발령이 날 테니 소용이 되지 않을 언어는 애써 배울 필요가 없다는 이유를 들어 포르투갈어로 된 책들은 가져다주지 않았다. 그래서 에뒤아르는 다른 환자들과 잡담을 나누고, 간호사들과 축구 얘기를 하고, 우연히 손에 들어온 잡지들을 읽는 것으로 만족해야 했다. 그러던 어느 날, 한 간호사가 얼마 전에 누가 선물을 했는데 "읽기에는 너무 두꺼워" 책꽂이에 꽂아두었던 거라면서 책 한 권을 그에게 가져다주었다. 그리고 바로 그 책이 에뒤아르의 삶을 바꾸어놓았다. 그 책은 그를 이상한 길로, 현실에서 동떨어지도록, 앞으로 몇 년 동안 그와 같은 또래의 아이들이 밟게 될 코스와는 점점 멀어지도록 이끌었고, 결국 그의 삶은 빌레트에 이르는 길로 접어들고야 말았다.

그 책은 세상을 발칵 뒤집어놓은 견자見者들—그들 나름대로 지상의 천국에 대한 생각을 가지고 있었고, 그 생각을 타인에게 전하는 데 일생을 바친 존재들—을 다루고 있었다. 예수그리스도, 인간이 원숭이에서 진화했다는 이론을 편 다윈, 꿈의 중요성을 설파한 프로이트, 새로운 대륙을 찾아 떠나기 위해 여왕의 보석들을 저당잡힌 콜럼버스, 누구나 똑같은 기회를 가질 자격이 있다고 생각한 마르크스.

거기에는 성인聖人들도 있었다. 수도 없이 많은 여자들과 동침했고 여러 차례의 전투를 통해 많은 적들을 죽였으나, 팜플로나에서 부상을 당해 병상에 누워 있다가 돌연 깨달음을 얻은 바스크의 귀족 이그나티우스 로욜라. 갖은 방법을 동원해 하느님의 길을 찾고자 애쓰던 어느 날, 어떤 그림을 응시하다가 의도치 않게 그 길을 발견했던 아빌라의 테레사. 삶에 지쳐 스스로 사막에 은둔하기로 작정하고 십 년 동안 온갖 유혹에 시달리며 악마들 틈에서 살았던 앙투안. 부모가 그를 위해 계획했던 삶을 포기하고, 새들과 대화하기로 굳게 결심했던 그 또래의 소년, 아시시의 프란체스코.

소일거리로 마땅히 읽을 만한 게 없던 터라, 에뒤아르는 그날 오후에 바로 그 '두꺼운 책'을 읽기 시작했다. 한밤중에, 여자 간호사가 들어와 뭐 도와줄 게 없느냐고 물었다. 그의 방에만 유일하게 불이 켜져 있었던 것이다. 그는 책에서 눈을 떼지도 않은 채 손짓으로 고마움을 표시했다.

세상을 뒤흔들어놓은 남자들과 여자들. 그들은 에뒤아르나 그의 아버지, 자신에게서 멀어지고 있던—에뒤아르 역시 이미 알고 있었다—여자친구 마리처럼 평범한 사람들이었다. 그들 모두는 일상을 살아가며 보통 사람이 느끼는 유사한 의심과 불안에 시달렸다. 그들 모두는 어느 날—그래, 어느 날, 모든 걸 바꾸기로 마음먹을 때까지는 종교, 신, 정신적 고양 혹은 고도의 의식에 특별한 관심을 가지지 않은 사람들이었다. 그 책은 특히, 그 인물들 각자의 삶에 그들 나름대로 천국의 환영을 찾도록 이끈 마술적인 순간이 있었다고 이야기하고 있었는데, 이 점이 특히 매력적이었다.

그들의 삶은 전혀 비어 있지 않았다. 그들은 자신이 원하는 것을 얻기 위해 적선을 요구했고 왕들에게 아첨을 떨었다. 법을 어기거나 권력자들의 분노에 맞섰다. 협상을 하기도 했고 완력을 사용하기도 했다. 하지만 앞을 가로막는 모든 어려움을 이용할 줄 알았기 때문에 그들은 결코 포기하지 않았다.

그다음날, 에뒤아르는 그 책을 가져다준 간호사에게 자신의 금시계를 주면서 그 시계를 팔아 같은 주제를 다루는 책들을 모두 사다달라고 부탁했다. 그러나 그런 책들은 없었다. 그는 몇몇 전기들을 읽어보려 했다. 하지만 거기서는 항상 인물을 자신의 생각을 펼치기 위해 투쟁하지 않을 수 없는 평범한 존재가 아니라 선택된 자로, 영감을 받은 자로 묘사하고 있었다.

에뒤아르는 그 책에서 엄청난 영향을 받았다. 그는 자신의 삶에 새로운 방향을 제시해준 자전거 사고를 계기로 성인이 될 수 있는 가능성을 심각하게 고려했다. 하지만 그는 다리가 부러진 상태였고, 병원에서는 아무런 환영도 가질 수 없었다. 자신의 영혼을 뒤흔들어놓을 그림 앞을 지나갈 수도 없었고, 브라질 고원을 파서 예배당을 지어줄 만한 친구들도 없었다. 거기서 아주 멀리 떨어져 있는 사막들은 정치적 문제들로 들끓고 있었다. 그렇지만, 그도 뭔가를 할 수 있었다. 그림을 배워 그 남자들, 그 여자들이 보았던 환영을 세상에 보여줄 수 있었다.

깁스를 풀고, 다른 외교관들이 대사의 아들에게 쏟을 수 있는 온갖 관심과 정성, 선물들에 둘러싸여 집으로 돌아갔을 때, 그는 엄마에게 미술 학원에 다닐 수 있게 해달라고 부탁했다.

엄마는 빼먹은 학교 수업을 따라잡으려면 미술 따위에는 신경 쓸 틈이 없으니 공부나 열심히 하라고 말했다. 에뒤아르는 단호히 거부했다. 그에게는 계속해서 지리나 과학을 배우고 싶은 마음이 조금도 없었다. 그는 화가가 되고 싶었다. 그는 그 이유까지도 털어놓았다.

"전 천국의 환영들을 그려야만 해요."

엄마는 아무 말도 하지 않고, 그 도시에서 가장 뛰어난 미술 학원을 친구들에게 알아보겠노라고 약속했다.

그날 저녁, 귀가한 대사는 침실에서 오열하고 있는 아내를 발견했다.

"우리 아들이 미쳤어요. 사고 때문에 뇌가 손상됐나봐요."

눈물을 삼키며 그녀가 말했다.

"말도 안 되는 소리! 미국인들이 추천한 의사들이 그 아일 검사했잖소."

대사가 화가 나 소리쳤다.

아내는 아들의 느닷없는 생각을 그에게 이야기해주었다.

"청년기 한때의 반항일 뿐이오. 기다려봐요, 모든 게 정상으로 돌아올 테니."

이번에는 기다림도 좋은 결과를 낳지 못했다. 에뒤아르가 서둘러 새로운 삶을 시작했던 것이다. 이틀 후, 엄마 친구들의 대답을 기다리다 지친 그는 직접 미술 학원에 등록하러 갔다. 그는 색채의 단계적 변화와 원근법을 배웠다. 그는 또한 신발 브랜드나 자동차 모델 따위는 전혀 관심이 없는 사람들과 사귀기 시작했다.

"그 아이가 예술가 나부랭이들과 만나고 다녀요!"

부인은 눈물을 흘리며 남편에게 말했다.

"아이를 좀 가만히 내버려둬요. 여자친구, 수정, 피라미드, 향, 마리화나에 싫증을 냈듯이, 그것도 금방 싫증을 낼 거요."

대사가 버럭 소리를 질렀다.

하지만 시간은 흘렀고, 에뒤아르의 방은 부모에게는 아무런 의미도 없는 그림들로 가득찬 아틀리에로 변해버렸다. 그림에는 원들, 비교祕敎의 분위기를 풍기는 색채의 콤비네이션들, 기도하는 자세를 취하고 있는 인물들과 원시적인 상징들이 뒤섞여 그려져 있었다.

이 년 동안 단 한 번도 친구들을 집으로 데려온 적이 없던 고독한 아이, 에뒤아르는 이제 볼륨을 최대로 올려 소름끼치는 음악을 듣고, 과할 정도로 술을 마시고 담배를 피우며, 예의라곤 털끝만치도 없는, 텁수룩한 수염에 아무거나 걸치고 다니는 이상한 사람들로 집안을 가득 채우고 있었다. 어느 날, 미국인 학교의 여자 교장이 대사 부인을 소환했다.

"아드님이 약에 손을 대고 있는 게 분명해요. 성적도 평균치를 훨씬 밑돌고 있어요. 이대로 계속된다면, 저희로선 다음 학기 등록을 받아줄 수가 없습니다."

교장이 말했다.

에뒤아르의 엄마는 곧장 대사의 집무실로 달려가 남편에게 교장의 말을 전했다.

"당신은 언제나 시간이 지나면 모든 게 다시 정상으로 돌아올 거라는 말만 했어요! 당신 아들은 약에 절어 있는 미치광이예요. 뇌에 심각한 문제가 있는 게 분명하다구요. 그런데 당신은 칵테일파티와 사교 모임 따위나 걱정하고 앉았어요!"

그녀가 히스테리를 부리며 소리쳤다.

"좀 조용히 말해요."

"조용히 못하겠어요. 당신이 무슨 결정을 내리지 않는 한 절대로! 그 아인 도움이 필요하다구요, 알겠어요? 의사의 도움이요! 어떻게 좀 해봐요."

소란이 더 커져서 부하 직원들까지 알게 될까 두렵고, 미술에 대한 에뒤아르의 관심이 자신이 처음에 생각했던 것보다 더 오래갈지도 모른다는 걱정에, 대사는 치밀한 계획을 세웠다. 그는 어떠한 문제가 발생하든 문제 해결을 위해 밟아야 하는 절차들이라면 완벽히 꿰고 있는 실용적 인간이었다.

우선, 그는 미국 대사에게 전화를 걸어 다시 한번 대사관 의료팀의 도움을 받을 수 있도록 허락해달라고 요청했다. 그의 요청은 받아들여졌다. 그는 대사관이 신용하는 의사들을 찾아가 아들의 상태를 설명하고 이전에 했던 검사들을 하나하나 다시 검토해달라고 부탁했다. 혹시라도 소송에 휘말릴까봐 겁이 난 의사들은 검사 결과들을 꼼꼼히 체크했지만, 이번에도 비정상적인 것은 아무것도 드러나지 않았다고 대사에게 통보했다. 대사가 떠나기 전, 그들은 대사로 하여금 이후 어떠한 문제가 발생하더라도 그들의 이름을 알려준 미국 대사관에 일절 책임을 묻지 않겠다는 각서에 서명토록 했다.

이어 대사는 에뒤아르가 입원해 있는 병원으로 갔다. 원장을 만나 문제를 설명하고 일상적인 종합건강진단을 핑계삼아 피검사를 해서 아들의 몸에 마약 성분이 남아 있는지 알아봐달라고 부탁했다. 그러나 마약의 흔적은 전혀 찾을 수 없었다.

그가 세운 계획의 세번째이자 마지막 단계가 남아 있었다. 문제가 무엇인지 알아내기 위해 에뒤아르와 직접 대화를 나누는 일이었다. 그렇게 해서 모든 정보들을 손에 쥔 다음에야 그는 적절한 조치를 취할 수 있을 터였다.

아버지와 아들은 거실에 앉아 있었다.

"네 엄마가 걱정이 태산이다. 네 성적이 떨어져서 다음 학기엔 등록을 할 수 없을지도 몰라."

대사가 말을 꺼냈다.

"제 미술 성적은 최고예요, 아버지."

"네가 예술에 관심을 쏟는 것은 나도 환영이야. 하지만 그건 언제라도 할 수 있는 거야. 지금 당장은 내가 준비해놓은 외교관의 길을 걸을 수 있도록 학교 공부를 마쳐야만 해."

에뒤아르는 아무 말도 하지 않고 한참 동안 생각에 잠겼다. 그는 사고 순간과 견자들에 대한 책—결국 그것은 그로 하여금 자신의 진정한 소명을 찾아 나서게 만든 단순한 계기에 불과했다—을 떠올렸다. 그는 소식이 끊어진 마리를 생각했다. 그는 한참을 망설이다 마침내 대답했다.

"아버지, 전 외교관이 되고 싶지 않아요. 화가가 되고 싶어요."

그의 아버지는 그 대답을 예상하고 있었다. 그리고 그는 암초를 피해가는 법을 알고 있었다.

"그래, 화가가 되거라. 하지만 우선은 공부를 마쳐야 해. 우리가 베오그라드, 자그레브, 류블랴나, 사라예보에서 전시회를 열어주마. 아는 사람이 많으니까 널 도울 수 있을 거야. 하지만 우선은 공부를 끝마쳐야 해."

"제가 그렇게 한다면, 아버지, 그건 가장 쉬운 길을 택하는 셈이 될 거예요. 아무 대학에나 들어가서 아무런 흥미도 없지만 돈은 많이 벌게 해줄 그런 공부를 하게 되겠죠. 그럼 그림은 뒷전으로 밀려나게 될 테고, 저는 결국 제 소명을 잊어버리고 말 거예요. 저는 그림을 그려 생활을 해결하는 법을 배워야만 해요."

대사는 급기야 화를 냈다.

"애야, 넌 모든 걸 다 가졌어. 널 사랑하는 가족, 집, 돈, 사회적 지위, 모두. 하지만 너도 알다시피, 우리나라는 지금 혼란의 시기를 맞고 있어. 내전이 일어날지도 모른다고들 해. 내일이면 내가 널 도와주고 싶어도 도와줄 수 없을지도 몰라."

"저 혼자 어떻게 해보겠어요, 아버지. 절 믿으세요. 언젠가는 '천국의 환영들'이라는 제목의 연작을 그릴 거예요. 사람들이 마음속에서만 했던 경험들에 대한 시각적인 이야기가 될 거예요."

대사는 못 이기는 척, 아들의 굳은 결심에 찬사를 보냈다. 그러고는 미소로 대화를 끝맺으며 그에게 한 달의 유예기간을 주기로 작정했다. 결국, 외교는 문제들이 저절로 해결될 때까지 결정을 미루는 기술이기도 했으니까.

그리고 한 달이 흘렀다. 하지만 에뒤아르는 여전히 그림에, 유별난 친구들에게, 어떤 심리적인 불균형을 야기하기 위해 만들어진 음악에 자신의 모든 시간을 바치고 있었다. 게다가 그는 성인聖人들의 삶에 대해 선생의 견해에 감히 반박했다는 이유로 미국인 학교에서 쫓겨난 상태였다.

더이상 결정을 미룰 수 없었던 대사는 마지막 시도로 아들을 불러 남자 대 남자로서 대화를 나눠보자고 제안했다.

"에뒤아르, 이제 너도 네 삶을 책임져야 할 나이다. 네 엄마와 난 여태 가능한 한 참고 네 행동을 지켜보고 있었다만, 이젠 그 터무니없는 화가의 소명 따위는 집어치우고 네 진로를 바로잡아야 할 때가 됐어."

"하지만, 아버지, 화가가 되는 것도 하나의 진로예요."

"우리가 너에게 쏟은 사랑, 훌륭한 교육을 시키기 위해 기울인 노력은 아무것도 아니란 말이냐? 전에는 이런 일이 단 한 번도 없었으니, 난 네 행동을 네가 당한 사고의 후유증으로 생각할 수밖에 없구나."

"저는 부모님을 세상 어느 누구보다 사랑해요."

대사는 잠시 헛기침을 했다. 이처럼 직접적인 애정 표현에는 익숙지 않은 탓이었다.

"그럼, 우리에 대한 네 사랑의 이름으로, 제발, 네 엄마가 원하는 걸 해다오. 그 그림 이야기는 이제 그만두고, 너와 비슷한 부류의 친구들을 찾아보도록 해. 다시 공부를 시작하고."

"아버지는 절 사랑하시죠. 원하시는 것을 얻기 위해 투쟁하신 아버지는 제게 훌륭한 본보기가 되어주셨어요. 바로 그렇기 때문에 아버지는 제게 그런 걸 요구하실 수 없어요. 아버지도 제가 아무런 의지가 없는 인간이 되길 바라진 않으실 거예요."

"내가 말했지, 사랑의 이름으로라고. 내가 이런 식으로 너에게 말한 적이 한 번도 없었다만, 지금은 너에게 부탁을 해야겠다. 우리를 향한 네 사랑과 우리가 너에게 쏟는 사랑의 이름으로, 집으로 돌아와다오. 문자 그대로의 의미뿐만 아니라 그 말의 심오한 의미로도 말이다. 넌 지금 잘못을 범하고 있어, 현실에서 도망치고 있다구.

네가 태어나고, 우린 우리 삶에서 가장 웅대한 꿈들을 키워왔다. 우리에게 넌 모든 것이야. 우리의 미래이자 과거지. 너의 조부모는 하급 공무원이셨어. 외교관이 되기 위해, 높은 자리로 올라가기 위해 난 사자처럼 싸워야만 했다. 그 모든 게 오로지 너에게 자리를 마련해주고, 네가 좀더 수월한 삶을 살아갈 수 있도록 하기 위해서였어. 대사가 되어 서류에 처음 서명할 때 사용했던 만년필을 난 아직도 가지고 있다. 네 차례가 되는 날, 네게 물려주려고 소중히 간직해왔지.

우릴 실망시키지 말거라, 얘야. 우린 오래 살지 못할 거야. 네가 올바른 길로 나아가는 걸 바라보며 편안한 마음으로 죽고 싶구나. 내가 부탁하는 대로 해다오. 네가 우리를 사랑하지 않는다면, 지금까지 하던 대로 행동해도 좋아."

에뒤아르는 브라질리아의 하늘을 가로지르는 구름들을 바라보며 몇 시간을 보냈다. 아름답긴 했지만, 그 구름들은 브라질 중앙 고원의 척박한 땅에 비 한 방울 뿌리지 않았다.

그가 미술 공부를 계속한다면, 결국 엄마는 슬픔으로 시들어갈 테고 아버지는 자기 일에 대한 열의를 잃고 말리라. 그들은 둘 다 그토록 사랑한 아들의 교육에 실패했다는 죄책감에 시달리리라. 그가 미술 공부를 포기한다면, 천국의 환영들은 세상 빛을 보지 못하리라. 세상 그 무엇도 그에게 기쁨과 즐거움을 가져다주지 못하리라.

그는 주변을 돌아보았다. 자신이 그린 그림들을 쳐다보며 붓질 하나하나에 자신이 쏟아부은 사랑과 담고자 했던 의미를 떠올렸다. 문득 그것들이 보잘것없다고 여겨졌다. 그 모든 것은 협잡에 불과했다. 그로서는 도저히 도달할 수 없는 목표였다. 그리고 그 대가는 부모의 실망이었다.

천국의 환영들은 선택된 자들의 몫이었다. 그 선택된 자들은 책 속에서 영웅이나 신앙의 순교자들, 세상이 자신을 필요로 한다는 걸 진작부터 알고 있던 존재들로 묘사되어 있었다. 책에 나오는 모든 것은 순전히 지어낸 이야기에 불과했다.

저녁을 먹으면서, 그는 부모에게 그들의 말이 옳았다, 미술에 대한 자신의 열정은 젊은 한때의 꿈에 불과했다, 게다가 이젠 다

지난 일이다, 라고 말했다. 부모는 기뻐서 어쩔 줄 몰라했다. 엄마는 기쁨의 눈물을 흘리며 그를 껴안았다. 모든 것이 다시 정상으로 되돌아왔던 것이다.

그날 밤, 대사는 몰래 샴페인을 터뜨려 자신의 승리를 축하했다. 침실로 갔을 때, 아내는 몇 달 만에 처음으로 평온히 잠들어 있었다.

이튿날, 그들은 엉망이 된 에뒤아르의 방, 갈기갈기 찢긴 그림들, 시선을 하늘로 향한 채 구석에 쪼그리고 앉아 있는 아들을 발견했다. 엄마는 달려가 에뒤아르를 품에 안고 자신이 그를 얼마나 사랑하는지 모른다고 말했다. 하지만 에뒤아르는 대답하지 않았다.

그는 이제 사랑에 대해선 아무것도 알고 싶지 않았다. 사랑에 질려버렸던 것이다. 그는 자신이 그림을 포기하고 아버지의 충고를 따를 수 있을 거라 믿었다. 하지만 그는 너무 멀리 와 있었다. 인간을 그 자신의 꿈에서 분리시키는 심연을 건너버려, 더이상 되돌아갈 수가 없었다. 그는 앞으로 나아갈 수도, 뒤로 물러설 수도 없었다. 무대를 떠나버리는 것이 더 간단했다.

에뒤아르는 전문가들의 치료를 받으며 다섯 달을 더 브라질에서 지냈다. 그들은 자전거 사고에 기인한 일종의 희귀 정신분열증이라는 진단을 내렸다. 오래지 않아, 유고슬라비아에서 내전이 터졌다. 대사는 급히 귀환하라는 명령을 받았다. 문제들이 겹겹이 쌓여 있어 대사 부부는 더이상 그를 돌볼 수가 없었다. 유일한 해결책은 문을 연 지 얼마 안 된 빌레트 정신병원에 그를 맡기는 것이었다.

에뒤아르가 자신의 이야기를 마쳤을 때는 이미 어둑어둑했고, 베로니카와 그는 둘 다 추위에 떨고 있었다.

"들어가자, 저녁 먹을 시간이야."

그가 말했다.

"어린 시절, 할머니 댁에 갈 때마다, 난 벽에 걸린 그림에 사로잡혔어. 그림에는 한 부인—가톨릭 신자들은 그 여자를 노트르담이라고 불러—이 세상을 굽어보고 있었는데, 양손에서 빛이 나와 땅으로 퍼져나갔지.

그 그림에서 내가 가장 이상하게 생각했던 건 그 부인이 살아 있는 뱀을 밟고 있는 거였어. 그래서 할머니에게 물어보았지. '저 아줌마는 뱀을 무서워하지 않나요? 뱀이 발을 물거나 그 독이 퍼져 죽는 게 무섭지도 않은가봐요?'라고 말야.

할머니는 성경에 씌어 있는 대로, 뱀이 이 땅에 선과 악을 가져왔고, 그 부인이 사랑으로 선과 악을 다스린다고 설명해주셨어."

"그게 내 이야기와 무슨 상관이 있지?"

"내가 널 안 지 일주일밖에 되지 않았어. 네게 '사랑해'라고 말하기에는 아직 너무 이르지. 아니, 내가 이 밤을 넘길 수 있을지 알 수 없으니, 그 말을 하기엔 너무 늦었는지도 몰라. 하지만 남자와 여자가 할 수 있는 가장 위대한 미친 짓은 바로 사랑이야.

넌 내게 사랑 이야기를 해줬어. 난 솔직히 네 부모가 너의 행복을 원했다고 믿어. 하지만 그들의 사랑이 너의 삶을 파괴할 뻔했지. 그러니까 그림의 부인이 뱀을 밟고 있는 것은 사랑에 두 개의 얼굴이 있다는 의미일 거야."

"무슨 말인지 알겠어. 난 네가 내 마음을 흔들어놓았기 때문에 나에게 전기쇼크를 가해달라고 간호사들을 부추겼던 거야. 내가 느끼고 있는 게 뭔지 나도 모르겠어. 난 사랑으로 이미 한 번 파괴되었어."

에뒤아르가 대답했다.

"두려워하지 마. 오늘, 난 이고르 박사에게 이곳을 나가 영원히 눈을 감을 장소를 택할 수 있게 해달라고 부탁했어. 하지만 간호사들이 널 붙잡아 끌고 가는 걸 보았을 때, 난 이 세상을 떠나는 순간에 바라보고 싶었던 게 바로 너의 얼굴이라는 걸 깨달았어. 그래서 난 떠나지 않기로 작정했어.

네가 쇼크로 인해 잠들어 있는 동안, 다시 심장 발작이 일어났어. 이제 죽는구나, 생각했지. 난 네 얼굴을 쳐다봤어. 너에겐 어떤 일이 있었던 걸까 짐작해보려고 했지. 그리고 난 행복하게 죽을 준비를 했어. 하지만 죽음은 오지 않았어. 내 젊음 때문인지는 몰라도 내 심장은 이번에도 잘 버텨냈어."

그가 고개를 떨구었다.

"사랑받는다는 걸 부끄러워하지 마. 널 사랑할 수 있게, 내게 그럴 힘이 있다면 하룻밤이라도 더 피아노를 칠 수 있게 내버려두기만 한다면, 난 네게 아무것도 바라지 않아. 대신, 내가 죽어가고 있다는 말을 듣는다면, 병실로 와줬으면 좋겠어. 마지막 순간에 네 얼굴을 보게 해줘."

에뒤아르는 한참 동안 아무 말도 하지 않았다. 베로니카는 그가 자신의 세계 속으로 빠져들었고 거기서 금방 나오지는 않을 거라고 생각했다.

마침내, 그가 빌레트의 담 너머 산들을 바라보았다. 그러고는 입을 열었다.

"네가 여기서 벗어나길 원한다면, 내가 널 데려갈게. 옷가지와 약간의 돈을 가져올 테니 잠시만 기다려. 함께 떠나는 거야."

"오래 버티진 못할 거야, 에뒤아르. 너도 알잖아."

에뒤아르는 대답하지 않았다. 잠시 후, 그는 옷을 가지고 왔다.

"우린 영원히 버틸 거야, 베로니카. 내가 천국의 환영들을 잊느라 이곳에서 보낸 똑같은 낮과 밤보다는 훨씬 오래. 난 그것들을 거의 잊고 지냈어. 하지만 지금 천국의 환영들이 돌아온 것 같아."

"떠나자. 미친 사람들은 미친 짓들을 하니까."

그날 저녁, 저녁식사를 위해 모인 환자들은 그들 중 네 사람이 없어진 것을 알고 애석해했다.

제드카, 그녀가 오랜 기간의 치료 끝에 마침내 해방되었다는 걸 모르는 사람은 없었다. 마리아, 늘 그렇듯, 영화를 보러 간 게 틀림없었다. 에뒤아르, 전기쇼크에서 아직 회복되지 않은 모양이었다—생각이 거기에 이르자, 환자들은 모두 몸서리를 치며 조용히 식사를 하기 시작했다. 끝으로, 푸른 눈에 밤색 머리를 한 아가씨, 주말을 넘기지 못할 거라는 걸 모두가 알고 있던 그 여자가 보이지 않았던 것이다.

빌레트에서는 죽음을 절대 공개적으로 밝히지 않았다. 모두가 아무 일도 없었다는 듯이 행동하려고 애쓰기는 했지만 빈자리를 보고도 죽음을 생각하지 않을 수는 없는 노릇이었다.

소문이 식탁에서 식탁으로 돌아다니기 시작했다. 어떤 사람들은 생기로 가득했던 그 젊은 아가씨가 지금은 병원 뒤편의 조그만 시체 안치실에 누워 있으리라는 생각에 눈물을 흘리기도 했다. 대담한 사람들만 감히 그곳에 발을 들여놓았다. 그것도 훤한 대낮에만.

그곳에는 세 개의 대리석 테이블이 있었다. 보통 죽은 지 얼마 안 되는 시체는 테이블 중 하나에 하얀 시트를 뒤집어쓴 채 놓여 있었다. 모두들 베로니카가 지금 그곳에 있다고 생각했다. 단지, 정도가 심한 환자들은 곧바로 잊어버렸다. 피아노를 쳐서 가끔씩 모두의 잠을 방해하곤 했던 한 여자 환자가 일주일 동안 그 요양원에 있었다는 사실을.

소식이 퍼져가는 사이, 몇몇 사람들은, 특히 중환자실에서 베로니카가 며칠 밤을 보낼 때 그녀의 머리맡을 지켰던 간호사들은 상당한 슬픔을 느꼈다. 하지만 병원 직원들은 환자들에게 지나친 애착을 갖지 않도록 훈련되어 있었다—어떤 사람들은 병이 나아 퇴원했고, 또 어떤 사람들은 죽어갔다. 그사이, 그들 대다수는 점점 더 나빠져갔다. 그들의 슬픔은 좀더 오래갔다. 하지만 슬픔 역시 지나갔다.

소식을 접한 환자들은 대부분 놀라움과 슬픔을 표시했지만,

사실은 안도감을 느끼고 있었다. 또 한번, 저승사자가 빌레트에 들렀지만 그들은 무사했던 것이다.

저녁식사를 끝내고 '형제 클럽'의 회원들이 모였을 때, 한 회원이 마리아는 영화관에 가지 않았고, 영원히 돌아오지 않을 작정으로 떠났으며, 그들에게 편지를 남겼다고 말했다.

그 소식을 중요하게 여기는 사람은 아무도 없는 것 같았다. 마리아는 언제나 그들과는 달라 보였다. 그들이 그곳에서 영위하는 삶의 이상적인 상황에 적응하지 못하는, 말하자면 심하게 미친 여자였다.

"우리가 얼마나 행복한지 그녀는 결코 이해하지 못했어. 우리에겐 우리와 유사한 점들을 가진 친구들이 있지. 우리의 하루하루는 잘 편성되어 있어. 때로는 함께 외출도 하지. 강연자들을 초대해서 중요한 주제들을 다루고 자신의 생각을 자유롭게 펼치면서 토론도 하지. 우리의 삶은 많은 외부 사람들이 부러워할 만큼 완벽한 균형을 이루고 있어."

그들 중 하나가 말했다.

"빌레트에서는 실업이나, 보스니아에서 일어난 전쟁의 여파, 경제적인 문제, 폭력 등을 걱정할 필요가 없다는 걸 차치하고라도 말이야. 우린 조화를 찾았어."

다른 이가 덧붙였다.

"다들 모였을 때 큰 소리로 읽어달라며 마리아가 내게 편지를 맡겼어. 우리 모두에게 작별인사라도 하고 싶었던 모양이지."

그녀의 소식을 전한 사람이 봉인된 봉투 한 장을 내보이며 말했다.

가장 나이가 많은 사람이 봉투를 열었고 큰 소리로 읽어나가기 시작했다. 그는 도중에 그만 읽고 싶었지만 그러기에는 너무 늦어버렸다. 그래서 그는 끝까지 읽어내려갔다.

내가 아직 젊은 변호사였을 때, 한 영국 시인이 쓴 시를 읽은 적이 있어요. 그 시구들 중 하나가 나에게 큰 충격을 줬죠. "언제나 똑같은 물을 품고 있는 연못이 아니라, 넘쳐흐르는 샘처럼 되라." 난 항상 그가 틀렸다고, 우리에게 소중한 사람들이 살고 있는 곳을 휩쓸어 우리의 사랑과 열의로 그들을 익사

시킬 위험이 있으니 넘쳐흐르는 건 위험하다고 생각했어요. 그래서, 난 일생 동안 연못처럼 행동하려고, 내 내부의 벽 너머로 절대 나가지 않으려고 노력했죠.

그러던 어느 날, 내가 절대 이해하지 못할 어떤 이유로, 난 공황장애라는 병에 걸렸어요. 난 내가 온 힘을 다해 피하려 했던 바로 그것, 넘쳐흘러 자기 주위의 모든 것을 삼켜버리는 샘이 되어버렸어요. 그래서 빌레트에 입원하게 됐던 거예요.

오랜 기간 치료를 받은 후에, 난 연못을 되찾았어요. 그리고 여러분을 만났죠. 여러분의 우정에, 여러분의 친절에, 우리가 함께 보낸 그 행복했던 순간들에 감사드려요. 우리는 함께 어항 속의 물고기들처럼 살았어요. 누군가 정해진 시간에 우리에게 먹을 것을 던져주었고, 원할 때면 언제든 유리를 통해 외부 세계를 바라볼 수 있었기 때문에 우리는 행복했어요.

하지만 어제, 피아노 연주 일과 오늘쯤에는 아마 죽었을지도 모를 한 아가씨로 인해, 난 이곳의 삶이 바깥의 삶과 동일하다는 아주 중요한 사실을 발견했어요. 거기서도 여기처럼, 사람들은 그룹들끼리 모이고, 벽 뒤에 숨어 모르는 이가 그들의 보잘것없는 삶을 방해하지 않도록 스스로를 보호해요. 그들은 습관적으로 섹스를 하죠. 아무런 쓸모가 없는 것들을 연구하고, 즐겨야만 하기 때문에 즐겨요. 나머지 세상이야 어찌됐건 자기 삶만 어찌어찌 꾸려나가면 그만인 거죠. 기껏해야, 우리가 늘 그랬듯, 오로지 각종 문제들과 불의로 가득한 세상에서 그래도 그들만은 정말 행복하다는 걸 확인하기 위해 텔레비전 뉴스를 보죠.

달리 말하면, '형제 클럽'의 생활은 외부 세계에서 거의 모든 사람들이 영위하는 생활과 아주 똑같아요. 어항의 유리라는 벽 너머에서 일어나고 있는 일들을 알려고 들지 않죠.

아주 오랫동안, 그건 나에게도 편하고 유익한 것처럼 보였어요. 하지만 사람은 변해요. 지금 나는 모험을 찾아 떠나요. 내 나이가 예순다섯이고, 이 나이 때문에 많은 제한이 따를 거라는 걸 잘 알면서도. 난 보스니아로 갑니다. 거기엔 날 기다리는 사람들이 있어요. 아직 그들도 내가 누군지 모르고 나 역시 그들이 누군지 모르지만요. 하지만 내가 쓸모가 있으리라는 걸, 모험에서 마주치는 위험이 천 일 동안의 안녕과 안락만큼의 가치가 있다는 걸 난 이제 알아요.

쪽지를 다 읽자, '형제 클럽'의 회원들은 모두 각자의 침실과 병실로 돌아갔다. 마리아가 이젠 완전히 미쳐버렸다고들 말하며.

에뒤아르와 베로니카는 류블랴나에서 가장 비싼 식당을 택해, 최고의 요리를 주문했고, 20세기 최고의 명주 중 하나인 1988년산 포도주 세 병에 점점 취해가고 있었다.

식사를 하는 동안, 그들은 단 한 번도 빌레트에 대해, 과거나 미래에 대해 말하지 않았다.

"너의 뱀 얘기는 정말 좋았어. 하지만 네 할머니는 너무 늙어서 정확한 해석을 하지 못하셨어."

몇 잔째인지 모를 잔을 채우면서 에뒤아르가 말했다.

"우리 할머닐 깔보지 마!"

벌써 얼근히 취한 베로니카가 소리를 꽥 지르자, 손님들 모두가 고개를 돌려 그들을 쳐다보았다.

"이 아가씨의 할머니를 위해 건배! 여기 내 앞에, 빌레트에서 도망쳐나온 게 틀림없는 이 미친 여자의 할머니를 위해 건배!"

에뒤아르가 벌떡 일어서며 외쳤다.

손님들은 아무 일도 없다는 듯 차갑게 고개를 돌렸다.

"우리 할머니를 위해 건배!"

베로니카가 한번 더 외쳤다.

식당 지배인이 그들의 테이블로 다가왔다.

"제발, 조용히 좀 해주세요."

그들은 잠시 조용히 있는 듯하더니 다시 큰 소리로 떠들고, 정신나간 말들을 하고, 괴상한 행동을 하기 시작했다. 식당 지배인이 다시 와서 계산할 필요가 없으니 즉시 나가달라고 말했다.

"이 포도주들 가격을 보아하니, 우리 돈깨나 굳겠는걸! 빨리 여기서 나가자, 이 아저씨가 생각을 바꾸기 전에!"

에뒤아르가 농담을 했다.

하지만 지배인은 생각을 바꾸지 않고, 베로니카의 의자를 뒤로 빼주었다. 겉보기에는 정중한 몸짓이었지만 사실은 그녀가 일어서도록, 가능한 한 빨리 꺼지도록 도와주기 위한 것이었다.

그들은 도심에 있는 조그만 광장 한가운데로 갔다. 베로니카는 수도원의 자기 방 쪽을 쳐다보고는 순식간에 취기에서 깨어났다. 자신이 곧 죽는다는 사실이 떠올랐던 것이다.

"술을 더 사와!"

그녀가 에뒤아르에게 말했다.

아주 가까이에 바가 하나 있었다. 에뒤아르가 술 두 병을 가져왔고, 그들은 바닥에 앉아 다시 술을 마시기 시작했다.

"우리 할머니의 해석이 어디가 잘못되었다는 거야?"

베로니카가 물었다.

에뒤아르는 식당에서 자신이 했던 말을 기억해내는 데 엄청난 노력을 기울여야 할 정도로 취해 있었다.

"네 할머니는 사랑이 선과 악을 지배해야 하기 때문에 그 부인이 뱀을 밟고 있다고 말했어. 아주 그럴듯한 낭만적인 해석이지. 하지만 전혀 그게 아냐. 난 그 이미지를 벌써 봤어. 내가 그리려고 상상했던 천국의 환영들 중 하나야. 나도 왜 사람들이 성모를 항상 그런 식으로 표현하는지 궁금했어."

"왜 그런데?"

"여성적인 에너지인 성모마리아가 지혜를 의미하는 뱀의 주인이기 때문이야. 이고르 박사의 반지를 잘 살펴보면, 거기에 의사들의 상징인 사장蛇杖이 새겨져 있는 걸 볼 수 있을 거야. 뱀 두 마리가 지팡이를 휘감고 있지. 성모마리아가 뱀 위에 있듯이, 사랑은 지혜 위에 있어. 그녀에겐 모든 게 영감이지. 그녀는 선한 것과 악한 것을 판단하느라 머리를 싸매지는 않아."

"그거 알아? 성모마리아는 다른 사람들이 어떻게 생각할지 전혀 관심을 가지지 않았어. 성령에 관한 이야기를 모든 사람들에게 설명해야 한다고 상상해봐. 하지만 그녀는 아무것도 설명하지 않았어. 단지 '이처럼 일어났도다'라고만 했지. 다른 사람들이 뭐라고 말했는지 알아?"

베로니카가 말을 이었다.

"물론이지. '완전히 미친 여자군!'"

그들은 둘 다 배를 잡고 웃었다. 베로니카가 잔을 들었다.

"맞았어! 넌 천국의 환영들을 말로 하지 말고 그림으로 그려야 해."

"너부터 그리겠어."

에뒤아르르가 대답했다.

조그만 광장 옆에는 언덕이 있었고 그 꼭대기에 성이 하나 있었다. 베로니카와 에뒤아르르는 욕을 하고 깔깔대며, 얼음에 미끄러지기도 하고, 힘들다고 투덜거리기도 하며 비탈을 기어올랐다. 성 옆에는 노란색의 거대한 기중기가 서 있었다. 류블랴나를 처음 방문하는 사람에게 그 기중기는 성이 수리중이고 머지않아 완전히 복원될 거라는 인상을 주었다. 하지만 류블랴나의 주민들은 기중기가 거기 세워진 지 벌써 여러 해가 지났다는 걸 알고 있었다. 하지만 그것이 왜 거기에 있는지는 아무도 몰랐다. 베로니카는 놀이터에서 놀고 있는 꼬마들에게 류블랴나의 성을 그려보라고 하면, 틀림없이 다들 기중기도 함께 그려넣을 거라고 말했다.

"게다가, 성보다 기중기가 더 잘 보존되었어."

에뒤아르가 웃었다.

"넌 벌써 죽었어야 하는 거 아냐? 네 심장으론 이 비탈을 오르기가 힘겨웠을 텐데."

아직 취기가 가시지 않은, 하지만 두려움이 묻어나는 목소리로 에뒤아르가 말했다.

베로니카는 그에게 긴 입맞춤을 했다.

"내 얼굴을 자세히 들여다봐. 네 영혼의 눈으로 이 모습 하나하나를 새겨둬. 언젠가 다시 그려낼 수 있게. 네가 원한다면, 내 얼굴부터 그려도 좋아. 꼭 내 모습을 그려줘야 해. 내 마지막 부탁이야. 신을 믿어?"

"응."

"그럼 날 그리겠다고 맹세해, 네가 믿는 신의 이름을 걸고."

"맹세해."

"한 가지 더. 날 그리고 나서도 계속 그림을 그려야 해. 맹세할 수 있어?"

"그건 자신이 없어."

"넌 할 수 있어. 그러면 난 너에게 이렇게 말해줄 거야. 내 삶에 의미를 줘서 고맙다고. 난 내가 겪은 모든 것을 겪기 위해, 자살을 시도하고 심장을 망쳐놓고 널 만나고 이 성에 오르기 위해, 내 얼굴을 네 영혼 속에 영원히 새기게 하기 위해 이 세상에 온 거야. 너로 하여금 너 자신의 길을 되찾게 하는 것, 그게 내가 이 세상에 온 유일한 이유야. 내 삶이 아무 소용도 없었다고 느끼게 만들지 마."

"아마 너무 이르거나 너무 늦었을지도 몰라. 하지만 조금 전에 네가 말했듯이, 나도 널 사랑한다고 네게 말해주고 싶어. 믿지 않아도 좋아. 바보짓일지도 모르지. 내 환상들 중 하나거나."

베로니카는 에뒤아르의 품에 바싹 다가갔다. 그리고 자신이 믿지 않는 하느님에게 자신을 이대로 데려가달라고 빌었다.

그녀는 눈을 감았다. 그 역시 눈을 감는 걸 느낄 수 있었다. 그리고 잠이, 꿈 없는 깊은 잠이 찾아들었다. 죽음은 달콤했다. 죽음에선 포도주 향이 났다. 죽음이 그녀의 머리카락을 쓰다듬었다.

에뒤아르는 누군가 자신의 어깨를 두드리는 걸 느꼈다. 눈을 떴을 때는 저멀리 동이 트고 있었다.

"도청에 구호소가 있으니 거기 가서 자도록 해. 여기서 이러고 있다간 얼어죽기 십상이야."

경비가 말했다.

그 찰나의 순간, 그는 지난밤에 있었던 모든 일들을 기억해냈다. 그의 품에 뻣뻣하게 굳은 여자 하나가 안겨 있었다.

"그녀가…… 그녀가 죽었어요."

그런데 그때였다.

여자가 몸을 뒤척이고는 눈을 떴다.

"무슨 일이야?"

베로니카가 물었다.

"아무것도 아냐. 아니, 기적이야. 하루를 또 살 수 있어."

에뒤아르가 일어서며 대답했다.

이고르 박사가 진료실로 들어와 등을 켜자마자—해가 점점 더 늦게 떠올랐고, 올겨울은 한없이 길게 느껴졌다—남자 간호사가 노크를 했다.

"오늘은 일찍 시작되는군."

그가 중얼거렸다.

베로니카와의 면담 때문에 그날 하루는 쉽지 않을 게 분명했다. 그는 일주일 내내 그 면담을 준비해왔다. 지난밤에는 잠까지 설쳤다.

"안 좋은 소식입니다. 환자 둘이, 대사 아들하고 심장에 문제가 있던 아가씨가 사라졌습니다."

간호사가 어물거리며 말했다.

"도대체 뭣들 하고 있었던 거요! 이 병원은 보안 면에서 개선해야 할 점이 한두 가지가 아니었어."

"아무도 달아나려 하지 않으니까요. 우린 도망치는 게 가능한지도 몰랐어요."

겁에 질린 간호사가 대답했다.

"당장 여기서 나가요! 난 주주들에게 제출할 보고서도 작성하고, 경찰에도 알리고, 일련의 조치들을 취해야 하니까. 몇 시간은 족히 걸릴 테니, 날 방해하지들 말라고 단단히 일러둬요!"

강한 자들이 약한 자들에게 흔히 하는 식으로, 그 무거운 책임의 일부가 결국 자신의 등에 떠넘겨지고 말 거라고 지레짐작한 간호사는 창백한 얼굴로 방을 나섰다. 일과가 끝날 때쯤이면 그는 해고당해 있을 게 분명했다.

이고르 박사는 메모장을 꺼내 책상 위에 놓았다. 메모를 시작하려다가 그는 생각을 바꾸었다.

그는 등을 끄고, 떠오르는 태양이 뿌옇게 밝혀주는 책상에 앉아 얼마 동안 꼼짝도 않고 있었다. 그러곤 미소를 지었다. 그는 성공했던 것이다.

잠시 후, 그는 필요한 메모들을 할 것이다. 비트리올에 대해 알려진 유일한 처방, 즉 삶의 자각을 설명하는 메모들을. 환자들에 대해 그가 최초로 시도한 거대한 실험에서 자신이 사용한 약, 즉 죽음의 자각도 적어넣을 것이다.

아마 다른 치료법이 있기는 했을 것이다. 하지만 이고르 박사는 그가 가고 있던 길에 본의 아니게 뛰어든 한 젊은 아가씨 덕분에 그가 과학적으로 실험해볼 기회를 얻게 된 치료법만을 논문에서 다루기로 마음먹었었다. 그녀는 아주 심각한 상태로, 수면제중독에 의한 초기 혼수상태로 병원에 도착했다. 그녀는 거의 일주일 동안 삶과 죽음 사이를 헤맸다. 이고르 박사가 그 기발한 실험을 구상하기에 충분한 시간이었다.

단 한 가지, 그녀가 살아남을 수 있느냐 없느냐, 거기에 모든 게 달려 있었다.

그녀는 살아남았다.

심각한 후유증도, 돌이킬 수 없는 문제도 없이. 건강을 잘 보살피기만 한다면, 그녀는 박사 자신만큼이나 오래, 아니 훨씬 더 오래 살 수 있을 것이었다.

그는 그 사실을 아무에게도 발설하지 않았다. 자살에 실패한 사람들은 조만간 다시 자살을 시도하는 경향이 있다는 걸 알고 있었기 때문이다. 그녀가 자신의 몸에서 비트리올—또는 아메르튐—을 제거할 수 있는지 없는지 보기 위해, 그녀를 희생양으로 이용하지 못할 이유가 어디 있단 말인가?

이렇게 해서, 이고르 박사는 치밀한 계획을 세웠다.

페노탈이라는 약을 그녀에게 투여함으로써, 그는 심장 발작 효과를 가장하는 데 성공했다. 일주일 내내 그녀는 그 약이 든 주사를 맞았다. 죽음을 생각하고 자신의 삶을 돌이켜볼 시간이 있었으니, 그녀는 몹시 두려웠을 것이다.

이고르 박사의 논문('죽음에 대한 자각은 우리를 더 치열하게 살도록 자극한다', 이것이 마지막 장의 제목이 될 것이다)을 입증이라도 하듯, 그녀는 자신의 몸에서 비트리올을 조금씩 제거해갔다. 아마도 다시는 자살을 시도하지 않을 것이다.

오늘, 그는 그녀를 만나 꾸준히 놓은 주사 덕분에 심장 발작의 추이가 완연히 하강 국면에 접어들었다고 말할 작정이었다. 베로니카의 탈출 덕분에, 그는 다시 한번 그녀를 속이는, 그리 유쾌하지 못한 경험을 면할 수 있었다.

이고르 박사가 전혀 예상하지 못했던 것은 비트리올 중독 치료 효과의 전염성이었다. 빌레트의 많은 환자들이 돌이킬 수 없는 느린 죽음을 자각함으로써 두려움에 휩싸였다. 그들은 그들이 잃어가고 있는 것에 대해 생각해야만 했고, 그들 자신의 삶을 다시 평가하지 않을 수 없었다.

마리아는 퇴원허가서를 요청했고, 다른 환자들은 자신의 상태가 어떤지 재검토해달라고 했다. 대사 아들의 상황은 더 염려스러웠다. 감쪽같이 사라져버렸던 것이다. 베로니카의 탈출을 돕다가 같이 달아난 게 틀림없었다.

'아직도 같이 있을지 몰라.'

그는 생각했다.

어쨌거나 그가 되돌아오려 한다면, 빌레트의 주소를 알고 있을 테니 알아서 할 일이었다. 이고르 박사는 실험 결과에 너무 흥분해서 그런 세세한 일들에 관심을 쏟을 겨를이 없었다.

잠시, 그는 또하나의 가능성에 대해 생각해보았다. 조만간 베로니카는 자신이 심장 발작으로 죽지 않는 걸 이상하게 생각할 것이다. 전문가를 찾아가 진찰을 받아볼 것이고, 자신의 몸이 완전히 정상이라는 걸 알게 될 것이다. 그러면 그녀는 빌레트에서 자신을 돌보았던 의사가 돌팔이였다고 생각할 것이다. 하지만 금지된 주제에 대한 연구를 감행하는 사람들은 누구나 어느 정도의 몰이해에 맞설 용기를 갖추어야만 하는 법이다.

그녀가 임박한 죽음에 대한 공포와 더불어 살아야만 하는 그 나날들은?

이고르 박사는 이 문제를 두고 한참 동안 생각했다. 그러고는 전혀 심각한 문제가 아니라는 결론을 내렸다. 그녀는 하루하루를 하나의 기적처럼 여길 것이다—연약하기 짝이 없는 우리 삶의 매 순간에 예기치 못한 사고들이 느닷없이 들이닥칠 모든 가능성들을 고려해볼 때, 그것은 어느 정도 사실이기도 했다.

햇살이 점점 더 선명해지고 있었다. 그것은 이때쯤이면 환자들이 아침식사를 하기 위해 식당에 모인다는 것을 의미했다. 이제 곧 대기실은 환자들로 북적댈 것이고, 일상의 문제들이 물밀듯이 밀려들 것이다. 그러니 논문에 대한 메모를 빨리 끝내두는 편이 나았다.

그는 다시 베로니카의 경우를 꼼꼼하게 글로 옮겨 적기 시작했다. 건물의 열악한 보안에 대한 보고서는 나중에 작성할 것이다.

1998년, 성 베르나데트 축일

『베로니카, 죽기로 결심하다』는 『피에트라 강가에서 나는 울었네』와 『악마와 미스 프랭』과 함께 '그리고 일곱번째 날' 3부작에 속하는 작품으로, 각각의 책은 죽음, 사랑, 권력이라는 문제에 맞닥뜨린 평범한 사람들의 일주일을 다룬다. 언제나 나는 사회 전체와 마찬가지로 개인의 삶 역시 제한된 시간 속에서 가장 중요한 변화가 일어난다고 믿는다. 삶은 우리가 예상치도 못한 순간에 변화를 위한 우리의 용기와 의지를 시험대에 올린다. 그런 순간에는 아무 일 없는 척하는 것도, 아직 준비가 되지 않았다고 말하는 것도 무의미하다. 시험대는 당신을 기다려주지 않는다. 삶은 뒤를 돌아보지 않는다. 우리의 운명을 받아들일지 말지 결정하는 데는 일주일이면 충분하다.

지은이 **파울로 코엘료**

전 세계 170개국 이상 88개 언어로 번역되어 3억 2천만 부가 넘는 판매고를 기록한 우리 시대 가장 사랑받는 작가. 1986년, 산티아고데콤포스텔라 순례에 감화되어 첫 작품 『순례자』를 썼고, 이듬해 자아의 연금술을 신비롭게 그려낸 『연금술사』로 세계적 작가의 반열에 올랐다. 이후 『브리다』 『베로니카, 죽기로 결심하다』 『피에트라 강가에서 나는 울었네』 『악마와 미스 프랭』 『11분』 『오 자히르』 『포르토벨로의 마녀』 『승자는 혼자다』 『알레프』 『아크라 문서』 『불륜』 『스파이』 『히피』 『아처』 『다섯번째 산』 등 발표하는 작품마다 전 세계적으로 큰 반향을 일으켰다. 2009년 『연금술사』로 '한 권의 책이 가장 많은 언어로 번역된 작가'로 기네스북에 기록되었다.

옮긴이 **이상해**

한국외국어대학교와 동 대학원 불어과를 졸업하고 프랑스 스트라스부르대학, 릴대학에서 박사과정을 수료했다. 현재 한국외국어대학교에서 프랑스 문학과 번역을 가르치고 있다. 『11분』 『악마와 미스 프랭』 『붉은 애무』 『지옥 만세』 『무도회』 『갈증』 『어느 섬의 가능성』 『머큐리』 『시라노』 『낭만적 영혼과 꿈』 『되풀이』 등을 우리말로 옮겼다. 『측천무후』로 한국출판문화대상 번역상을, 『베스트셀러의 역사』로 한국출판평론상·학술상을 수상했다.

문학동네 세계문학
베로니카, 죽기로 결심하다

1판 1쇄 2001년 2월 15일 | 1판 10쇄 2003년 8월 7일
2판 1쇄 2003년 10월 10일 | 2판 56쇄 2021년 8월 24일
3판 1쇄 2022년 7월 12일 | 3판 3쇄 2024년 7월 10일

지은이 파울로 코엘료 | 옮긴이 이상해
책임편집 박아름 | 디자인 최윤미 이원경 | 저작권 박지영 형소진 최은진 서연주 오서영
마케팅 정민호 서지화 한민아 이민경 안남영 왕지경 정경주 김수인 김혜원 김하연 김예진
브랜딩 함유지 함근아 고보미 박민재 김희숙 박다솔 조다현 정승민 배진성
제작 강신은 김동욱 이순호 | 제작처 한영문화사(인쇄) 경일제책사(제본)

펴낸곳 (주)문학동네 | 펴낸이 김소영
출판등록 1993년 10월 22일 제2003-000045호
주소 10881 경기도 파주시 회동길 210
전자우편 editor@munhak.com | 대표전화 031) 955-8888 | 팩스 031) 955-8855
문의전화 031) 955-1927(마케팅) 031) 955-2646(편집)
문학동네카페 http://cafe.naver.com/mhdn
인스타그램 @munhakdongne | 트위터 @munhakdongne
북클럽문학동네 http://bookclubmunhak.com

ISBN 978-89-546-8753-9 03870

잘못된 책은 구입하신 서점에서 교환해드립니다.
기타 교환 문의 031) 955-2661, 3580

www.munhak.com

자신의 생을 성취로 이끈 사람들,
치열한 열정으로 자신의 길을 개척한 이들이
소중한 이에게 추천하는 책!

연금술사

연주여행을 가기 위해 비행기에서 긴 시간을 보낼 때면 이 책을 거듭 손에 잡게 된다. 성악가로서 세계를 떠돌다보니 왜 난 이렇게 집시처럼 떠돌아다녀야 하는지 생각을 많이 했다. 그런데 『연금술사』를 읽고 나서 인생은 자아를 발견하기 위한 영원한 여행이라는 생각에 위안을 얻게 됐다. 내가 찾아 헤매던 답을 찾아준 책이라고나 할까. **조수미** (성악가)

인생에서 진정 찾고자 하는 것은 무엇인지 차분히 생각해볼 기회를 주는 책. 주인공 산티아고의 여정을 통해 그동안 잊고 지내던 인생을 살아가는 진리를 다시 한번 되새기게 된다. **한완상** (전 대한적십자사 총재)

『연금술사』를 읽으면 자기 앞에 놓인 빈 공간을 새로운 색깔들로 채워나가고 싶은 마음이 든다. **최윤영** (아나운서)

기막히게 멋진 영혼의 모험이다. **폴 진델** (퓰리처상 수상 작가)

아름다운 문체, 결 고운 이야기, 마음을 움직이는 감동… 코엘료는 혼탁한 생의 현실 속에서도 참 자아를 지켜갈 수 있는 힘을 보여준다. **정진홍** (서울대 종교학과 명예교수)

첫출발을 하는 신인 배우들에게, 인생에서 다소 혼란스러워하고 다시 방향을 잡기를 바라는 사람들에게 내가 늘 추천하는 책이다. 매우 베이직하고 풍부하며 철학적인 알레고리가 담겨 있다. **러셀 크로** (영화배우)